El secreto de Maribárbola

Novela Histórica

María Teresa Álvarez

El secreto de Maribárbola

mr · ediciones

Paseo de Recoletos, 4. 28001 Madrid (España)

Adaptación de la cubierta: Hans Geel
Fotografía de la autora: © José María Sánchez Bustos
Primera edición en Colección Booket: mayo de 2006

Depósito legal: B. 17.931-2006
ISBN: 84-270-3208-0
Impresión y encuadernación: Litografía Rosés, S. A.
Printed in Spain - Impreso en España

Biografía

Natural de Candás, Asturias, María Teresa Álvarez (1945) está licenciada en Ciencias de la Información. Fue la primera presentadora del programa regional de TVE en Asturias. Trabajó, en períodos de prácticas, en el diario *El Comercio* y colaboró con La *Voz de Asturias* y en las emisoras de RNE en Oviedo y Radio Popular de Avilés.

En 1987 se traslada a Madrid para desempeñar el cargo de la Subdirección de Cultura y Sociedad de los telediarios de TVE. Un año más tarde dejará la información diaria para realizar documentales histórico-divulgativos, como *Viaje en el tiempo, La pequeña española, Sefarad; la tierra más bella* y *Mujeres en la Historia,* serie que ha conseguido un importante reconocimiento en ambientes universitarios. Actualmente trabaja en la elaboración de nuevos capítulos para esta serie.

En 1999 publicó su primer libro, *La pasión última de Carlos V.* Es autora también de *Isabel II. Melodía de un recuerdo*, *Ellas mismas. Mujeres que han hecho historia contra viento y marea* y *Madre Sacramento*.

ÍNDICE

A mis amigas y amigos, que con su amistad
enriquecen mi vida.
A mi marido, que también es amigo.

1

LA BLANCA NOCHE DE SANTA LUCÍA. MADRID, DICIEMBRE DE 1677

Era como si la nieve, con su envolvente y silenciosa presencia, quisiera besar la noche de los sin luz, la noche más larga del año, la de Santa Lucía, patrona de los ciegos. Santa Lucía, aquella joven de Siracusa de familia pagana que pagó con la muerte su decisión de ser distinta y que probablemente fue elegida como patrona de los invidentes debido a los relatos legendarios y a las representaciones que de su martirio se hicieron.

Nevaba copiosamente. Resultaba muy difícil desviar la mirada de la hipnotizante cortina blanca. Un copo, y otro y otro...

Marina se notaba extraña aquella noche, se sentó cerca de la chimenea. Leería algo antes de acostarse, pero era tan sugerente la nieve... Un copo, y otro y otro...

Pasada la medianoche, la ciudad parecía desierta. La nieve había cubierto toda su fisonomía dándole relieve con su blancura. En la zona no quedaba ninguna taberna abierta y aunque la luna se esforzaba por iluminar la blanca y hermosa noche, la oscuridad era casi total. El relincho de los caballos que se oía a lo lejos anunciaba la llegada de un carruaje. Posiblemente, el de la condesa viuda de Saelices. Su palacete estaba cercano a la calle de San Nicolás, por la que acababa de aparecer el coche. Seguro que regresaba con sus hijos de alguna cena. La proximidad de la Navidad hacía que muchas familias de la nobleza se reunieran para celebrar las fiestas.

La condesa de Saelices, Adela Sanchidrián, mientras se arrebujaba en su capa contemplaba a sus hijos complacida. Se sentía muy orgullosa de ellos. A Sol ya se le había pasado el enfado y miraba impaciente por la ventanilla. Su hija siempre se transformaba ante la presencia de la nieve. Tal vez había influido en ella el hecho de que en su primera Navidad en este mundo se registró una de las mayores nevadas del siglo. Adela no puede evitar recordar como la llegada de aquella niña la hizo sentirse plenamente feliz. De su matrimonio ya habían nacido dos hijos varones y no pensaban en la posibilidad de que la familia aumentara, por ello, la realidad de aquella niña maravillosa supuso un regalo de Dios. La expresión del rostro de la condesa viuda de Saelices se entristece al pensar en lo que disfrutaría su marido, que en gloria esté, viendo a sus hijos. Luis, el mayor, que tantos disgustos les había originado al no querer hacerse abogado, era ahora, a sus veintisiete años, uno de los orfebres más prestigiosos de Madrid. Ella siempre estuvo al lado de Luis y le apoyó para conseguir lo que tanto anhelaba. Adela sabía lo importante que era dedicarse a una profesión elegida desde una vocación responsable. Conocía muy bien a su hijo y siempre había detectado en él una excelente predisposición para todo tipo de arte. El carácter de Luis, tranquilo, romántico, soñador, nada tenía que ver con el de su hermano Andrés, que era el vivo retrato de su padre: su nariz, sus cejas puntiagudas, su contagioso buen humor. Él sí había obedecido a su padre convirtiéndose en abogado. Adela vuelve los ojos hacia Sol, ¡qué hermosa es! No le sorprende la admiración que despierta, ni que todos los jóvenes formen corro a su alrededor. Sus hermanos deberán vigilarla y cuidarla para que no se le acerquen muchachos poco convenientes, tiene tan sólo diecisiete años. Adela sabe que Luis lo hará. Adora a su hermana y siempre está pendiente de ella. También Andrés la quiere, pero es diferente.

La sonora risa de Andrés y su hermana se expande por la calle. El espectador anónimo pensaría, ante aquella explosión de alegría, que en el carruaje viajaba la misma felicidad, pero no todos los viajeros experimentaban ese sentimiento.

–Menudo escándalo estáis armando. ¿No podéis reíros más bajo?

–Pero Luis, ¿no te hace gracia lo que acaba de contarnos Andrés? ¿Te imaginas al hijo de los Sánchez-Solano inclinado ante mí invitándome a bailar?, ¿te lo imaginas?

Sol, muy excitada, trataba de justificarse ante su hermano mayor. Buscaba su aprobación. Le quería y respetaba más que a nadie. Antes de que Luis pudiera contestarle, Andrés exclamó:

–No te molestes, hermanita. A Luis lo que no le gusta es que todo el mundo se fije en ti. Te quiere para él solo. Eres su niña. ¿No ves que siempre está pendiente de lo que haces? ¿No te has dado cuenta de que no hace más que encontrar defectos en los jóvenes que se te acercan?

Adela medió en la conversación de sus hijos.

–Me parece que la velada musical os ha puesto un poco nerviosos. Tiene razón Luis, no debéis reír de esa forma, y también es verdad que él está disgustado y creo que la razón no es otra que la actitud de Rosa Ruiz de Cárdenas, que se pasó toda la noche charlando con Eduardo Santirso y no le hizo ningún caso.

–No, madre, lo que Rosa estuvo intentando durante toda la noche –dijo Andrés– fue darle celos a Luis. Y la verdad es que no creo que lo haya conseguido.

Una ráfaga de aire helado penetró en el coche. Alfonso les abría la portezuela del carruaje. Habían atravesado el jardín sin darse cuenta. Adela se sorprendió, una vez más, de que el intendente estuviera esperándoles y acudiera él mismo a abrirles la puerta.

–Mire, madre, qué hermosura, estoy deseando que se haga de día para poder disfrutar de tanta belleza. Luis, ¿me harás mañana una hermosa figura de nieve?

–Mi querida Sol, no estoy para figuras pero, en fin, te la haré. Te la haré, como siempre, con mucho cariño.

–Venga, niños, entremos en casa. Aquí corremos el riesgo de congelarnos.

El ambiente en el interior era cálido. Casi todas las chimeneas estaban encendidas y resultaba realmente reconfortante sentarse unos minutos frente al fuego. Adela se encontraba cansada, pero aún tardaría un rato en acostarse, aquélla era su hora sagrada, el momento en que se quedaba a solas consigo misma. No obstante, dijo:

–¿Os apetece que charlemos un rato? Encarna nos puede servir unos dulces. No es muy tarde.

El primero en declinar la invitación fue Andrés, seguido inmediatamente de Sol, que aseguró estar agotada y deseando dormir. Luis dudó un momento, pero luego, dándole un beso, se disculpó:

–Madre, me encantaría quedarme con usted charlando si no fuera porque mañana me espera un día muy complicado. Tengo que diseñar una joya para una dama muy importante y quiero asegurarme el éxito. Trabajaré un poco esta noche. Ya sabe, madre, que siempre me ha dado muy buen resultado dormirme con nuevas ideas, que, una vez tamizadas por el sueño, casi siempre son buenas.

–Como quieras, Luis. Deseaba comentarte algunas cosas pero ya tendremos oportunidad.

–Buenas noches, madre, que descanse.

–Buenas noches, Luis.

Adela miró a su hijo mientras se alejaba. Se movía exactamente igual que ella, incluso ladeaba la cabeza del mismo lado. Era un muchacho estupendo que no acababa de encontrar novia. Bueno, en realidad, no la buscaba, ni pensaba en ello. Nunca había salido con ninguna chica. Todo lo contrario de su hermano Andrés, que era un auténtico conquistador.

–Señora condesa, ¿quiere que avivemos el fuego de la chimenea en la habitación?

–Sí, por favor.

–¿Desea algo más la señora?

–No, muchas gracias, Encarna. Puede retirarse. Yo apagaré las velas.

Casi siempre era la condesa la última en abandonar el salón. Desde los primeros años de su matrimonio, Adela Sanchidrián se reservaba para sí un tiempo antes de acostarse. Le gustaba quedarse a solas cuando todos dormían. Era el momento más íntimo de la jornada, cuando verdaderamente se sentía libre. Escribía sus impresiones sobre aquello que le había impactado durante el día, leía o simplemente pensaba. A veces, su marido, Juan Luis, que no entendía muy bien su comportamiento, se enfadaba con ella. El conde de Saelices sentía celos de los silencios de su esposa, de aquellos apartes de los que era marginado. Una vez, en un rasgo de sinceridad, le pidió perdón por haberla espiado. Quería ver qué hacía cuando se quedaba a solas y le confesó sentirse en cierta forma desarmado al observarla ensimismada en unos pensamientos de los que él no podía participar. Sin embargo, Juan Luis Méndez y de la Torre, conde de Saelices, podía sentirse satisfecho. Ningún hombre a excepción de él había ocupado el corazón de su mujer.

Antes de apagar las últimas velas, Adela volvió a mirar el cuadro de su marido. Era un espléndido retrato de Carreño Miranda. Lo había pintado dos años antes de que falleciera, cuando Juan Luis contaba sesenta y cinco años. Hacía poco que habían celebrado sus bodas de plata. El suyo fue un matrimonio feliz. Juan Luis era un buen hombre y un marido y un padre excelente.

Han transcurrido dos años desde su muerte, Adela sigue echándole de menos, igual que el primer día. Le duele su ausencia, aunque a veces el dolor es sustituido por una dulce y suave melancolía. Tiene la sensación de que su marido no la ha dejado del todo. Muchas veces le habla como si siguiera a su lado, le cuenta sus preocupaciones. Es una forma de no sentirse tan sola.

Al entrar en su cuarto, Adela percibe el cambio de temperatura. Ése es el ambiente que a ella le gusta. La chimenea está perfecta y aguantará más de una hora. Encarna le ha dejado unas pastas de almendra y una botella de oporto. Desde que murió su marido, la condesa utiliza la habitación para sus meditaciones nocturnas.

Adela Sanchidrián es una mujer con una formación bastante aceptable. Tuvo la suerte de nacer en una familia acomodada y con una madre preocupada por la cultura, lo que, sin duda, influyó en su preparación. Gran lectora, procura estar al tanto de todas las novedades. En este momento está leyendo un libro de Giovanni Battista della Porta que le ha regalado Luis. Es un tratado sobre caracterología y psicología. Ella siempre había creído en la expresión popular que afirmaba que la cara es el espejo del alma y por ello está enormemente interesada en aquel libro en el que se defiende la posibilidad de poder descubrir a través de los rostros el interior de las personas. Pero aquella noche no seguiría con la lectura de *De humana physiognomonia*, ni se dedicaría a pensar, tratando de aplicar sus conocimientos, en las caras que había observado en casa de los Muñoz de Sorribas. Ni en la de aquel guapo muchacho, el hijo de los marqueses de Peñarredonda, que se había pasado toda la noche hablando con Sol. No lo haría, pese a que tal vez este joven podría aspirar a la mano de su hija. Sólo pensar en ello le produce escalofríos. Sol debería permanecer siempre soltera y quedarse a su lado. Ésa sería la mejor solución para todos. Cuántas veces había hablado con su marido sobre esto, pero Juan Luis siempre le decía:

–No te preocupes, Adela, cuando llegue la hora todo se solucionará convenientemente.

Cómo necesitaba ahora el apoyo y los consejos de su esposo. Sol tenía diecisiete años y cualquier día se presentaría algún muchacho solicitando permiso para acompañarla, ¿qué haría entonces? Adela había pensado en hablar con su hijo Luis, pero no se sentía con fuerzas. Tal vez lo mejor fuera inclinar a Sol hacia la vida monástica, pero qué pena. Aunque pensándolo bien, no estaría tan mal, ella misma podría acompañarla e ingresar en la misma orden que su hija, pero... ¡qué barbaridades estaba pensando! Tenía razón su marido, no debía preocuparse. Y si Sol, llegado el momento, deseaba casarse, pues le daría su bendición y aguardaría esperanzada la llegada de los nietos. Esta idea la tranquilizó. Antes de escribir sus conclusiones, Adela se acercó a la ventana para ver si seguía nevando. No le sorprendió ver luz en la habitación de Luis, le había dicho que iba a trabajar. ¿Para quién sería la joya? Su hijo estaba muy bien relacionado con la Corte, sobre todo, desde que don Juan José de Austria, el hijo natural de Felipe IV, se había hecho cargo del gobierno. Sin duda, era una forma de responder al cariño que el difunto conde de Saelices siempre le había profesado a Juan José, incluso antes de que su padre, Felipe IV, lo reconociera como hijo natural.

La relación entre el rey Carlos II y su hermanastro era bastante buena. De hecho, el monarca hubiese deseado tenerlo a su lado con anterioridad, de no ser por la oposición de su madre, la reina regente Mariana de Austria, que siempre se negó a que el hijo natural de su marido ocupase un cargo tan importante. Al final, la opinión de la nobleza y de la sociedad en general obligó al Rey a tomar la decisión de prescindir de los consejos de su madre en el gobierno del reino. A partir de entonces el valido Fernando Valenzuela fue desterrado a Filipinas y la reina madre Mariana de Austria trasladó su residencia a Toledo.

Adela no quería convertirse en una carga para sus hijos. Sabía que muchas veces un exceso de cariño podía ser perjudicial. Había tenido una relación especial con su hijo Luis, hubo momentos en que deseó convertirle en una prolongación de sí misma. Eran muchas las afinidades que les unían, y aunque tardó un tiempo en convencerse, afortunadamente, se dio cuenta de que Luis debía desarrollar su propia personalidad. Se había convertido, desde la muerte de su padre, en el séptimo conde de Saelices y a él le correspondía ser el cabeza de familia, aunque en la práctica era ella quien seguía llevando las riendas. Quería muchísimo a sus tres hijos, pero Luis era su preferido. Aunque nunca se pronunció abiertamente por ninguno de ellos, era mucho más sensible a todo lo que le sucedía a Luis. De haber mirado unos minutos antes, Adela hubiese visto a su hijo en la misma actitud que ella.

Luis se encontraba muy nervioso, si no lograba tranquilizarse no podría conciliar el sueño. Le hubiese gustado quedarse un rato con su madre, pero no deseaba hablar de Rosa Ruiz de Cárdenas y sabía que ése sería el tema de la conversación, porque a su madre le agradaba Rosa como futura nuera. Hacía tiempo que intentaba favorecer la relación entre ellos. Rosa era una buena chica con la que no le importaría tener una relación pasajera, pero pensar en ella como compañera para toda la vida le producía un enorme desasosiego. Además, Luis se había puesto de un humor de mil diablos al ver como todos los jóvenes de la fiesta rodeaban a su hermana. Uno de aquellos muchachos le había molestado especialmente: Miguel López de las Navas, primogénito de los marqueses de Peñarredonda y uno de los mejores partidos de la sociedad española. Tenía dos años más que Sol y todo hacía indicar que se habían gustado mutuamente. Nunca se habían visto hasta entonces, porque el futuro marqués de Peñarredonda estudiaba en Italia. En realidad, se pasaba en Bolonia más de la mitad del año disfrutando, según le habían contado, de los placeres de la hermosa ciudad sin dedicar gran atención a sus estudios de Derecho. Esta información desagradó a Luis, pero resultaba absurdo que se preocupara por el comportamiento de este chico al que acababa de conocer, aunque la expresión observada en el rostro de su hermana le había inquietado. Le fastidiaba reaccionar de esa manera. Parecía un padre celoso y temeroso de quedarse sin su preciosa niña. Deseaba hablar de ello con su madre, conocer su opinión y preguntarle por qué demostraba tan poco interés en el futuro matrimonial de Sol. Era normal que las madres se preocupasen del casamiento de los hijos, y de forma especial del de las hijas, porque ése era el camino que debían seguir las mujeres, pero a su madre parecía no interesarle en absoluto. Luis pensaba que en el fondo lo que les sucedía a él y a su madre es que querían tanto a Sol que les aterraba la idea de separarse de ella. Sin embargo, ese día habría de llegar. ¿Le gustaría su regalo de Navidad? Lo había diseñado él mismo. Este año, por primera vez, no le regalaría ángeles. Mañana debería dar los últimos retoques al precioso collar de brillantes y aguamarinas que había creado para ella. El profundo y claro azul de las aguamarinas resaltarían más el intenso azul de sus ojos. Nadie en la familia tenía unos ojos como los de su hermana.

Luis miró la hora. No se inmutó al comprobar que eran las dos de la madrugada. No tenía que madrugar, además, dormía muy poco. Cinco horas eran suficientes, pero tenía que tranquilizarse. Al día siguiente debería entrevistarse con Marco Spontini, conde de Squinzano, colega italiano, gran conocedor de la obra de Benvenuto Cellini, a quien Luis adoraba. Dentro de cuatro años iba a cumplirse el centenario de la muerte del creador italiano y sólo ahora empezaba a valorarse tímidamente su obra. Después del almuerzo Luis y su invitado viajarían a El Escorial para que Squinzano pudiera ver el crucifijo que Cellini había hecho para Felipe II.

El intenso olor a cera de una vela que se terminaba le hizo recordar su entrevista pendiente con el padre Velasco. El franciscano era desde hacía unos cuantos años su director espiritual y quería proponerle que trabajara en la elaboración de una imagen de san Francisco de Asís. Luis no terminaba de decidirse, ya que hasta entonces no se había dedicado a crear esculturas, aunque está casi seguro de que al final terminará convenciéndole. Al pensar en el padre Velasco, Luis comenzó a darle vueltas a la idea de sincerarse a fondo con él. Sin duda, le conocía muy bien y a buen seguro que podría ayudarle. Luis Méndez Sanchidrián, séptimo conde de Saelices, también se parecía a su madre en sus profundas convicciones religiosas. Los tres hermanos habían sido educados de la misma forma y sólo Luis se comportaba como un auténtico creyente. Que Andrés, que era hombre, no se manifestase muy afín a los cultos religiosos podría entenderse, pero que a Sol, una niña tan bonita y tan bien educada, no le gustase frecuentar la iglesia resultaba muy sorprendente. Luis había pensado frecuentemente en esa actitud de su hermana y aunque le sorprendía igual que a todos, lo entendía, porque Sol era diferente y, además, Luis la quería mucho.

Sol sólo tenía en su habitación una pequeña imagen de la Virgen. Aquella noche se fijó en ella y la miró con amor. Después se arrodilló y se santiguó con fervor. Solía comportarse así cuando quería pedirle algo. Desde niña, Sol siempre había dicho que nadie mejor que una madre podría entender sus preocupaciones, por eso no existía para ella más interlocutora con la divinidad que la Virgen María.

–Virgen Santísima, no sabes lo feliz que me siento esta noche. He conocido a un joven maravilloso que me ha robado el corazón. Sé que le voy a querer siempre y deseo que tú, madre mía, me ayudes. Tienes que conseguir que él me quiera también. Que me quiera tanto como yo a él. Se llama Miguel y pertenece a una buena familia. No he conocido a nadie igual. Es simpático, guapo, inteligente, bueno y deseo convertirme en su esposa. Esta noche no me he portado bien con mamá, me he disgustado con ella porque nos obligó a dejar la fiesta cuando yo estaba deseando quedarme, pero se me ha pasado el enfado al ver que comenzaba a nevar, porque sé que la nieve encierra buenos presagios, sobre todo, para mí, y que mañana Miguel vendrá a verme. Prometo rezarte, virgencita mía, todos los días si me ayudas a conseguir su cariño. Mañana te pondré unas preciosas flores.

Al levantarse, Sol se acercó a la imagen de la Virgen y besó su manto con verdadera devoción. Después dudó unos momentos pero al final decidió no llamar a Encarna para que le ayudase a desvestirse y le cepillase el cabello. Hacía mucho tiempo que Encarna la había acostumbrado, y lo cierto es que le costaba renunciar a ello, pero esta noche, decididamente, no la llamaría porque Sol no deseaba contarle nada de lo que había sucedido. Era la primera vez que no la iba a hacer partícipe de sus emociones e inquietudes. Estaba segura de haberse enamorado y no quería que nadie lo supiera de momento, aunque si todo seguía su curso normal se vería obligada a contárselo a alguno de sus hermanos para que la ayudaran e hicieran de celestinos acompañándola cuando estuviera con Miguel. Éste le había dicho que vendría a verla al día siguiente. Si no viene, piensa, me moriré de pena. Nerviosa ante la posibilidad de volver a ver a Miguel, Sol se acerca al armario para inspeccionar minuciosamente qué ropa puede ponerse. Quiere que Miguel la encuentre guapa. El azul es el color que mejor le sienta, pero los dos trajes que tiene de ese color ya están muy usados. Tal vez la falda verde oscuro con la camisa blanca de encaje que le trajo Luis de Bruselas sea lo más adecuado. El blanco le da un aspecto de inocencia y candor que puede gustarle a Miguel. Además, el pelo suelto cayéndole sobre los hombros reforzará su aspecto angelical. Sí, sorprenderá a Miguel con su preciosa melena rubia. Esta noche llevaba el pelo recogido y aunque le sienta bien, está más guapa dejándolo suelto.

A punto de quedarse dormida, Sol piensa aún en Miguel. No sabe qué es lo que le distingue de los demás chicos. Ninguno le importa salvo él. Sabe que soñará con Miguel y que intentará recordar la luz de su mirada.

Antes de ir a su cuarto, Andrés pasó por la cocina. Tenía la esperanza de encontrar a Isabel, la doncella de su madre. Sabía que era recomendable no tener aventuras con las criadas, pero no podía resistir la tentación de verla a solas. Seguro que no estaría, pero tenía que intentarlo. En realidad, casi todas las noches, desde aquella primera, pasaba por la cocina tentando al destino. Era como un juego y algunas veces le sonreía la suerte y charlaba durante unos minutos con la guapa doncella.

Andrés lo mantenía en secreto. Le horrorizaba que alguien pudiera conocer su relación, si es que aquello se podía llamar así. Cómo se reirían de él sus amigos si supieran que lo único que hacía con la criada era hablar, porque ella no le dejaba acercarse. Ni un beso, ni una caricia, nada.

Todo comenzó una noche que él no podía dormir y fue a la cocina a buscar un vaso de leche; allí, sentada a oscuras, encontró a Isabel. Ella justificó su presencia diciéndole que le gustaba mirar, aunque fuese de noche, el jardín. Necesitaba contemplar los árboles. En su habitación no tenía ventana y por ello acudía a un lugar desde el cual poder observar la naturaleza. Lo único que le había pedido Isabel a Andrés era que no le contara nada a la condesa.

–Señorito Andrés, su madre no debe saber que salgo de mi habitación por las noches. No lo entendería y con toda seguridad, prescindiría de mis servicios.

–No te preocupes, no le diré nada a nadie. Será nuestro secreto.

Esta noche Andrés estaba deseando verla. Necesitaba sentirla a su lado. Era muy hermosa: morena, con ojos negros inmensos y alta, casi tanto como él. En la fiesta no había podido dejar de pensar en ella y se la imaginaba vestida con uno de aquellos hermosos trajes. Seguro que sería la más bella.

Mientras se dirigía a la cocina, cuidando de que nadie le viera, Andrés pensaba en lo ridículo de su situación. Se sentía un poco desconcertado porque lo que había comenzado como un juego amenazaba con convertirse, por su parte, en algo más serio. A Isabel parecía no importarle demasiado. ¿Por qué si no se oponía a sus requerimientos amorosos?

A pesar de sus veinticuatro años, el hijo pequeño de los condes de Saelices tenía un extenso historial amoroso. Varias criadas habían sido cariñosas con él y también alguna de las muchachas de su entorno. Andrés se había iniciado en los juegos amorosos, como muchos otros jóvenes, en los expertos brazos de las prostitutas. Un grupo de amigos le llevó a uno de los burdeles más conocidos de Madrid, y aunque la primera experiencia no fue muy agradable siguió probando suerte.

Andrés poseía un encanto natural y se consideraba un conquistador. De ahí su desilusión al ver la respuesta que encontraba en Isabel, que no era más que la doncella de su madre. Podría entender que una muchacha de buena familia y con costumbres cristianas muy arraigadas le rechazase, pero ¡una criada! Esta noche le daría la última oportunidad.

Muy cerca de la cocina, en la zona de servicio, la puerta de uno de los cuartos estaba entreabierta. Dentro, Isabel, sentada sobre la cama, escuchaba muy atenta. No tenía la menor duda de que aquella noche el señorito Andrés volvería a pasar por la cocina, como todos los días. Le costaba no verle porque se había encaprichado de él, pero debía seguir el plan urdido con la ayuda de su amiga Carmen, que trabajaba en casa de los marqueses de Rocafría. Carmen había intentado disuadirla de aquella locura.

–Isabel, eres una criada, ¿cómo pretendes que el hijo de unos condes se enamore de ti? Lo máximo a lo que puedes aspirar es a que se acueste una temporada contigo, nada más.

–No, yo lo que espero conseguir es que se enamore de mí y quiera casarse conmigo.

–Estás loca. Eso no sucederá, y en el supuesto de que Andrés se enamorase de ti y estuviera dispuesto a casarse contigo, su madre no lo consentirá. ¿Te imaginas cuál sería la reacción del resto de la servidumbre al verte convertida en señora? ¿De verdad crees que te respetarían? ¿Sabrías tú comportarte?

–Claro que sí. Además, tú sabes, Carmen, que yo no me voy a conformar con ser una criada toda la vida. Me gusta Andrés y creo que él se enamorará de mí a poco que me lo proponga. Cuando salí del pueblo juré que nunca volvería si seguía siendo criada y estoy convencida de que regresaré algún día convertida en una señora.

–De ilusiones y sueños también se puede vivir, pero luego el despertar es duro. Isabel, debes olvidarte de esas fantasías por tu bien.

Al final, y viendo que era imposible hacerla cambiar de idea, Carmen decidió apoyar a su amiga y juntas trazaron un plan para que el señorito Andrés se fijara en la doncella de su madre.

A la tercera noche, por fin, el plan empezaba a funcionar. Aquella pócima de hierbas estimulantes había surtido efecto y Andrés, desvelado, acudía a la cocina en busca de un tranquilizante.

Después, todo había funcionado según lo previsto.

A Isabel le costaba no ceder a los impulsos amorosos de su señorito, pero sabía que una de las claves del éxito consistía en resistir. Hacerle concebir ilusiones y luego mostrarse inaccesible. Dentro de poco comenzaría la fase de los celos.

Isabel estaba resuelta a lograr lo que quería. Pensaba que tenía el mismo derecho que cualquiera a conseguir una buena posición en la sociedad y la única arma de que disponía era su belleza. Y estaba dispuesta a utilizarla hasta el final. Presentía que una de las claves del éxito consistía en conseguir que la condesa, doña Adela Sanchidrián, no sospechase nada. Ella la conocía muy bien: llevaba a su servicio más de cinco años y era consciente del dominio que ejercía sobre sus hijos, aunque últimamente la encontraba como ausente, como si algo le preocupara y le impidiera ser la misma de siempre. Isabel sospechaba que en aquella familia existía algo oculto, algún secreto que posiblemente sólo conociera la condesa y, tal vez, su hijo mayor, el señorito Luis.

La condesa de Saelices cerró su diario, no escribiría más aquella noche. No sabría precisar cuántos diarios tiene. Los guarda en un baúl, en el secreter y algunos, incluso, en el armario. De vez en cuando le gusta leerlos, es una forma de recordar distintos pasajes de su vida. Escribe desde los doce años. El mismo día de su cumpleaños, el 4 de septiembre de 1642, su tía le regaló un precioso diario. Desde entonces no ha dejado de escribir ni un solo día. En los diarios había reflejado sus sentimientos: el día que conoció a su marido o cuando tuvo en brazos a su primer hijo. También había dejado constancia de la visita de aquella amiga de su prima. Claro que, en aquella ocasión, se había preocupado de escribir en clave y de forma que únicamente ella pudiera traducirlo: era demasiado importante como para que otras personas se enterasen de lo sucedido. Fue uno de los días decisivos de su vida. ¿Había sido el suyo el comportamiento correcto? No podría afirmarlo, pero de lo que sí está segura es de que volvería a hacer lo mismo. Su marido estaba de acuerdo, por tanto, la decisión fue conjunta.

Adela se da cuenta de que en el tiempo que lleva a solas con sus pensamientos no le ha dedicado ni un minuto a Andrés. Lo cierto es que no lo ha hecho porque no hay nada en su comportamiento que le preocupe: es alegre, fuerte, tiene muchos amigos y ningún tipo de complicaciones, aunque en la velada de los Muñoz de Sorribas le pareció un poco distraído. Seguro que nadie se había dado cuenta, pero ella le conocía muy bien y sabía que no disfrutaba de la fiesta como en otras ocasiones. Seguro que la causa no era otra que el enfado con alguna muchacha.

La condesa miró la chimenea, Encarna había dejado unos troncos en previsión de que tardase demasiado en acostarse. Se levantó decidida y colocó un par de ellos en el ya un poco titubeante fuego. Pese a lo avanzado de la noche, a Adela le apetecía quedarse un rato más. Resultaba tan agradable observar, en aquel cálido ambiente, cómo se deslizaban los copos de nieve uno tras otro vistiéndolo todo de blanco. Serían unas Navidades preciosas, y esperaba que felices, dentro de lo posible. Intentaría con todas sus fuerzas que sus hijos disfrutaran de las fiestas aunque ella, en su interior, siguiera llorando la ausencia de Juan Luis. Muchas veces había pensado que si no fuera por ellos no tendría fuerzas para seguir, pero sus hijos la necesitaban y ella jamás les fallaría. Incluso organizaría en casa alguna fiesta. Y si el tiempo mejoraba también podrían ir unos días al campo. ¡Cómo le gustaba a Juan Luis pasear cogido de su brazo en los atardeceres, cuando estaban en su casa de El Escorial! ¡Cuántos sueños compartidos! Muchos se habían cumplido, otros no y algunos no habían tenido tiempo de desarrollarse. Juan Luis no conocerá nunca a sus nietos, pensó, y habría sido tan feliz con ellos. Bueno, si algún día llega a tenerlos, ella le contará a su marido cómo son y si se parecen a él.

Adela, sinceramente, no debe quejarse de la vida. Tiene cuarenta y siete años. Se casó a los dieciocho con un hombre mayor del que estaba muy enamorada y con el que vivió feliz más de veinticinco. No, no podía quejarse. Además, ella es profundamente religiosa y cree en el más allá. Está segura de que Juan Luis no la ha dejado del todo y de que sigue amándola. Algunas veces, incluso, tiene la sensación de escuchar su voz, que la llama, que pronuncia su nombre, aunque Adela prefiera pensar que son imaginaciones suyas debidas al murmullo del viento o al sonido de una puerta al cerrarse.

Será la tercera Navidad sin su marido.

Adela acerca a sus labios la mano derecha y besa su anillo de casada. Con la emoción, brotándole lágrimas de los ojos, exclama:

–Siempre te querré, Juan Luis. Tú fuiste, eres y serás mi único amor. Me has dejado sola en momentos difíciles, pero espero no defraudarte y saber orientar a nuestros hijos por el camino recto. Esta noche está nevando, casi tanto como cuando llegó nuestra pequeña Sol...

El silencio se fue adueñando poco a poco del palacete de los Saelices, más conocido como la casa de los tejos, por los tres grandes ejemplares de esa especie que una antepasada, la segunda condesa de Saelices, de origen asturiano, había mandado plantar en el jardín. Tal vez se había inclinado por este tipo de árboles, poco frecuentes en Madrid, simplemente porque le gustaban o para proteger a su familia, ya que seguro que conservaba en el subconsciente el sentido mágico y el efecto protector que el tejo encerraba para los astures.

Aquella noche el aspecto de los tejos era fantástico. Uno de ellos alcanzaba los nueve metros. La abundante nieve caída hacía que muchas de sus numerosas ramas se doblaran dándole al árbol una apariencia distinta. Sus finísimas hojas se resistían a vestirse de blanco. Por más que insistiese la nieve, ellas no iban a ceder al frío y engañoso abrazo.

La total uniformidad y armonía características del tejo habían desaparecido. En aquellos momentos la luna los enfocaba con su fría luz dándoles un aspecto fantasmagórico. Era como si, aquella noche, la paz y el sosiego habitual de estos árboles benéficos hubieran desaparecido dando paso a una corriente nerviosa que les carcomía interiormente transformando su aspecto. Alguien que confiara en el efecto protector de los tejos podría deducir que éstos se defendían de los malos augurios que se avecinaban, igual que si quisieran actuar de barrera para detener las vibraciones negativas que podían adueñarse de los moradores de la casa.

Ni la condesa ni sus hijos creian en esas cosas. De haberlo hecho, tal vez hubiesen tomado medidas, aunque poco se puede cuando el destino decide cambiar su rumbo.

En aquella noche de Santa Lucía, la noche más larga del año, habían comenzado a germinar unos sentimientos que marcarían un antes y un después en las vidas de la condesa y de sus hijos.

2

UN AMOR EQUIVOCADO

Marco Spontini, conde de Squinzano, miraba extasiado la fachada del convento de San Esteban. El sol, a aquella hora del día, la iluminaba casi por entero. El color entre rosado y dorado de la piedra de Salamanca se manifestaba con toda su peculiaridad.

–Es fantástico, Luis. No conozco nada igual. Es un auténtico retablo. Fíjate en los relieves de la parte superior. El Calvario es magnífico. ¿Las dos figuras que aparecen al lado de Cristo crucificado son la Virgen María y san Juan o es María Magdalena? Me parecen las dos femeninas.

–No. Sólo una es mujer. Creo que el artista fue fiel al relato evangélico y que son los mismos personajes que acompañaron a Jesús al pie de la cruz en el Gólgota: su madre y el discípulo más amado, Juan.

–Continúa ayudándome con tus ojos, Luis. En la piedra del martirio de san Esteban está escrito un nombre y sólo consigo leer Juan, ¿cómo sigue?

Luis apenas si levantó la vista, ya que conocía el nombre del autor de la fachada que había dejado grabada allí su firma. Mirando a su amigo, dijo:

–Juan Antonio Ceroni, éste es el nombre del artista. Se dice que él, personalmente, esculpió la escena del martirio, que sin duda es lo mejor de toda la obra, y que aunque trabajó en el resto contó con la colaboración de muchos de sus discípulos o ayudantes.

–Así que ha sido un compatriota mío el autor de esta obra de arte. Luis, ¿no te apena pensar que una maravilla semejante esté expuesta a las inclemencias meteorológicas y a todo tipo de agentes externos que, con el tiempo, pueden llegar a deteriorarla?

–No está totalmente desprotegida. Fíjate en la especie de arco que la enmarca, creo que es una forma de preservarla de la lluvia y de la nieve, aunque es indudable que se deteriorará, pero ¿y lo que estamos disfrutando ahora contemplándola a pleno sol?

–Tienes razón. No sería lo mismo ver esta obra de arte en el interior de la iglesia que aquí a plena luz del día. Casi diría que me gusta más esta fachada que la de la Universidad.

–A mí no –respondió Luis–, considero que la fachada de la Universidad es perfecta. No le falta nada. Es auténtica filigrana. No existe nada más identificado con el Renacimiento.

–Puede que tengas razón –dijo Marco pensativo– pero ¿sabes qué me emociona de San Esteban, Luis?, el hecho de mostrar a plena luz el valor de la redención. Me gusta, me gusta muchísimo Salamanca.

–Sí, es verdad que Salamanca resulta especial. Tiene una personalidad muy definida, posiblemente, debido a la presencia de la Universidad –dijo Luis por añadir algo, ya que se encontraba totalmente desmoralizado, incapaz de compartir la emoción que el arte despertaba en Marco Spontini.

Luis se había desplazado a Salamanca acompañando a su amigo como gesto de cortesía y también con la esperanza de que sus preocupaciones le presionaran menos al alejarse de ella y del ambiente habitual. Pero aunque en determinados momentos lo estaba consiguiendo, en otros seguía obsesionado con el mismo tema. ¿Dónde estaría? ¿Le echaría de menos? El padre Velasco le había aconsejado ser valiente y enfrentarse cara a cara con el problema por muy duro que fuera.

–Luis, tienes que sincerarte a fondo y conocer la verdad de lo que te está sucediendo. Yo, según lo que me has contado, podría revelarte mis conclusiones, mas eres tú quien debe ponerle nombre a lo que te pasa.

–Es que no lo sé, padre. Le he contado mis reacciones y puede que respondan exclusivamente a un exceso de cariño y protección.

–Sí, puede ser. Aunque tal vez sea tu subconsciente quien no te permita encarar la verdad.

Se alejaban del monasterio de San Esteban caminando muy despacio. Luis, ensimismado en sus pensamientos, Marco, mirando hacia atrás como intentando grabar en su retina las escenas de la fachada. De vez en cuando observaba, sorprendido, a su amigo, que parecía totalmente ausente.

–Perdóname, Luis, ¿te sucede algo?, ¿has estado en este mismo lugar con una mujer y por ello te domina la melancolía? No me respondas si no quieres, pero es que veo una tristeza tan profunda en tus ojos... Quisiera ayudarte.

Luis tardó unos segundos en reaccionar.

–No, Marco, perdóname tú por haberme distraído. Lo cierto es que estoy bastante preocupado con un tema que he dejado pendiente en Madrid.

–Cuánto lo siento, de haber sabido que tenías ocupaciones en Madrid, no hubiese permitido que me acompañaras.

–No, no lo interpretes así, me he expresado mal. Es un tema que me preocupa pero que por permanecer en Madrid no iba a solucionarse, sino todo lo contrario.

–Luis, somos amigos, y en el fondo pienso que no me has contestado. Perdona que insista. Lo hago porque puede hacerte bien hablar. ¿Me equivoco si pienso que ese asunto que te ocupa no está relacionado con el trabajo sino con una mujer?

Marco miraba a su amigo directamente a los ojos. Resultaba difícil mentirle. Luis sopesó durante unos segundos la respuesta que le daría. La verdad es que él nunca le hubiera hecho esa pregunta a Marco, pero él era español y Marco, italiano.

–Querido Marco, no te equivocas. Es una mujer en quien estaba pensando, una mujer a la que conozco desde hace tiempo. Pero prefiero no hablar de ella. Tal vez en otro momento.

–Está bien.

Marco agarró del brazo a su amigo, como tratando de infundirle ánimo y siguieron paseando. Les habían dicho que fueran con cuidado. Salamanca ya no era la ciudad tranquila y con elevado nivel cultural de antaño. A finales del siglo XVI estudiaban en su Universidad casi siete mil alumnos llegados de distintas partes de España. Pero aquella época pertenecía al pasado, la picaresca se había adueñado de Salamanca. Los estudiantes se ocupaban más de divertirse que de ampliar sus conocimientos. Ejercían una especie de tiranía sobre la ciudad y sus enfrentamientos con la justicia eran, desgraciadamente, muy frecuentes. Debido a las luchas de colegiales contra los estudiantes portugueses, el rey de Portugal había prohibido a sus súbditos estudiar en la Universidad de Salamanca con la amenaza de no reconocer la formación allí adquirida.

La cada día más complicada situación española afectaba lógicamente a esta ciudad, en la que eran frecuentes los altercados y los apuñalamientos.

–Luis, ¿no crees que ésta pueda ser una situación pasajera, y que la ciudad, dentro de un tiempo, recuperará su brillante vida cultural?

–Quién sabe. Lo cierto es que soy bastante pesimista. Desde hace más de cincuenta años la situación en España está empeorando. Tras el reinado de Felipe II comenzó el declive. Problemas en Flandes, Francia, expulsión de los moriscos, insurrecciones de Cataluña, Aragón y Portugal, sin contar con los problemas en Italia y otros lugares, y así seguimos. Hace casi diez años que los portugueses han conseguido su independencia. Lo más preocupante, Marco –dijo Luis muy serio–, es que el futuro amenaza con ser peor. Nuestro rey, Carlos II, no goza de buena salud...

Marco no pudo evitar recordar la impresión que le había causado el monarca español en la audiencia que les había concedido. Lo primero que le llamó la atención fueron los enanos que se movían cerca de él. Era como si Carlos II, de aspecto tan débil y enfermizo, quisiera encontrar fortaleza rodeándose de aquellos personajes que ya no figuraban entre los servidores de ninguna corte europea. Sin embargo, en el Alcázar español seguían gozando de protagonismo. Un protagonismo que a Marco le pareció excesivo. Los enanos del rey Carlos no sólo cumplían con su papel humorístico y de acompañamiento, que era el que habitualmente se asignaba a estas personas, sino que alguno de ellos, incluso, desempeñaba el puesto de ayuda de cámara del soberano. Todos iban muy bien vestidos. En la audiencia estaban presentes tres o cuatro.

–Luis, hermanito –decía Sol muy divertida–, tienes que conseguir que hable con ellos. Preséntamelos, por favor. Son muy graciosos. Fíjate en sus piernecitas. Luis, ¿no hay ninguna enana en el Alcázar?

Sol había querido acompañarlos en aquella visita. Sentía verdadera curiosidad por ver la Corte por dentro. Los enanos la habían impresionado de forma muy especial. ¡Qué guapa era Sol! Si no fuera la hermana de Luis, intentaría conquistarla. Decían que estaba enamorada de un joven, pero eso no era un inconveniente para Marco Spontini, sino todo lo contrario. Conquistar mujeres siempre resultaba interesante. Lo mismo daba que estuvieran solteras, casadas, viudas o prometidas. Cuanto más arriesgada y difícil fuera la conquista, mayor sería la victoria. Sólo la amistad podía hacerle desistir del amor de una mujer, y él se consideraba un buen amigo de Luis Méndez Sanchidrián, conde de Saelices.

–La salud de Carlos II no es buena –seguía diciendo Luis– y los presagios sobre su posible descendencia no parecen muy esperanzadores.

–Pero si aún no se ha casado –exclamó Marco con expresión divertida–. Cómo sois los españoles. Ya estáis pensando en los hijos que tendrá y todavía está soltero. Buscadle una hermosa mujer y ya veréis.

–Dios te oiga, Marco, pero no estoy tan seguro.

Paseaban cerca del río, cuyas limpias y tranquilas aguas se habían convertido en espejo donde se miraban algunas cúpulas, entre ellas, la que sobresalía de la catedral. Marco obligó a su amigo a detenerse y a mirar el Tormes. Emocionado, le dijo:

–¡Qué hermosura! ¿Ves?, éste es uno de los encantos de las ciudades con río.

–Sí, ahora, con la tranquilidad y el buen tiempo, resulta precioso. Pero imagínatelo embravecido, cuando no puede soportar en su lecho tanta agua. Y piensa en las consecuencias que generan situaciones similares. Hace unos años, en este río maravilloso que ahora contemplamos, se produjo una de sus mayores riadas. Algunos de los salmantinos actuales vivieron aquella desgracia, que tienen presente en su recuerdo como la crecida de San Policarpo. No se sabe exactamente cuántas personas murieron, pero sí que fueron enterradas más de cuarenta. Desaparecieron alrededor de cuatrocientas cincuenta viviendas...

Marco escuchaba a su amigo y con suavidad interrumpió su relato.

–Luis, desgraciadamente, las catástrofes se suelen producir en determinados momentos en cualquier lugar del mundo. Es como si la naturaleza se cobrara un tributo, no sé muy bien por qué. Tal vez llegue un día en que sepamos controlarlas, aunque pienso que siempre se escaparán de nuestras manos. Pero ello no quiere decir que porque el río pueda convertirse un día en brazo armado de la muerte tengamos que rechazar su belleza para siempre. Querido Luis, es como si por evitar el desamor, que puede surgir en un momento dado entre dos seres que se quieren, te negaras a enamorarte. Creo que cometerías un grave error. La felicidad nunca puede ser permanente, así como tampoco el dolor. Por tanto, admira la belleza del Tormes y disfruta de este momento. Ya sé que no soy la hermosa mujer por la que suspiras, pero soy tu amigo y éste es un momento único. Nunca se repetirá, nunca volverás a ver en esta agua la cúpula de la catedral. En otras aguas sí, pero no en éstas. Porque el agua de los ríos está continuamente de paso. Te confieso, Luis, que a veces me apetecería ser como el agua de los ríos para estar siempre viajando y conociendo nuevos lugares. ¿A ti te gustaría?

Sus ojos sonreían. Nunca los había visto tan risueños y soñadores. Se había sentido enormemente feliz al creerse el destinatario de aquella mirada. Sin embargo, según se acercaba a ella, se iba dando cuenta de que no era a él a quien saludaba sino a Miguel López de las Navas. Su hermana Sol parecía estar enamorada de aquel imbécil, por eso le sonreía de esa forma. Sí, imbécil. Cada día, Luis estaba más convencido de ello. El hijo de los marqueses de Peñarredonda era el pretendiente menos adecuado para su hermana. Todos los que le conocían opinaban lo mismo. Todos menos Sol. Cuando ella le habló de su interés por Miguel, Luis trató de disuadirla.

–¿Por qué no dejas pasar una temporada y le das un margen hasta que termine sus estudios de Derecho en Bolonia?

–Ni hablar. No quiero arriesgarme a que se fije en otra. Me gusta mucho. Y tú, Luis, tienes que ayudarnos. Sabes que mamá jamás consentiría que saliera sola con él, pero si Andrés o tú me acompañáis no habrá problema. ¿Verdad que me apoyarás, hermanito?

Sol, muy zalamera, abrazaba a su hermano mayor, que no sabía cómo oponerse.

–Además, hemos pensado que si mamá decide celebrar su cumpleaños como otras veces en la casa de El Escorial podríamos invitarle. Por esas fechas él ya estará en Madrid. Sí, Luis, hazme el favor, sugiéreselo a mamá como cosa tuya. Tú tienes gran influencia sobre ella y si le hablas bien de Miguel, seguro que la predispones a su favor, que es lo que yo quiero.

–¿Hemos pensado, dices? ¿Entonces ha sido iniciativa de Miguel que le convidemos al cumpleaños de mamá?

–Qué importa de quién haya sido. Los dos estamos de acuerdo. Él me quiere, Luis, y desea estar conmigo. No ambiciona nada más que mi cariño. Además, dime la verdad, ¿no te encantaría verme un día convertida en marquesa de Peñarredonda?

No sólo no me encantaría sino que me disgustaría, pensó Luis, pero dijo:

–Lo único que me importa es que seas feliz.

Sol había conseguido que Miguel fuera invitado al cumpleaños. Áquel fue uno de los peores momentos en la vida de Luis. Al final de la tarde, y cuando se encontraba aislado de todos mirando las quietas aguas del estanque, volvió a ver los ojos de su hermana, no tan alegres como al comienzo de la tarde pero sí igual de hermosos.

–¿Qué te pasa, Luis, no te encuentras bien? ¿Qué haces aquí solo?

–No te preocupes, Sol. Me encuentro perfectamente. Sólo estaba descansando unos minutos. Vuelve con los invitados.

–Luis, sabes que te quiero mucho y deseo verte siempre feliz.

–Lo sé, cielo, vete tranquila.

Al ver que Luis no le contestaba, Marco se volvió y entendió el porqué del silencio. Su amigo se había quedado unos cuantos metros atrás mirando el Tormes. Cuando iba a llamarle se fijó en unos matorrales que se agitaban. Alguien tenía que estar detrás. El día estaba totalmente en calma, no se movían ni las hojas. Marco caminó a donde se encontraba Luis, haciéndole señas de que no se moviera y le esperara allí. Al llegar a su lado, caminaron juntos hacia el matorral, que seguía moviéndose. Sobresaltados, descubrieron a una joven amordazada y maniatada. Mientras uno trataba de levantarla, el otro le quitaba la mordaza y las cuerdas con que le habían sujetado manos y pies. Casi no se podían distinguir sus facciones de lo sucia que tenía la cara. Las lágrimas mezcladas con el polvo la habían cubierto con una especie de máscara rojiza.

–No me hagan daño, no me peguen –decía entre sollozos.

–Tranquilícese. Con nosotros está segura.

–Eran cinco rufianes. Me golpearon y también me hubieran finado, si uno de ellos no convence a sus compinches de que me moriría igual de frío si me dejaban aquí atada.

Luis se anticipó a Marco y envolvió el cuerpo de la muchacha con su capa al tiempo que intentaba hacerla reaccionar. Su cuerpo estaba totalmente aterido. La habían dejado en un lugar resguardado de las miradas y fue precisamente el cobijo que le brindaron los matorrales lo que salvó su vida. No hubiera podido resistir el frío de la madrugada cerca del Tormes.

La joven, que dijo llamarse Ana, no tenía más de diecisiete años y, según les contó, era la mayor de siete hermanos. La necesidad la había llevado a trabajar siendo casi una niña en el mesón del Gallo y allí seguía, atendiendo a los clientes hasta altas horas de la madrugada. Fue ahí, precisamente, donde conoció a los cinco estudiantes, que nunca hasta entonces había visto en el mesón. Cuando se acercó a su mesa a servirles una jarra de vino, escuchó que uno de ellos decía que al día siguiente le daría un escarmiento al juez Cifuentes. Pensaban secuestrar a su hijo para chantajearle. Le exigirían, a cambio de su libertad, la liberación de media docena de estudiantes encarcelados por decisión expresa de Cifuentes.

–El estudiante que hablaba se encontraba de espaldas y no se percató de que yo estaba detrás. Pero los demás me vieron y no hicieron nada, sólo vi como se miraban.

–¿Y tú que hiciste? –preguntó Marco.

–Seguí atendiendo a los clientes y dándole vueltas a cómo podría avisar al juez para que no se cometiera aquel atropello. Claro que yo tengo pocas posibilidades de que alguien me haga caso. ¿Quién va a creer lo que le cuenta una pobre muchacha de mesón?

–¿Qué sucedió después?

–Pues que a la salida, cuando iba cerca de la plazuela de la Lonja, sentí que me agarraban. Noté un fuerte dolor en la cabeza y cuando me recuperé, nos encontrábamos cerca del río.

Habían llegado a las inmediaciones del arrabal donde vivía Ana. Marco no creía que pudieran existir lugares tan míseros. Muchos niños harapientos correteaban entre las casuchas medio derruidas, pegadas unas a otras, como si intentasen apoyarse mutuamente para evitar caerse y convertirse en escombros. Algunos hombres charlaban al sol mientras las mujeres se afanaban en los trabajos domésticos.

Ana se quitó la capa y mirando a Luis, dijo:

–Muchas gracias. Nunca olvidaré que debo la vida a Vuestras Mercedes. Me gustaría poder agradecerles todo lo que han hecho por mí. Vengan a verme esta noche al mesón del Gallo.

–¿No tienes miedo de volver?, ¿y si te encuentras con tus raptores? –preguntó Luis.

–No creo que vuelvan. Anoche se reunieron allí de forma casual. Nunca antes les había visto. Además, voy a ir como si no pasara nada. No diré a nadie lo que me ha sucedido.

–Sí, tal vez sea lo mejor –dijo Marco, y añadió–: Ana, seguro que esta noche te hacemos una visita.

Pese a que aún se encontraban a cierta distancia del barrio extramuros donde estaba su casa, la muchacha se despidió de ellos. Seguramente, se avergonzaba de su pobreza y no quería que viesen las condiciones en que vivía.

Una vez atravesada la muralla, y ya dentro de la ciudad, Marco propuso a Luis que fueran a visitar a su amigo el padre Pidatella, con el que iban a almorzar, y que era la persona a quien mejor podían contarle lo que les había sucedido.

–Luis, es mejor que se lo contemos a él que al Corregidor, aunque éste sea un viejo amigo de tu familia. Pidatella es de toda confianza y nos orientará e informará sobre si ya ha sucedido algo de lo que se proponían los estudiantes. Puede que todavía estemos a tiempo de detenerlos.

–Sí, tal vez sea lo mejor. Démonos prisa.

Se encaminaron al colegio real de la Compañía de Jesús. El padre Pidatella era un jesuita italiano que enseñaba Teología desde hacía algunos años en Salamanca, donde los jesuitas se habían instalado en 1548, poco después de ser aprobada la orden por el Papa. Al principio vivieron en un sencillo edificio no muy céntrico. Sin embargo, su situación había mejorado considerablemente. Ahora, y gracias a la generosidad y apoyo de la reina doña Margarita de Austria, esposa de Felipe III, disponían de un colegio estupendo en el mismo corazón de la ciudad. En los terrenos que les fueron cedidos, más de dieciocho mil metros cuadrados, además del colegio se levantaba una iglesia aún por terminar.

El padre Pidatella tardaría unos diez minutos en reunirse con ellos. Luis estaba un poco intranquilo, temía no llegar a tiempo y que ya hubiesen secuestrado al hijo del juez Cifuentes. Marco no podía estarse quieto mientras esperaban y paseaba sin cesar. De repente, como si hubiese descubierto algo importante, dijo:

–Luis, creo que perdemos el tiempo. El secuestro ya ha tenido que realizarse, porque si estuviera previsto para esta tarde no se habrían arriesgado a dejar a Ana con vida. Aunque existían pocas posibilidades de encontrarla, alguna había. Y si esto sucedía, su acción quedaba al descubierto.

–Creo que tienes razón. Pero si ya se ha perpetrado es raro que no nos hayamos encontrado con corrillos de gente o con algún tipo de desorden callejero. A no ser que hayan secuestrado al chico y que nadie lo sepa a excepción de sus padres.

–Dentro de poco saldremos de dudas.

–¿Qué te ha parecido Ana? –preguntó Luis.

–La verdad es que, en el estado en que se encontraba, poco se puede decir. Creo que sus facciones son proporcionadas. Es alta, esbelta, ¿te fijaste en sus piernas? –dijo Marco sonriendo.

–La verdad es que no. ¿Son bonitas?

–Perfectas. Muy largas y bien torneadas.

–Marco, ¿no te ha dado pena ver el lugar donde vive? Qué triste tiene que ser la miseria. Antes de irnos me gustaría darle un dinero.

–Claro, me parece estupendo –dijo Marco–, yo también le entregaré algo.

–¿Qué sucede para que me visitéis a está hora cuando hemos quedado sobre las dos de la tarde? ¿No me digáis que ya os vais y me dejáis plantado? –El padre Pidatella había irrumpido en la sala como una exhalación.

–No, no –se apresuró a contestar Marco–. Nada de eso. Es que hoy, paseando cerca del río, nos sucedió algo que ahora te contaremos, pero antes queremos que nos digas si esta mañana se ha producido algún altercado, si han secuestrado al hijo del juez Cifuentes o si lo intentaron y no lo consiguieron. Cuéntanos.

–Afortunadamente, llevamos varios días tranquilos. Y esta mañana, gracias a Dios, no ha sucedido nada.

–¿Estás seguro? –insistió Marco.

–Completamente. Fijaos si estaré seguro que cuando venía para aquí a encontrarme con vosotros me he cruzado con el juez y su hijo, que acudían a entrevistarse con el padre Muñoz. Cifuentes pretende que alguno de nosotros vaya introduciendo en el estudio a su chico dándole clases en su casa.

Marco y Luis se miraban sorprendidos. La única explicación era que el secuestro estuviese planeado para otro día o que algo les hubiera fallado. Los dos, sin decírselo, pensaron en la muchacha que habían salvado. Deberían volver a verla para ponerla sobre aviso de que corría peligro. Posiblemente, si los estudiantes volvían por la noche al mesón y descubrían a la chica, intentarían matarla para impedir que hablara. El padre Pidatella, con una sonrisa un tanto maliciosa, les preguntó:

–¿Me vais a contar, por fin, qué os ha pasado?

Pidatella los escuchaba divertido. Cuando terminaron su relato, les dijo:

–No sabéis cómo siento deciros que habéis sido víctimas de un engaño.

–¿Cómo de un engaño?, ¿con qué finalidad?, ¿qué pretendían conseguir?

–Su única finalidad no era otra que la de robaros. No podéis imaginar a qué extremos llega el ingenio para engañar a los demás. Esa muchacha era una pícara, estaba allí para intentar que algunos incautos como vosotros picarais.

Instintivamente, los dos amigos dirigieron sus manos hacia el cinturón y allí intentaron localizar la bolsa del dinero. ¡Nada! ¡No estaba! Les había robado a ambos.

–No os preocupéis, yo puedo prestaros dinero para pagar la hostería hasta hoy. También trataré de conseguir que podáis quedaros aquí en nuestro colegio –les dijo el padre Pidatella intentando animarles.

–Muchas gracias, querido amigo, pero no llevábamos todo nuestro dinero en la bolsa. Todavía tenemos el suficiente para hacer frente a nuestros gastos.

–No conozco a tu amigo Luis, pero sí a ti, Marco, y sé lo confiado que eres. ¿No habréis dejado el dinero en vuestros cuartos del colegio Fonseca?

–Somos tontos, pero no tanto. Lo llevamos con nosotros, pero bien escondido.

–Tened mucho cuidado a partir de ahora y ni se os ocurra buscar a la muchacha. Ni se llama como os dijo, ni la encontraréis en el mesón del Gallo, ni en el arrabal donde la dejasteis. Lo mejor que podéis hacer es olvidaros del asunto. Si conocierais un poco el ambiente en que nos movemos, os daríais cuenta de que algo fallaba en el relato de la muchacha. Es tal la violencia de los distintos grupos estudiantiles que jamás la habrían dejado con vida, y de hacerlo, sería después de violarla unos cuantos.

–¡Qué barbaridad! –Luis no pudo reprimir el comentario.

–Mucho más terrible de lo que os podáis imaginar –continuó Pidatella–. Ya sé que muchas veces los temas se exageran, pero este caso del que voy a hablaros fue verdadero. Lo conozco porque uno de nuestros hermanos, el padre Félix Carranza, nos lo contó. El suceso se registró hace unos cuantos años. Fue una noche que nevó mucho. Un grupo de estudiantes sacaron a una mujer en un borrico, azotándola y tirándole pelladas de nieve. La acusaban de apestada y de vender carne podrida y la condenaban a recibir doscientos azotes. Antes de infringirle el castigo la gozaron más de treinta, casi la totalidad del grupo.

–¿Y qué hizo la justicia? –preguntó Marco horrorizado.

–El juez mandó prenderlos, y es verdad que detuvieron a unos cuantos, pero los que no fueron localizados echaron abajo las puertas del juez y también las de la cárcel y sacaron a sus compañeros detenidos.

–¿Y entonces? –se interesó Luis.

–Es posible que las cosas hubieran quedado así, pero el tema se agravó al morir la mujer apaleada. El juez intensificó entonces las pesquisas consiguiendo hacerse con uno de aquellos delincuentes. Y temeroso de que volviesen a derribar las puertas de la prisión, mandó encerrarlo en la torre de la iglesia Mayor.

–Me imagino –dijo Luis– que entonces sí conseguiría el juez hacerle pagar por el asesinato cometido.

–No. Lo que sucedió fue que, ante la imposibilidad de liberar a su compañero, los estudiantes molieron a palos a uno de los bedeles de las escuelas y le quitaron las llaves. Ensuciaron las cátedras y cerraron las escuelas, con amenaza de prenderles fuego si no soltaban al estudiante. Y aunque os parezca imposible, lo soltó el Corregidor. Las escuelas se reabrieron. Como veréis, ha quedado claro quién manda en Salamanca.

Marco y Luis seguían en silencio sin hacer ningún tipo de comentarios. El padre Pidatella, poniéndose en pie, les dijo:

–Si no tenéis nada más que decirme os dejo, que tengo un montón de cosas que hacer antes de la comida. Luego os seguiré contando otros sucesos ilustrativos de nuestra vida en Salamanca. De verdad, ¿no necesitáis dinero?

–No, muchísimas gracias. Luego nos vemos.

Marco y Luis abandonaron el colegio de los jesuitas en silencio. Estaban enormemente disgustados, más que por el dinero, por lo que se habrían reído de ellos.

–Creo que sé en qué momento me robó la bolsa aquella desgraciada –dijo Luis–, pero a ti, Marco, ¿cuándo te la quitó?

Una sonora carcajada fue la respuesta. Contagiado por la risa de su amigo, Luis se unió a él. Nadie diría, al verlos tan felices, que acababan de robarles. Casi se dan de bruces con la Casa de las Conchas. Marco Spontini, aun en aquel momento, no pudo pasar de largo delante de la casa de sus amores. Agarró a Luis del brazo y le dijo:

–Luis, hagamos un alto en nuestras preocupaciones y admiremos una vez más la casa más hermosa de Salamanca.

–¿Tanto te gusta?

–Mucho más de lo que puedas imaginarte. Me gusta por su ornamentación y singularidad, ya que es muy difícil encuadrarla en un determinado estilo, y me gusta sobre todo por su significado. Es una casa consagrada al amor.

Luis miraba a su amigo italiano sonriendo. Era imposible no hacerlo escuchando sus argumentaciones.

–¿No te parece que exageras un poco, Marco?

–Creo que no. ¿Qué significan esos delfines en el dintel de la puerta?

–No tengo ni idea. Creo que son frecuentes en el arte renacentista, y tú, Marco, deberías poder explicármelo, ya que eres experto en todo lo referido al Renacimiento.

–No seas cínico, Luis. Si reconoces que son elementos renacentistas, estoy convencido de que sabes qué significan. Pero sí, yo te lo diré. Los pares de delfines son el símbolo del amor. Y en esta casa creo que no han sido elegidos simplemente porque a sus dueños les gustasen, sino porque fue ideada para albergar a un matrimonio. Una casa creada para cobijar el amor de una joven e ilusionada pareja. ¿Tú sabes quiénes eran?

–Unos piensan –dijo Luis– que fue don Rodrigo Arias Maldonado quien mandó construir la casa para celebrar su matrimonio con doña María Pimentel, otros, que fue para la boda de su hijo, Arias Maldonado, con doña Juana Pimentel. Fuera como fuese, de lo que no cabe duda es de que significa la unión de las casas Maldonado y Pimentel. Extremo este confirmado con los enlazados escudos de las dos familias.

Luis no pudo evitar, al hablar de boda y uniones, recordar a su hermana Sol. ¿Llegaría a casarse con Miguel López de las Navas? ¿También ellos harían una casa para festejar su amor? Su hermana heredaría una buena fortuna. Sólo eran tres hermanos. Su padre les había dejado importantes posesiones en Andalucía: grandes extensiones de terreno que cada día veían aumentar su valor. Y su madre, hija única, había heredado la fortuna de los Sanchidrián. Luis no estaba tan seguro del patrimonio de los marqueses de Peñarredonda. Tendría que investigarlo. Igual descubría que lo que más le interesaba a Miguel de su hermana era la fortuna que ésta esperaba heredar. ¿Por qué no lo había pensado hasta entonces? La posibilidad de estar en lo cierto le anima porque ésa sería una forma de abrirle los ojos a su hermana y evitar el matrimonio. Tiene que intentar por todos los medios que el casamiento de su hermana nunca se lleve a efecto.

–¿Qué haces, Luis?, ¿cuentas las conchas de la fachada?

–Sí, Marco. Soy un poco lento. Pero ya he terminado. Son más de trescientas.

–Eres increíble. ¿De verdad las has contado?

–Claro. Sabía que ibas a preguntarme cuántas eran.

–Luis, ¿crees que encontraremos a Ana o como se llame?

–Es posible que no, pero estoy decidido a remover toda Salamanca para dar con ella. Espero que no me dejes solo en la búsqueda, Marco.

–Por supuesto que no, aunque tal vez lo más oportuno fuera pedir ayuda al Corregidor. Incluso puede que tenga antecedentes y sea conocida por sus fechorías.

–Ni hablar –respondió Luis–, no quiero que nadie se entere de lo que nos ha pasado. Es un tema muy particular que debemos solventar nosotros.

Con cara resignada y encogiéndose de hombros, Marco asintió.

–De acuerdo, Luis, tú mandas.

El mesón del Gallo era uno de los más famosos de Salamanca. Había permanecido cerrado por algún altercado, algo muy habitual en este tipo de locales. Cuando Luis y Marco llegaron se encontraba casi vacío, sólo dos mesas estaban ocupadas por clientes habituales, ya que el mozo los llamaba por su nombre. Se sentaron en una mesa cercana a la ventana. Pidieron una jarra de vino y trataron de entablar conversación con el muchacho que les atendía.

–Un amigo nos recomendó este mesón como uno de los mejores y más animados.

–La verdad es que les aconsejó bien. El Gallo es el más apreciado y conocido y donde mejor vino se bebe de toda la ciudad –dijo el mozo muy orgulloso.

–Pero creo que se equivocó, porque nos comentó que el mesón estaba atendido por guapas mozas y aquí no vemos ninguna.

–No, no les engañó. Lo que sucede es que vienen después de las siete de la tarde.

–¿Son mujeres jóvenes? –preguntó Luis.

–Bueno, no creo que ninguna cumpla ya los veinte. Pero son muy guapas y divertidas.

Tanto Luis como Marco pensaron que era inútil seguir preguntando. Tendrían que volver por la noche. Además, deberían ser puntuales, el padre Pidatella les esperaba para almorzar. Tras la comida con el jesuita los dos jóvenes prosiguieron su recorrido por los mesones salmantinos. Habían bebido demasiado, una jarra de vino en cada uno y una posibilidad menos de encontrar a la supuesta Ana. En dos de las tabernas les habían comentado que hacía como unos quince días otro viajero había solicitado el mismo tipo de información que ellos. Aunque no tenían ni idea de quién podía ser la joven delincuente. Una de las chicas del mesón del Gallo les apuntó la posibilidad de que la supuesta Ana fuera María, una conocida pícara nacida en Alba de Tormes. Y les aconsejó no seguir buscándola porque no conseguirían dar con ella.

–Cuánto lo siento, Luis –dijo Marco–. Te he convencido para venir a Salamanca porque estaba deseando conocer esta ciudad de la que tanto me han hablado. Pensaba que pasaríamos unos días tranquilos y mira cómo estamos, expuestos a que nos den un susto y un poco achispados. Pero ¿sabes qué te digo? Que al demonio con esa ladronzuela. Necesito divertirme esta noche. Tenemos que enterarnos de dónde podemos conocer mujeres interesantes que nos ayuden a no olvidar nunca la noche salmantina.

–¿A qué te refieres? –preguntó Luis con la incredulidad pintada en la cara.

–A eso mismo en lo que estás pensando. ¿Sabes? –dijo Marco divertido–, no puedo estar más de un mes sin acostarme con una mujer. En mi vida normal en Roma suelo tener relaciones todas las semanas, por ello estoy tan ansioso, porque aunque en Madrid he conocido a una gran señora, no he podido estar con ella más de cinco veces.

Luis escuchaba a su amigo mientras calculaba mentalmente. Hacía casi tres meses que Marco había llegado a Madrid. Sí, indudablemente, el balance no estaba nada mal. Luis se sorprendió de estar pensando en estas cosas. Él, Luis Méndez Sanchidrián, séptimo conde de Saelices, no debía dedicar ni un minuto de su tiempo a este tipo de frivolidades. Pero había tomado mucho vino, y Marco también. Por ello no debía darle importancia a lo que su amigo le estaba contando. Que a Marco le apasionaban las mujeres resultaba evidente. Sólo con fijarse en cómo las miraba era suficiente. También a ellas parecía gustarles. Desde su perspectiva masculina, Luis no sabría decir si Marco era un hombre atractivo. De mediana estatura, no muy delgado, con el pelo negro y unos chispeantes ojos verdes.

–Si lo desean, cuando cerremos el mesón yo puedo acompañarles a un lugar que les gustará. Es un sitio tranquilo y muy discreto al que sólo suelen ir señoritos como ustedes. Y si quieren yo puedo atenderles personalmente. Me gustaría mucho hacer los honores aquí al señor –dijo mirando a Luis amorosamente.

Marco observó cómo se sonrojaba su amigo ante la provocación de la muchacha, pero no hizo ningún comentario. Sólo se limitó a decir:

–No sabes lo agradecidos que te estamos, pero te rogaríamos nos dieras la dirección, porque mi amigo y yo queremos recorrer antes otros dos locales por si damos con el paradero de la chica a la que buscamos. Después iremos a rematar la noche a esa casa de la que nos hablas. Y claro que nos gustaría volver a verte.

Era una guapa y lozana moza. Rubia, muy blanca y bastante entrada en carnes. No era el prototipo de mujer salmantina ni española, más bien podría pasar por una de las modelos en las que Rubens se inspiraba. Después de darles la dirección, se alejó de la mesa y con un gesto pícaro, les dijo:

–Háganme caso. Vayan a la Casa del Puente, no se arrepentirán.

–¿Por qué le has dicho que vamos a ir? –preguntó Luis un poco enfadado.

–Porque eso es lo que haremos dentro de una o dos horas.

–Irás tú, Marco, yo no pienso entrar nunca en una casa de lenocinio.

–¿Cómo?, ¿nunca has estado en un prostíbulo? –exclamó Marco asombrado.

–Pues no, y pienso seguir manteniendo mis principios –dijo muy serio Luis.

–Está bien –respondió Marco–, pero ahora sigamos con nuestra búsqueda.

Marco no podía dejar de pensar en lo que acababa de decirle Luis. No entendía como un hombre, a los veintisiete años, no había tenido nunca tratos con una meretriz, claro que podía ser que sí, pero en otro lugar que no fuera un burdel. Tal vez, Luis, siempre tan discreto, prefería la intimidad que, sin duda, le brindaba la propia casa de la prostituta. Entonces Marco se dio cuenta de lo poco que conocía a su amigo en este aspecto. Habían congeniado nada más conocerse. Eran dos personas con gustos bastante afines. Ambos compartían la misma pasión por el arte y ambos eran devotos de la amistad. Pero lo cierto es que la relación con Luis desde su llegada a Madrid siempre había estado centrada en temas profesionales. En realidad, era en este viaje a Salamanca cuando estaban conociéndose más íntimamente. Sin embargo, al recopilar ahora datos sobre la personalidad de Luis, Marco se da cuenta de que jamás había coincidido con él en ninguno de los locales de diversión madrileños y sí muchas veces con su hermano Andrés.

Luis estaba molesto por la situación. Debería dejar a Marco y marcharse a dormir a la hostería. Pero quiere seguir buscando a la muchacha que les ha complicado la estancia en Salamanca. ¿De verdad es eso lo que quiere? Ya está bien, piensa, no debo engañarme más. Tengo que intentar conocerme a fondo y llamar a las cosas por su nombre. Luis reconoce entonces que le da lo mismo encontrar a la chica que no. Siempre se está engañando a sí mismo. Esta noche siente la necesidad de llegar a la raíz de sus sentimientos, angustias y preocupaciones. Debe ser honrado y reconocer que lo que de verdad le impide dejar a Marco y volver a la hostería es que le apetece continuar bebiendo. Es como una especie de vértigo que le resulta agradable. Nunca ha bebido tanto. Por momentos se siente como si fuera otra persona. ¿Será capaz de acompañar a Marco al prostíbulo? Sus principios se lo impiden. Además, le da mucha vergüenza, aunque Marco es un amigo discreto y sabrá comprender. Luis piensa que con unos cuantos vasos más podrá afrontarlo.

El mesón de Rufo estaba atestado pero consiguieron una mesa. Después de pedir una jarra de vino, Luis le dijo a Marcos:

–Si te parece, no vamos a preguntar más por la chica. Olvidémonos del percance. Quién sabe si algún día le estaré agradecido porque gracias a ella nuestra estancia en Salamanca está resultando totalmente distinta a como la había imaginado. Ya había estado aquí más veces y no conocía nada de este ambiente nocturno.

–Es que tú, Luis, eres demasiado formal y académico. Demasiado serio. La vida es mucho más divertida. No entiendo como, admirando y amando el arte renacentista, no te identificas más con los valores y las aficiones de los hombres de entonces.

–Porque pertenezco a esta época y en ella he sido educado. Además, no tiene nada que ver. Tú puedes admirar el trabajo, el arte de alguien y no su comportamiento. Según tu criterio, Marco, yo, que me confieso admirador de la obra de Cellini, ¿también tendría que aprobar y aplaudir su comportamiento como hombre?

–No exactamente. Estoy de acuerdo en que la conducta individual es privativa de cada uno, pero lo que sí podrías compartir es su actitud vital. Porque si Cellini no fuera un hombre de su tiempo, si no tuviera la concepción de la vida propia de los artistas renacentistas, no habría creado esa obra que tanto admiras. Luis, ¿te imaginas que en los tiempos actuales alguien pudiera crear un Perseo como el de Cellini?

–La verdad es que no –respondió, pensativo, Luis–. Pero lo que yo admiro en Cellini, independientemente de los temas o personajes elegidos, es la forma. El perfecto acabado donde se vislumbra su faceta de orfebre.

–Ya –añadió Marco–, es como si yo, que rechazo el miedo y el dolor, confieso mi admiración por muchas de las pinturas y esculturas actuales, sólo por la dramática perfección que sus creadores han conseguido plasmar.

–Sí –dijo Luis complacido–, lo has entendido perfectamente.

–Pues querido Luis, perdona que no esté de acuerdo. Tú sí podrás hacer esa abstracción, yo no. El arte encierra para mí otro tipo de sensaciones además de las puramente estéticas. Disfruto mucho más contemplando a la Virgen con su bello rostro mirando embelesada al Niño Jesús que a la Virgen transida de dolor con el cuerpo de Cristo Crucificado o *La primavera,* de Botticelli, que *La Magdalena penitente,* de Mena, que, sin duda, es extraordinaria, aunque provoque en mí cierto rechazo. No puedo ni quiero ocultarte, Luis, mi desacuerdo con los artistas que están al servicio de la Iglesia y de la monarquía. Porque sus creaciones se convierten en propaganda religiosa y política. Es una corriente cargada de simbolismo y una de sus finalidades es la de mover conductas. A través de su obra muestran lo terrible que puede resultar apartarse del camino de la rectitud, e intentan provocar, con esas escenificaciones de dolor, una reacción de arrepentimiento. No me gusta, Luis, que el arte sea utilizado como medio represivo.

–A mí tampoco me gustan las medidas restrictivas, aunque comprendo que alguien que piense que sus creencias son las correctas utilice el arte si con él puede hacer proselitismo. No siento ninguna aversión hacia el Barroco como tú. Me gusta *La Magdalena penitente* por su valor artístico y también por su significado. Y ¿qué me dices del naturalismo? ¿No te gustan los retratos con personalidad propia? ¿No eres un ferviente admirador de Velázquez? Pues querido Marco, en definitiva, el naturalismo no es más que una manifestación de la corriente barroca. Y quiero decirte que mi admiración por algunas pinturas y esculturas que tú rechazas no me inhabilita para admirar con auténtica pasión *Las Venus del espejo,* de Rubens y Velázquez, aunque si pudiera tener una en mi poder, elegiría la de Velázquez. Creo, mi admirado Marco, que en el fondo soy mucho más universalista que tú. Bastante menos sectario. Y si te parezco serio y aburrido lo siento.

Sin duda, pensó Marco, el vino estaba haciendo efecto a su amigo y sonriendo, le dijo:

–¿Tú aburrido? Quiero que sepas que no conozco a nadie más ameno y agradable. Lo que sucede es que esta noche he observado ciertos rasgos de tu personalidad que me han sorprendido. ¿Cómo no voy a admirar a Velázquez después de haber visto el retrato del papa Inocencio X? Y estoy deseando ver el dedicado a la familia del rey Felipe IV. Recuerda que cuando regresemos a Madrid tienes que llevarme al Alcázar. No quiero irme de España sin contemplar esa obra de la que me han contado maravillas. En cuanto a tu elección de la Venus, estoy completamente de acuerdo. La de Velázquez es mucho mejor. Pero yo esta noche prefiero una Venus de carne y hueso, aunque no sea tan hermosa como las de Rubens y Velázquez, ¿no piensas tú lo mismo, Luis?

–Ay, Marco, si yo te contara –suspiró Luis.

–Cuenta, cuenta, por favor. Hazme tu confidente.

–¿Cómo es posible que los dos hombres más guapos que hay en el mesón estén solos? ¿No desean compañía Vuestras Mercedes?

Una mujer de unos cuarenta años, bien vestida y con cierto estilo, probablemente la dueña del mesón, parecía interesada en alegrarles la noche.

–Usted parece un poco necesitado de cariño –dijo mirando a Luis, y acercando su mano a la suya, casi le susurró–: Si le gustasen las mujeres un poco mayores como yo, estaría dispuesta a compensarle de todos sus sinsabores.

Luis, muy azarado, miró a Marco como pidiéndole ayuda y tímidamente respondió:

–Confieso no sentir predilección por las mujeres mayores, aunque por mujeres tan hermosas como usted siempre sentiré admiración. Me encantaría que pasáramos la noche juntos pero tenemos otro compromiso. Es posible que si mañana volvemos a coincidir, lleguemos a un acuerdo. Me encantaría poder besarla, admirar su cuerpo en la intimidad. –Y con un gesto que, de haberlo visto, pudo haber provocado la sonrisa general en el mesón, Luis acercó la mano de la mesonera a sus labios y la miró a los ojos apasionadamente.

Marco no daba crédito a lo que estaba viendo. Decididamente, el vino había obrado milagros en su amigo. O tal vez la imagen que tenía de él no se correspondía con la realidad y el hecho de que nunca hubiera estado en un prostíbulo no significaba nada más que eso: que nunca necesitó pagar los servicios de nadie para hacer el amor. Claro que Luis podía ser un experto conquistador y gozar del favor de las mujeres. La verdad era que a lo largo de la noche se habían fijado mucho más en Luis que en él.

–Su amigo no es español, ¿verdad? –dijo la mesonera a Luis.

–No –respondió Luis–, es romano.

–¿Conoce usted al Papa? –le preguntó a Marco.

–No, no conozco a Su Santidad. ¿En qué ha notado que soy extranjero si no me ha escuchado hablar?

–En sus movimientos, son demasiado refinados. Los españoles suelen ser más toscos.

Lo cierto es que la mesonera tampoco podía deducir que Marco fuera extranjero observando su atuendo, que no se diferenciaba en nada del de Luis. Desde el día en que habían acudido al Alcázar a visitar al Rey, Marco decidió vestirse como los españoles. En aquella ocasión, queriendo seguir la norma de los embajadores extranjeros cuando se presentaban ante el monarca, se colocó la golilla –el cuello blanco rígido–, los calzones y el jubón totalmente negros. Esta noche llevaba un atuendo mucho más cómodo:

–Así que rechazan mi propuesta –dijo la mesonera levantándose.

Luis pareció dudar, pero Marco dijo:

–Sí, lo sentimos muchísimo. Como decía mi amigo antes, esta noche nos esperan en la Casa del Puente.

–Buen sitio, seguro que lo pasan bien. Allí hay mozas estupendas, sobre todo para usted, que tiene ojos de haber querido a muchas.

–¿Cómo son mis ojos? –inquirió Marco.

–Provocadores y mundanos.

La mesonera se alejaba y de repente se giró hacia ellos.

–Si volvemos a vernos, recuerden que mi nombre es Rita.

–¿Tú crees, Marco, que hemos hecho bien? Esta mujer debió de ser guapísima, aún ahora resulta atractiva y su experiencia seguro que será fabulosa.

–Pero ¿no prefieres pasar unas horas con aquella muchacha del mesón del Gallo que nos espera? Es joven y lozana y además, se mostraba muy interesada por ti.

–No sé. Rita tiene que ser una maestra en las artes amatorias –dijo Luis pesaroso.

–Seguro que en la Casa del Puente todas son licenciadas en esa disciplina. Luis, ¿por qué es tan importante para ti la experiencia?

–Siempre es buena y frecuentemente, garantía de éxito.

–Parece que estemos hablando de un negocio o de un trabajo importante.

Luis, apurando su vaso y muy nervioso, dijo:

–Es que yo, Marco, yo... nunca he mantenido relaciones con una mujer.

–*Ma che grande peccato!* ¿Veintisiete años y desconoces el más grande de los placeres? Dime que estás bromeando, Luis. No puede ser verdad lo que me estás diciendo.

–Pues sí, lo es.

–Pero ¿por qué? ¿Has hecho voto de castidad?

–No. Simplemente, no he sentido una necesidad acuciante. Nunca se me ha presentado una oportunidad y no me desagradaba la idea de reservarme para la que un día se convierta en mi mujer.

–¿Me estás diciendo que deseabas llegar virgen al matrimonio? –preguntó Marco asombrado.

–Lo cierto es que sí.

–No. No puedo creerlo, Luis. Eso es lo que tiene que hacer toda mujer honrada, pero un hombre, ¡ni hablar!

–Pero Marco, a nosotros...

–No tienes razón, Luis, estás en un error. ¿No te gustarán los hombres, verdad?

–En absoluto. Lo que sucede es que además de las razones que te he dado tal vez la más importante sea que no me he enamorado.

–Para acostarte con una mujer no necesitas enamorarte. El amor puede ser maravilloso, aunque, muchas veces, lo que hace es complicarnos la vida. No sucede lo mismo con el sexo, que siempre es placentero. Ya verás como después de esta noche te animas a seguir.

Estaban llegando a la Casa del Puente. No quedaba muy lejos del colegio Fonseca, donde se hospedaban. Era una casa de una sola planta, con una escalera en la parte posterior que daba a una especie de logia, con plantas y flores. A Marco le recordó las casas italianas de la Toscana.

¿Se sentiría defraudada Sol si supiera lo que iba a hacer? Aquel pensamiento le enfadó. Luis se sabe prisionero de muchos miedos y de muchas obsesiones que no le abandonan nunca. ¿Aprobaría el padre Velasco su comportamiento? Está excitado y un poco nervioso. ¿Será tan maravilloso como dice Marco? ¿Cómo será la mujer con la que experimente placer por vez primera? Siente no haberse quedado con la mesonera. Había algo en aquella mujer que le atraía y, sobre todo, le daba confianza. Le gustaría sentirse rodeado por sus brazos. A su lado, pasara lo que pasase, no sentiría vergüenza. Al pensar en ella, Luis nota cierta excitación.

–Marco, decididamente, ha sido un error venir a la Casa del Puente.

–¿Te has arrepentido y ya no quieres hacer el amor?

–No, es que creo que todo habría sido más fácil si me hubiera quedado con Rita.

–Si tanto te gusta, mañana la buscamos. Venga, anímate.

La entrada de la casa estaba más bien oscura.

–Buenas noches tengan Vuestras Mercedes. Han elegido un buen día para venir. Todas las muchachas están a su disposición. ¿Tienen preferencia por alguna? ¿Las conocen? Aunque creo que nunca les he visto por aquí.

Quien les hablaba, una mujer bastante mayor, era, con toda seguridad, la dueña de la casa. Curiosamente, iba vestida con una gran sobriedad, algo que a Luis le sorprendió. Les introdujo en una sencilla habitación, bien iluminada, con cortinas amarillas que potenciaban la luminosidad y con varios jarrones llenos de flores que prestaban su colorido y belleza creando un ambiente íntimo y alegre.

–No me imaginaba que los prostíbulos fueran tan limpios y claros.

–La mayoría no lo son. He frecuentado muchos –dijo Marco–, y éste es uno de los más agradables.

–Tomen asiento, por favor. ¿Hago pasar a todas las chicas? –preguntó la dueña mientras sacaba unas copas y les servía vino–. Como son ustedes los únicos clientes, podemos movernos con tranquilidad por la casa sin miedo a indiscreciones.

Al quedarse a solas, Luis le dijo a Marco:

–¿Siempre es así?

–No. Normalmente, si sabes con quién quieres estar te reúnes con ella sin ver a nadie más. Y si no conoces a ninguna, dependiendo de la privacidad que desee el cliente, la encargada o dueña del burdel elige a una de sus chicas o también hacen un pase privado, como a nosotros esta noche.

–¿No resulta un poco violento elegir a una, rechazando a las demás?

–Están acostumbradas. Ya verás lo divertido que resulta ver cómo se afanan todas para ser las elegidas.

–¿A quién de Vuestras Mercedes convertiré esta noche en el más feliz de los mortales?

Posibilidades tiene para ello, pensó Marco al mirar a la muchacha que así se expresaba. Pelirroja, bastante llenita, boca sensual y brillantes ojos negros. Aunque no hubiese dicho nada, sería ella quien llamaría su atención. Marco casi no se fijó ya en las otras cuatro muchachas, entre las que se encontraba la del mesón del Gallo, que inmediatamente se acercó a Luis.

–Qué alegría que haya venido. Le aseguro que no se arrepentirá.

–¿Por qué vas a ser tú la elegida?, quizá le guste yo más –dijo otra de las chicas.

–Dejadle que nos vea –añadió una tercera, y desabrochándose la camisa enseñaba el pecho sin ningún pudor, al tiempo que decía–: Mire Vuestra Merced, ninguna de las otras tiene unas tetas tan hermosas y duras como las mías.

Luis, ruborizado, miraba con cierta excitación los turgentes pechos de la muchacha, sin saber muy bien qué hacer ni qué decir. Buscó apoyo en Marco, pero su amigo había desaparecido con la pelirroja.

–Mis piernas son preciosas y cuando vea Vuestra Merced el resto se quedará asombrado.

–Déjeme que le bese y experimentará el mismo placer que las abejas cuando liban el néctar de las flores.

–Mis manos son capaces de conseguir siempre lo que quieren. Hago verdaderos milagros, aunque Vuestra Merced no los necesite...

Luis no sabía si gritar, salir corriendo o dejarlas hacer. De repente se callaron todas. Luis miró hacia la puerta y vio a Rita, la mesonera. A Luis le pareció que el ángel de la guarda llegaba en su ayuda.

–Marchaos, yo me ocuparé de él. –Después, Rita, tendiendo su mano a Luis, le dijo–: Venga conmigo.

Caminaban por el pasillo muy juntos. Ante aquella proximidad Luis se notaba turbado. Rita llevaba un traje precioso de terciopelo bordado en oro. Parecía una auténtica señora. Pensar que se ha arreglado así por él le hace sentirse orgulloso, pero ¿qué está haciendo allí la mesonera? ¿Por qué todas la han obedecido?

–¿Cuántos años tiene usted? –le preguntó Rita.

–Veintisiete.

–Yo estoy a punto de cumplir los cuarenta. Si te parece bien, será mejor que nos tuteemos. ¿Cuál es tu nombre?

–Luis, Luis Méndez.

–¿No te sorprende haberme encontrado en la Casa del Puente, Luis?

–En eso estaba pensando.

–Soy la dueña. La mujer que os recibió a la entrada es mi madre. Normalmente, no vengo por aquí. Pero hoy he hecho una excepción por ti. Me gustas mucho y estoy deseando desvirgarte. Nunca me resisto a la tentación de introducir en el mundo del placer a jóvenes inexpertos. Cuando me contasteis que teníais un compromiso me sentí un poco decepcionada porque te deseaba. Pero al saber que la cita era en mi casa, me he apresurado para recibirte y mimarte como te mereces.

–Pero ¿en qué te basas para pensar que soy virgen?

–Además de mis habilidades, de las que disfrutarás dentro de unos momentos, soy vidente. Y tú, querido, eres transparente para mí.

Podría decirse que el cuarto donde le llevó era multicolor. La cama sin dosel estaba cubierta con una colcha de varios tonos rosa, ése era el color predominante en toda la habitación. Olía como a incienso mezclado con flor de tila. Nada más cerrar la puerta, Rita le besó en los labios. Luis, en principio, se mantuvo un tanto retraído. Cuando iba a responder, Rita le puso la mano en la boca.

–No conviene forzar la situación, si prefieres podemos charlar mientras te doy un masaje para relajarte. Puedes contarme todo lo que quieras, Luis. Sé guardar secretos y también dar consejos a los hombres tan indecisos como tú en el amor.

Luis se había quedado sólo con la camisa y el calzón. Estaba medio recostado en un sofá. Rita paseaba sus expertas y suaves manos por su espalda, su nuca, sus muslos, su cintura...

–Mi amor –exclamó Rita–, si ya estás a punto.

Luis la atrajo con fuerza buscando desesperadamente su boca. Nunca había experimentado una sensación igual. Su miembro estaba a punto de reventar. Besaba la boca, los pechos, los ojos, el vientre de aquella maravillosa mujer... Deseaba penetrarla, fundirse con ella, desparramarse para ser uno, ¡oh, aquello era maravilloso!, quería seguir, seguir...

–Te quiero, te quiero, te adoro, siempre te querré –decía Luis en el momento de alcanzar el clímax.

Los dos yacían en la cama. Luis seguía abrazado al cuerpo de la mujer, del que parecía no querer separarse. Rita, besándole suavemente en la mejilla, le dijo:

–¿La quieres mucho, verdad?

–¿Cómo?, ¿a quién?

–Mi querido amigo, cuando estabas a punto de alcanzar el orgasmo pronunciaste unas palabras de amor que no estaban dirigidas a mí. Lo sé porque las pronunciaste sin darte cuenta.

–No tengo ni idea.

–Es probable que no lo sepas, pero yo puedo ayudarte a desvelar zonas oscuras, a entrar en ti.

Luis trata de controlar el nerviosismo que le produce el recordar aquello que tanto le inquieta. No quiere pensar en sus problemas. Tiempo tendrá cuando regrese a Madrid. Esta noche tiene que divertirse. Rita le ha hecho sentirse feliz. La mira tiernamente, mientras sus manos buscan los pechos de Rita.

–El que quiere volver a entrar en ti soy yo –dijo Luis.

–¿Tanto te ha gustado?

–Mucho más de lo que puedas imaginarte. Eres maravillosa.

–¿Quieres quedarte toda la noche conmigo?

–Por favor –dijo Luis–, es lo que más deseo. ¿Qué tal me he portado?

–Para ser la primera vez no ha estado mal. Un poco precipitado, pero ya te irás controlando.

Cuando Luis llegó al colegio Fonseca eran más de las diez de la mañana. Al entrar se encontró con Marco, que paseaba nervioso por el patio.

–No me digas que vienes a esta hora de la Casa del Puente. Estaba a punto de salir a buscarte. ¿Te encuentras bien?

Marco miraba a Luis. Era como si hubiesen transcurrido varios años. No parecía el mismo. No sólo era su aspecto de cansancio, probablemente no había dormido en toda la noche, pensó Marco, sino la expresión de su rostro. La hermosa cara de Luis, de rasgos nobles y serenos, aparecía ahora crispada, cincelada por el dolor. ¿Qué podría haberle sucedido? Antes de decir nada, Luis se abrazó a Marco, llorando:

–Soy el más ruin y miserable ser. Me avergüenzo de mí mismo.

–Pero ¿qué has hecho, has matado a alguien?

–No, simplemente, he descubierto que soy un monstruo.

–No será para tanto.

–Sí que lo es, Marco. Gracias a Rita he podido llegar al fondo de mi ser y descubrir la verdad de mis sucios sentimientos, que agazapados se escondían dentro de mí.

–¿Cómo Rita?

–Sí, llegó al poco de marcharte tú con la pelirroja. Rita es la propietaria de la Casa del Puente.

Luis le contó a Marco la maravillosa experiencia que había vivido con Rita y cómo le propuso ella descubrir sus auténticos sentimientos.

–Me aseguró estar convencida de que yo amaba en secreto a una mujer, aunque tal vez no fuera consciente de ello.

Según Rita, al hacer el amor se liberan muchos miedos y tensiones, quedando al descubierto aspectos hasta entonces desconocidos de la personalidad. Confieso que la creí y por ello accedí a averiguarlo con su ayuda. Lo cierto es que, desde hace un tiempo, me preocupan mis reacciones ante una determinada persona. Nunca he hablado de este tema con nadie, excepto con mi confesor, el padre Velasco, que me aconsejó llegar al fondo de mis sentimientos y ponerles nombre.

–¿Y lo conseguiste con la ayuda de una prostituta?

–Y vidente.

–No me lo puedo creer, Luis, ¿te fías de esas cosas?

–No, pero ha funcionado. Me dio unos bebedizos que me dejaron medio inconsciente y hablé. Llamé a las cosas por su nombre. Marco, necesito decírtelo. Me siento morir. Prométeme que éste será nuestro secreto, el sello de nuestra amistad. Sólo tú y el padre Velasco conoceréis mi dolor.

Marco, abrazando a Luis y mirándole a los ojos, le dijo:

–Jamás traicionaré tu confianza. Sabes que soy tu amigo y siempre lo seré. Desahógate conmigo.

Antes de hablar, Luis repasó uno a uno los medallones del patio del colegio Fonseca, como para cerciorarse de quiénes serían los testigos mudos de aquella confesión, y con apenas un hilo de voz, dijo:

–La dura y descarnada verdad, Marco, es que estoy enamorado de mi hermana Sol.

Se ha vuelto loco. Luis se ha trastornado. No está acostumbrado a beber y no ha dormido en toda la noche. Sí, pensó Marco, ésa tiene que ser la explicación. Pero las lágrimas inundaban la cara de su amigo y su expresión era de dolor y no de locura.

–Luis, cálmate, por favor. No ha sucedido nada irreversible.

–Pero Marco, ¿te das cuenta de lo que significa? Dios mío, si ella supiera. ¿Por qué?, ¿por qué tiene que sucederme esto a mí? La quiero, Marco, la quiero con toda mi alma. ¿Qué voy hacer ahora con mi vida?

–Nada. Ante todo, debes tranquilizarte y como eres profundamente creyente, pídele ayuda a Dios para superarlo. Sufrirás, Luis, pero todo es pasajero.

–Por eso no soportaba que los chicos la miraran, por eso odiaba al joven Peñarredonda, por eso nunca me fijé en ninguna chica que no fuera ella. ¿Cuál va a ser la expresión de mi cara cuando Sol me mire? ¿Cómo voy a reaccionar cuando me bese cariñosamente? Soy su hermano mayor, su preferido. La mejor solución sería que me muriera. No merezco seguir viviendo.

Marco no sabía qué decir ante la aparentemente justificada desesperación de su amigo.

–Por favor, Luis, cálmate. Debes descansar un poco, luego hablaremos. Pero ¿es verdad todo lo que estás contando –volvió a insistir Marco– o es fruto de una alucinación vivida con la ayuda de Rita?

–Qué más quisiera yo que fuera una pesadilla, pero desgraciadamente es realidad.

–Bueno, pues si es así, tienes que ser fuerte, Luis, y aunque el dolor te parezca insoportable creo que ha sido importante que llegaras al fondo de tu problema, porque de esta forma intentarás buscar soluciones. Pienso además que el haber localizado la herida ha sido decisivo para poder aplicarle los apósitos convenientes. El sufrimiento puede ser el mismo, pero al conocer la causa y rechazarla ya verás como el dolor se va atenuando. ¿Quieres que preparemos el regreso a Madrid?

–No, prefiero que nos quedemos unos días más. Rita me puede ayudar en estos momentos tan difíciles. Necesito hablar más con ella. Sé que no ha sido del todo sincera conmigo. Que ha visto cosas que no ha querido contarme.

–¿Qué cosas?

–No lo sé. Hubo momentos, cuando me hablaba de Sol, en que me pareció que ocultaba algo. Sólo fue un instante, pero suficiente para ver la sorpresa reflejada en su cara.

–Luis, no puedes creer firmemente todo lo que te diga Rita. Además, ¿qué te va a descubrir que tú no sepas?

–Muchas cosas. De momento, me ha ayudado a encontrarme a mí mismo. A pesar de lo terrible que he descubierto siempre le estaré agradecido. Ha sido, y es, muy buena y comprensiva conmigo. Se ha establecido entre nosotros una corriente de amistad que estoy convencido de que perdurará. Igual que la tuya, Marco. Siempre seremos amigos, ¿verdad?

–Puedes estar seguro y contar conmigo para todo lo que quieras. No necesito decirte que mi casa de Roma está a tu entera disposición y puedes instalarte en ella como si fuera tuya.

–Gracias, Marco, eres un verdadero hermano para mí.

Marco observaba a su amigo. Realmente, Luis presentaba un aspecto deplorable. Tenía que convencerle para que descansara unas horas. Lo que le estaba sucediendo era terrible, pero todo en la vida tiene solución y Luis saldría adelante. Marco se fijó entonces en algo que Luis encerraba en su mano izquierda. Un pequeño objeto que acariciaba insistentemente como esperando respuesta. No sabía exactamente qué era. Podía ser una medalla o un amuleto.

–¿Qué es eso que llevas en la mano? –preguntó Marco intrigado.

–Un camafeo de coral que me ha dado Rita para fortalecer el corazón.

–Luis, me dejas asustado. ¿Cómo es posible que creas en esas supersticiones tú, que eres profundamente católico?

–Ni creo ni dejo de hacerlo, pero estoy tan mal que me agarro a cualquier cosa. –Y abriendo la mano, besó el coral.

–Déjame ver –pidió Marco.

Luis volvió a mostrarle el amuleto. Marco no hizo intención de cogerlo y lo miró con cierto desinterés.

–No se puede percibir si es el rostro de una mujer o de un hombre.

–No. El tiempo ha borrado sus perfiles pero no sus poderes mágicos y curativos. Rita me contó –siguió diciendo Luis– que se lo había regalado un amigo íntimo a su regreso de Venecia, pidiéndole que lo aceptara y guardara, pues gracias a este amuleto él se había salvado de una muerte segura.

–¿Siendo tan eficaz por qué se deshizo de él? –preguntó Marco.

–Rita me dijo que en aquellos momentos atravesaba por una situación muy difícil y que cuando se lo contó a su amigo éste sintió como algo se movía en su pecho, cerca del corazón, donde llevaba el amuleto. Al mirarlo notó algo especial y se dio cuenta de que el misterioso coral había perdido parte de su color. Para que Rita pudiera verlo, este amigo se lo quitó. Curiosamente, el camafeo volvió a recuperar su intenso color en las manos de Rita. Los dos interpretaron que era ella quien más lo necesitaba y llegaron a la conclusión de que el amuleto deseaba pertenecer a alguien que precisara ayuda. De esa forma, Rita se quedó con él. Anoche, Rita, nada más conocer mi problema, fue en busca del camafeo y lo acercó a su corazón. Te juro, Marco, que el amuleto comenzó a moverse y su color aparecía desvaído. Ante mi asombro vi como, al tenerlo entre mis manos, volvía a tener un color naranja intenso. Entonces, Rita hizo lo mismo que su amigo y me lo entregó.

»Tú lo necesitas más que yo. Confía en él, Luis, pero si algún día crees que alguien lo necesita más que tú debes regalárselo. Seguro que el camafeo te lo hará saber, aunque tú debes estar atento y saber captarlo. Tengo la sensación de que existe algún hechizo o conjuro sobre este amuleto que le obliga a rechazar la falta de generosidad de quien sea su dueño porque recuerdo –me dijo Rita– que mi amigo me contó que la meretriz a quien se lo compró estaba harta del camafeo y casi convencida de su influencia negativa. Deduzco que el amuleto reacciona negativamente ante la pasividad de sus dueños por el dolor ajeno.

–Es una historia muy bonita pero en pleno siglo XVII no debe creerse en las energías del coral ni en los poderes de los amuletos. Déjame verlo de nuevo, Luis.

Esta vez, Marco sí tomó en su mano el camafeo y lo acarició suavemente.

–¿Cuánto tiempo crees que podrá tener?

–Es posible que más de cuatro siglos.

–Entonces sí que se creía en el poder mágico de las piedras preciosas.

–¿Qué sabes de ese tema, Marco?

–Muy poco. Creo que el zafiro se utilizaba para conocer la integridad de las personas.

–¿De qué forma se conseguía?

–Parece ser que el zafiro perdía también la intensidad de su color ante los indignos –dijo Marco, que acariciando el camafeo, exclamó–: ¡Dios mío!, cuánto daría por conocer en qué manos estuvo y, sobre todo, para quién fue creado. Es verdad que tiene unas vibraciones especiales. ¿Sabes, Luis?, yo creo que es el rostro de una mujer. Sí, es posible que fuera la imagen de Medusa, de la que, según se decía en la Antigüedad, brotaba el coral.

–Eso es imposible –dijo Luis–, este coral ha sido arrancado del regazo del mismo mar Adriático y Medusa se movía en otros ambientes marinos.

–¿Y tú por qué lo sabes?

–Porque la meretriz a quien el amigo de Rita compró el camafeo le aseguró que era un coral de la mejor calidad que había sido obtenido en el Adriático. Además, Marco, ¿te imaginas algo bueno saliendo de la cabeza de Medusa? No olvides que en la mitología griega Medusa era uno de los tres monstruos femeninos, a los que también llamaban Gorgonas. Ella era la única mortal y, según la historia, vivía más allá del mar Océano, donde fue localizada por Perseo, que le cortó la cabeza.

–Me imagino –dijo Marco con cierta ironía– que la degollaría por la espalda porque de haberla mirado a los ojos, habría sido convertido en piedra.

–La verdad es que no conozco los detalles –dijo Luis–, pero me enteraré.

–¿Sabes qué te digo, Luis?, que parece que el camafeo va a funcionar. De momento, hemos pasado unos minutos en los que te has liberado de tu problema.

–Lo malo es cuando me quedo a solas conmigo mismo y con la monstruosidad de mis sentimientos.

–No debes agobiarte. Ahora descansa unas horas y luego nos vamos a comer.

–Esta noche volveré a ver a Rita. Quiero que me acompañes, Marco, y que la observes bien. Estoy seguro de que ha visto algo en la personalidad o en la vida de Sol que la ha desconcertado.

–De acuerdo, Luis, esta noche iremos a la Casa del Puente.

3

TODO COMIENZA A DERRUMBARSE

En el jardín del palacete de los Saelices se ultimaban los preparativos para la fiesta que la condesa viuda iba a celebrar en honor de don Juan José de Austria. Adela Sanchidrián no estaba pasando por un buen momento. Las preocupaciones y problemas que presentía se le avecinaban la llevaban a reflexionar sobre el futuro de su vida. Sus hijos habían sido, y seguían siéndolo, el motor de su existencia, pero últimamente le estaba costando mucho encauzarlos por el camino recto y se sentía defraudada y vacía. Tal vez si ella tuviera una vida propia le resultaría más fácil afrontar las distintas situaciones. Desde que murió su marido sólo vive para ellos y esto puede que no sea bueno. Adela se sobresalta al darse cuenta de lo que está cavilando. ¿Cómo es posible que pueda pensar en iniciar una relación amorosa? Indudablemente, las zozobras que le ocasionan sus hijos la están trastornando.

–Encarna, por favor, coloque estas velas en la mesa más cercana a los tejos.

–¿En la de la presidencia, señora?

–Sí. Espero que la lluvia no nos estropee la tarde y podamos disfrutar de esta excelente temperatura.

El tiempo había sido espléndido durante toda la mañana pero por la tarde unas amenazantes nubes hacían temer lo peor. Pese a ello, Adela decidió que se preparara todo según lo previsto. Su jardín era muy hermoso y sin duda contribuiría a que el festejo fuera un éxito. Lo organizaba para mostrarle su apoyo a don Juan José de Austria. Es lo que hubiera hecho su marido, Juan Luis. Éste conocía al hijo natural de Felipe IV y la Calderona incluso antes de que el Rey lo reconociera como legítimo. Adela sabía que su marido quería mucho a aquel muchacho, que, a diferencia de los otros hijos naturales del monarca, fue educado como un auténtico príncipe. El conde de Saelices había participado con Juan José de Austria en la campaña de Nápoles, en la que éste demostró su valía cuando aún no había cumplido los veinte años. Casi todos confiaban en este hijo, incluido el propio Rey, sobre todo después de que el heredero de la Corona, el amado príncipe Baltasar Carlos, muriera sin haber cumplido los dieciocho años. Curiosamente, Baltasar Carlos y Juan José de Austria habían nacido el mismo año de 1629.

Aunque don Juan José gozaba del apoyo de la mayoría de la nobleza y de gran parte del pueblo, no faltaban las críticas a su –para muchos– desmedida ambición, aunque nadie podía decir que hubiera intrigado para arrebatarle la Corona a su débil hermanastro Carlos II. Las críticas habían ido en aumento en el transcurso del año en que se hizo cargo de la presidencia del gobierno y de forma especial en los últimos días, al conocer las condiciones propuestas en el Tratado de Nimega, considerado por la mayoría como muy desventajoso para España.

Adela había convidado a personajes relevantes de la Corte y la nobleza, también a unos cuantos jóvenes amigos de sus hijos y al marqués de Vallehermoso, que durante todo el verano se había convertido en su sombra.

–Señora condesa, ya está todo preparado.

–¿Han colocado la guirnalda en el templete?

–Sí, además, espero que esté a su gusto. He mandado que la sitúen un poco más alta de lo habitual para no correr el riesgo de que entorpezca a los músicos.

–Me parece perfecto. Muchas gracias. Dentro de unos minutos subiré a arreglarme.

–¿Quiere la señora que la ayude a vestirse?

–No, no es necesario, Encarna, Isabel me asistirá.

Si alguien hubiera observado el rostro de Adela Sanchidrián se daría cuenta del rojo que coloreó sus mejillas al pronunciar el nombre de su doncella Isabel. Llevaba más de quince días dándole vueltas al asunto sin saber exactamente qué hacer. En este tiempo había optado por el silencio. No debía facilitarle el camino a su hijo Andrés. Además, posiblemente no fueran más que habladurías de los criados y tal vez, de haber algo, fuera una aventura pasajera. Conociendo a Andrés no resultaba extraño, aunque lo cierto era que Alfonso se lo había asegurado.

–Señora, conoce mi lealtad y sabe que no me gustan los chismorreos ni los cuentos, pero en este caso debo revelarle un rumor que corre por la casa y que tiene todos los visos de ser verdad. Dicen, señora condesa, que el señorito Andrés anda enamoradísimo de vuestra doncella. Y que le ha prometido casarse antes de finalizar el año.

–¡Pero qué barbaridad! ¡¿Andrés enamorado de una criada?!

–Doña Adela –dijo Alfonso–, privadamente, como cosa mía, se lo he preguntado a la Carmen, la chica que sirve en casa de los marqueses de Rocafría, que es amiga de Isabel.

–¿Y te lo confirmó?

–Sí. Y me aseguró saberlo por la propia Isabel.

Adela sabe que Alfonso no le miente. Cuando ella llegó como recién casada a la casa de los Saelices, él ya estaba allí. Era entonces un hombre guapo, bien plantado, que prestaba sus servicios en el lugar que se le precisara. Tan pronto atendía las caballerizas como hacía de cochero o mantenía el jardín en perfectas condiciones. Pasados unos años, se convirtió en el hombre de confianza de su marido, que le nombró intendente poco antes de morir. Es raro, piensa Adela, que un hombre como él no se haya casado. Todavía ahora, con sus casi sesenta años, sigue teniendo buen aspecto.

–Señora condesa, ¿qué traje se pondrá esta tarde?

–El granate y malva.

Adela observaba a Isabel mientras ésta iba en busca del vestido. Por más que trate de encontrar las posibles razones, sabe que nunca llegará a comprenderlas, jamás podrá entender por qué su hijo, acostumbrado a moverse entre mujeres refinadas, se había fijado en aquella criada. No podía negarse su belleza, pero Andrés contaba, entre sus amigas, con chicas mucho más guapas e interesantes que la doncella. Decididamente, pensó

Adela, hasta que mi hijo no me diga nada sobre el asunto seguiré ignorándolo.

Isabel cree percibir que la condesa la observa de una forma especial. Últimamente la encuentra un poco extraña, pero es imposible que sepa nada de lo suyo con el señorito Andrés porque éste aún no se lo ha dicho, aunque a veces juraría que la condesa está al tanto de todo. Isabel ha jugado su carta definitiva y no sabe si ganará la partida. Lo ha entregado todo. Puede que se convierta en una pobre desgraciada como otras muchas, pero quiere confiar en el amor de Andrés.

¿Aquella criada convertida en su nuera? Imposible. Jamás lo consentirá. ¿Cómo se habrá atrevido una simple doncella a pensar que el señorito se iba a casar con ella? Tienen que ser habladurías y rumores sin fundamento, piensa la condesa mientras la mira a través del espejo.

–Señora, ¿el collar de perlas o el de amatistas?

–El de amatistas. Va perfecto con el vestido.

Al notar sobre su cuello la frialdad de las piedras no puede evitar que su mano se acerque a ellas acariciándolas con amor. Igual que cuando su hijo Luis se las había regalado. Aquél era el primer collar que salía de sus manos de orfebre. Lo había hecho para ella, con todo su cariño. Qué distinta era ahora su relación con Luis. Su hijo mayor se comportaba, desde hacía un tiempo, de una forma realmente extraña. Le había preguntado si le sucedía algo, pero Luis siempre se evadía con disculpas. Al principio pensó en una posible influencia del amigo italiano, el conde de Squinzano, aunque pronto la rechazó porque Marco era un hombre estupendo y de influir en alguien, sería de forma positiva, y sin embargo Luis estaba triste, incluso desmejorado. De no haber observado el cambio que se produjo en Luis antes de que Marco regresara a Roma, no habría podido dejar de sospechar cierto enamoramiento de Luis hacia su amigo. Afortunadamente, todavía estaba en Madrid. En realidad, su hijo aparecía cambiado desde su regreso de Salamanca. ¿Habría conocido allí a alguna mujer? Adela está casi segura de que los males de su hijo son de amores. Desde luego, Luis es otra persona y no son imaginaciones suyas, Sol también se lo había dicho:

–Madre, ¿qué le pasa a Luis?, casi no me habla y si puede evitarme, lo hace. Ayer estaba sentada, leyendo en el jardín. Él iba a salir y cuando me vio volvió a meterse en casa. La otra tarde coincidimos en casa de los Álvarez de Quirós y casi ni me miró. Figúrate que Miguel corrió tras él llamándole creyendo que no nos había visto y el pobre se quedó asustado de lo antipático que se mostró. Madre, ya sé que Miguel no os entusiasma a ninguno, pero yo le quiero. Y estoy deseando que se decida a convertirme en su esposa. ¿Qué puedo hacer para que lo aceptéis?

Al recordar la conversación con su hija, Adela siente un verdadero sofoco que la hace levantarse en busca del abanico. No puede más. Necesita hablar con alguien. Mañana lo hará con Luis. No debe pasar más tiempo. Tiene que tomar una decisión cuanto antes. Se lo dirá ahora mismo.

–Isabel, por favor, ¿quiere decir al señorito Luis que deseo hablar con él?

–Lo que usted mande, señora condesa.

¿Desde cuándo Isabel usaba aquel perfume de lilas? La condesa de Saelices tuvo la certeza en aquel momento de que sí existía alguna relación entre su hijo y la criada. Adela no soportaba el olor dulzón de las lilas. En una ocasión tuvo que usarlo para no desilusionar a Andrés, que se lo había regalado. Su hijo adoraba aquella fragancia.

–Señora, don Luis no está en su cuarto. Encarna me ha dicho que aún no ha llegado a casa.

–Gracias, Isabel. Puedes retirarte.

Eran casi las cinco de la tarde. Luis ya tenía que haber llegado, pues debía acompañarla para recibir a los invitados. Se tranquiliza al pensar que todavía le queda más de una hora para que lleguen los primeros, que serán, como siempre, sus amigas las vizcondesas de Santianes. No conoce a nadie que, como ellas, esté presente en todas las fiestas sociales que se celebran en Madrid. No sucede nada de lo que las Santianes no se enteren. Seguro que esta tarde tendrán nuevas noticias sobre quién será la elegida para ser la esposa de Carlos II. Claro que quien dispondrá de auténtica información será el invitado de honor, el hermanastro del Rey, don Juan José de Austria, aunque no querrá comentar nada.

–Madre, sé que me buscaba. He llegado un poco tarde pero en unos minutos estoy preparado.

Qué ojos tan tristes tenía Luis. Le pasaba lo mismo que a ella. Adela nunca había podido dominar sus ojos, que, indómitos, mostraban la realidad de sus sentimientos.

–Luis, querido, tenemos que hablar.

–¿De qué quiere que hablemos, madre?

–Me gustaría hablar de muchas cosas. De eso que tanto te preocupa y que te ha convertido en un ser casi desconocido para mí. Pero no te enfades, no insistiré. Sabes que soy tu madre, que te quiero más que a nada ni a nadie en este mundo y que siempre estaré a tu lado. Cuando lo desees me tienes a tu disposición pero, ahora, Luis, preciso tu consejo para que me ayudes a tomar una decisión importante.

–¿Piensa volver a casarse?

–No, hijo. Lo que me preocupa es una decisión que debo tomar respecto a tu hermana. Ahora se nos hace tarde, mañana te contaré algo que nadie sabe sobre Sol.

–Pero ¿qué le pasa a Sol? ¿Qué hay de extraño en su personalidad? ¿En qué se diferencia de nosotros? ¿Ha sucedido algo en el pasado?

–¿Qué sabes tú de eso? –inquirió Adela–. ¿Quién te ha hablado de diferencias y del pasado?

–Nadie, madre –dijo Luis casi en un susurro–. Hablaremos cuando usted quiera.

Nada más sentir el ruido de la puerta al cerrarse, Adela Sanchidrián corrió hacia un pequeño baúl que siempre tenía al lado de su secreter. Sacó la llave de uno de los cajones y lo abrió con sumo cuidado. En aquel cofre guardaba sus recuerdos más queridos: la carta en la que su marido, Juan Luis, le declaraba su amor, los primeros dibujos que Luis había realizado cuando sólo contaba cinco años, un dije de su madre y unas cuantas cosas más... Y sí, allí estaban, envueltas en el mismo pañuelo verde y atadas con la misma cinta malva, nadie las había tocado. Adela respiró tranquila.

Su madre le ha dado el día. Luis sabe que ya no pensará en otra cosa en lo que queda de tarde. Al cambiarse de ropa, acaricia el camafeo de coral que lleva colgado al cuello. Muchas veces no se lo quita ni para dormir. ¿Qué misterio podría envolver la vida de su hermana? Después de haber hablado muchas noches con Rita, ni Marco ni él consiguieron datos concretos. Los dos pensaban que Rita no se había atrevido a decirles lo que veía en la vida de Sol. Luis consultó el reloj, pasaban quince minutos de las cinco de la tarde. Todavía tenía tiempo para escribirle a Marco antes de que llegaran los invitados.

Queridísimo Marco:

Doy gracias a Dios de contar con un amigo como tú. La vida sería un infierno sin amigos. Sí, soy muy afortunado al tenerte. No sé si era Pitágoras quien decía que cuando te sientas mal, antes de llamar al médico debes llamar al amigo, y eso es lo que yo hago, querido Marco. En cuanto tengo necesidad de desahogarme, te escribo.

Esta tarde mi madre me pidió ayuda para solucionar un problema y me habló de algo secreto en la vida de Sol. ¿Te acuerdas, Marco, cuántas vueltas le dimos a lo poco que conseguíamos sonsacarle a Rita? Es probable que mañana mi madre me descubra toda la verdad. Debería estar contento pero tengo miedo. Es una sensación extraña. Marco, temo que mi madre pueda descubrir mi problema.

¿Cómo discurre tu vida, querido amigo? Ayer por la noche he estado en casa de Victoria. Tú la conoces, es una mujer cariñosa y comprensiva y me ayuda a soportar mis horribles tendencias. La recomendación de Rita ha funcionado, pero no consigo dejar de querer a Sol. ¡Si la vieras!, cada día está más hermosa. La rehúyo, aunque cuando nadie me ve la observo desde la distancia. Creo que antes de que termine el año el marquesito de Peñarredonda solicitará su mano. Es preferible que se case. De esa forma tal vez cese mi tormento. El padre Velasco me ayuda mucho con su comprensión. También con él he tenido suerte. Me aconseja buscar a una joven para convertirla en mi esposa. Dice que debo hacerlo cuanto antes. Yo no estoy tan seguro, sobre todo porque soy incapaz de fijarme en nadie. No se qué será de mi vida, querido amigo.

Sí, su mirada era de aprobación. Aquel vestido siempre le había sentado estupendamente. Adela Sanchidrián se sentía segura de su físico. A sus cuarenta y siete años seguía manteniendo una figura estilizada y no había desaparecido de su cara –en la que los años habían dejado su huella– la ilusión que seguía sintiendo por la vida. El brillo de sus ojos podría ser el de una jovencita. El espejo le devolvió una cómplice sonrisa. Adela suspiró y se dispuso a abandonar el cuarto. Al abrir la puerta casi se da de bruces con su hijo Andrés.

–Madre, he buscado a Alfonso pero no sé dónde está. Le he pedido a Encarna que diera con él, pero intente localizarlo usted y pídale que despida a un grupo de muchachos que están cantando en la calle coplas ofensivas contra don Juan José de Austria. Sería terrible que nuestro invitado las escuchara.

–Seguro que se han enterado de que esta tarde viene a nuestra casa –dijo Adela–, porque no es normal que a estas horas haya grupos de alborotadores por las calles, ahora lo soluciono.

–Madre, esta noche, cuando todos se hayan ido, me gustaría hablar con usted. No es nada grave –añadió nervioso Andrés.

Adela estuvo a punto de decirle qùe si no era urgente bien podrían dejarlo para otro día, pero si su hijo la necesitaba, aunque presentía para lo que era, ella debía estar dispuesta.

–Cuando tú quieras, Andrés. Ya sabes que nunca tengo prisa para acostarme.

–Gracias, madre –dijo Andrés mientras se iba pasillo adelante.

El jardín ofrecía un aspecto espléndido. Adela no ve a ninguno de los sirvientes pero sí escucha el alboroto de la calle.

Chilindrón, que el hijo de puta
con potestad disoluta
prende sin ton ni sin son.
Chilindrón, que engañó al mundo
y al mismo Carlos II le tiene puesto en prisión.

Pese a la distancia, se entiende con toda nitidez la letra de las coplillas. Adela no quiere ni pensar que esto pudiera suceder cuando don Juan José de Austria estuviera allí, claro que entonces las conversaciones y la música le impedirían enterarse de lo que sucedía en la calle.

–Señora –dijo Alfonso, que llegaba corriendo–, he estado hablando con ellos y lo único que quieren es llamar la atención para conseguir un poco de dinero. Voy a mandar que les entreguen unas monedas.

–Está bien, Alfonso, diles que les den también unos dulces.

Chilindrón, que ha desterrado
a la madre, que a su lado
le advirtiera la traición.

Eran sólo unos diez chicos, que, nada más ver los dulces que llevaban los criados, se los arrebataron materialmente de las manos y se olvidaron inmediatamente de la letra de la canción.

–Señora, he dispuesto que Isabel nos apoye esta tarde para atender a los invitados.

–Has hecho muy bien, Alfonso. Siempre piensas en todo.

A punto estuvo de decirle que probablemente por la noche conocería la verdad de las relaciones de Andrés con Isabel, la doncella. Pero se calló, porque por muchos años que Alfonso llevara a su lado no dejaba de ser un criado.

Adela iba pasando revista a todo. Verdaderamente, Encarna y Alfonso habían hecho un buen trabajo. Se acercó hasta el templete, todo estaba perfecto: guitarras, vihuelas, violines y una espineta. Era la primera vez que iba a ofrecer un pequeño concierto a sus invitados. No le sorprendió ver vihuelas con guitarras. El director del grupo, Caprioli, se lo había explicado.

–Señora condesa, si usted lo aprueba, y aunque las vihuelas ya no estén de moda, esta tarde las necesitamos porque queremos ofrecerles una composición, *Sinfonía para vihuela*, que estoy seguro les gustará.

–¿Quién es el autor?

–Miguel de Fuenllana.

Adela temía que sus invitados no aprobaran su decisión de incluir en la velada una audición musical, ya que no era costumbre establecida, pero se arriesgaba. Una amiga le había puesto en contacto con Domenico Caprioli, un músico italiano que vivía en España desde hacía tiempo, y a él le había encomendado el concierto.

–Señora condesa, también tendremos mucho gusto en cantar una *canzonetta* de Francesca Caccini, con letra de Miguel Ángel Buonarroti.

–¿El escultor?

–Sí, señora. Miguel Ángel también escribía poesías.

–¿Se conocieron Francesca y Miguel Ángel?

–No, porque Francesca nació a finales del siglo pasado en Florencia.

–Nunca había oído hablar de ella, ¿fue un personaje importante?

–En Italia es una de las mujeres más destacadas en el mundo de la música, ya sea como cantante, tañedora de laúd o compositora.

–Además de la *canzonetta* que nos van a ofrecer, ¿qué otros nombres destacan en las composiciones de Caccini?

–Creo que uno de sus mayores éxitos fue la creación de la música del ballet *La liberazione di Ruggiero dall'isola d'Alcina*.

–Siento curiosidad –dijo la condesa–. ¿Cómo consiguen hacerse con las partituras de creadores extranjeros?

–La partitura de la *canzonetta* la hemos copiado. El original espero que me lo envíen desde Venecia, donde lo he comprado para la condesa de Palazuelo, que colecciona composiciones musicales escritas por mujeres.

Adela conocía bien a la condesa de Palazuelo, pero no tenía ni idea de que tuviese ese tipo de aficiones. Sí sabía que le gustaba la música. La última vez que se habían encontrado había sido precisamente en una de las representaciones de la ópera de Calderón, *Celos aún del aire matan,* pero ¿por qué le interesaría especialmente la música de mujeres? Tendría que preguntárselo.

–Señora –dijo el director del cuarteto–, si nos da su consentimiento estaríamos muy honrados de poder dedicarle a usted, en el concierto de esta tarde, la *canzonetta* de Caccini. Lo hacemos con sumo placer y como agradecimiento por su amor a la música y por el apoyo que muestra al contratarnos y darnos trabajo.

Adela pasa suavemente la mano por el teclado de la espineta... Claro que amaba la música... Le encantaría ser una buena intérprete, mas Dios no le había dotado de una buena voz ni de talento para la música y bien que lo había intentado. Tal vez por ello quiso que desde muy pequeña Sol se aficionara, pero todo fue inútil.

La verdad es que Sol no había sido una niña fácil, ni tampoco lo era de joven. Arbitraria y un tanto soberbia, a veces provocaba con su actitud situaciones muy tensas. Últimamente estaba obsesionada, y trataba de convencer a su madre para que contratase a uno o dos enanos para tenerlos a su servicio. Al principio, Adela pensaba que se lo decía en broma pero pasado algún tiempo, Sol seguía insistiendo.

–Madre, no me explico por qué nosotros no tenemos entre los criados a ningún enano. Son muy simpáticos y útiles para muchas cosas. Por ejemplo, podrían alegrarnos las fiestas contándonos chistes o haciendo piruetas. Yo quiero tener uno a mi servicio. Sería maravilloso llegar a las fiestas acompañada de un enano o enana. ¿Me imagina, madre?

–Claro que te veo. Tú, preciosa, alta, rubia, resplandeciente y a tu lado un ser pequeño, deforme, feo. Sol, ¿acaso pretendes resaltar más tu belleza con un enano cerca? ¿Por qué quieres exhibirlo? ¿No piensas que pueda sentirse humillado? Dime la verdad, Sol, ¿por qué te agrada ser acompañada por un enano?

–Es muy sencillo, me gusta porque creo que es signo de distinción. Los tiene el Rey y algunos nobles. Además, son como mascotas o juguetes.

–No, Sol. Estás muy equivocada, son personas como tú y como yo. Y me parece penoso que sean considerados como bufones. No quiero que vuelvas a pensar en ellos.

–Uf, qué seria se pone usted, madre.

Cada vez que hablaba de este tema con su hija, Adela se sentía inquieta. ¿Por qué le atraían tanto los enanos a Sol? No, no. Era imposible que se debiera a lo que estaba pensando. Aquello no podía ser.

Todo había comenzado después de la visita realizada al Alcázar con su hermano Luis y con Marco. Sol conoció allí a Juan

Blasco y a su hermana Ana, dos enanos que hacía sólo unos meses que vivían en la Corte. Habló con ellos y desde entonces ni un solo día deja de recordarle que quiere contratar a una enana. Incluso esta mañana le había dicho que le comentara a don Juan José de Austria la posibilidad de que el Rey accediera a prescindir de Ana.

Estaba tan absorta en sus pensamientos que no sintió la campana de la puerta. Unas voces cercanas la sacaron de su ensimismamiento.

–Qué fantástico te ha quedado el jardín, Adela. Qué guapa estás.

Eran, no podían ser otras, las vizcondesas de Santianes, María y Rosa. Siempre ofrecían el mismo aspecto. El tiempo no pasaba por ellas. Aparentaban unos sesenta y tantos años, pero siempre las había conocido así. No sabía si antes representaban más años de los que tenían y era ahora cuando su físico estaba de acuerdo con la edad, pero lo cierto es que llevaban más de quince años igual. Estaban solteras y nunca se les habían conocido novios. Lógicamente, sólo una de ellas, María, la mayor, era la vizcondesa, pero como siempre estaban juntas, todos les adjudicaban el título a las dos. Luis las acompañaba. Él sí había estado pendiente de la llegada de los invitados.

–Creo, Adela –dijo María–, que has acertado al decidir celebrar la fiesta en el jardín. La temperatura es ideal y me parece que el tiempo ha cambiado y ya no amenaza lluvia. La semana pasada, en la fiesta de los condes de Pancorbo, aunque abrieron todas las ventanas del salón resultaba insoportable el calor. Figúrate que Rosa y yo nos fuimos a la media hora.

–Adela –comentó Rosa–, me alegra mucho que hayas decidido organizar una velada en honor de don Juan José de Austria. Últimamente se le critica mucho. ¿No te parece a ti, Luis, que se le exige demasiado?

–Ya veremos –añadió María– por quién se decanta a la hora de elegir candidata para esposa del Rey. Porque todos sabemos lo importantes que pueden ser siempre las alianzas internacionales, y más en estos tiempos que corren.

Como siempre, las vizcondesas de Santianes se quitaban la palabra la una a la otra. Adela las miró sonriente y dijo:

–No sabéis cómo os agradezco que hayáis venido. Sois estupendas.

–No, gracias a ti por acordarte de nosotras.

–Pero qué guapísima está Sol –exclamó admirada una de las Santianes mientras la otra asentía.

Sol caminaba hacia donde se encontraban. Se había puesto un vestido de raso azul. Un azul igual al de sus ojos. El amplio escote dejaba al descubierto unos hombros que semejaban al marfil. Llevaba su precioso pelo rubio recogido con unas cintas del mismo color del traje y en el cuello el collar de brillantes y aguamarinas que su hermano Luis había hecho para ella. Era como una sinfonía en azul. Resultaba imposible no admirar su belleza. Caminaba segura y desafiante. Cuánto ha cambiado Sol, pensó Adela. La verdad es que no había sido una niña tímida, pero nunca la había visto tan arrogante y segura...

Aquella tarde Sol se siente la mujer más afortunada y feliz del mundo. Pertenece a una familia importante y muy valorada en la sociedad madrileña. Las personas más influyentes de la Corte y los títulos más preclaros de la nobleza asistirán a la fiesta que dentro de unos momentos se celebrará en el jardín de su casa. También acudirán sus futuros suegros, los marqueses de Peñarredonda, y su amado Miguel. Sol sonríe al pensar en lo orgulloso que se mostrará Miguel ante sus padres. Sin duda, los marqueses se darán cuenta de lo bien que ha elegido su hijo. Bueno, en realidad, ya lo saben y de hecho se lo han dicho a Miguel, que inmediatamente se lo contó a ella. Sol espera que en las próximas Navidades pidan su mano. Lo está deseando y no entiende por qué a su madre y a sus hermanos no les acaba de convencer Miguel. Todavía hace unas horas, Andrés se atrevió a decirle que si Miguel no fuera hijo de los marqueses de Peñarredonda a ella no le gustaría.

–Eres demasiado ambiciosa –le dijo Andrés–. Valoras en exceso los títulos nobiliarios y la posición social y no te das cuenta, querida, de que lo único verdaderamente importante es el amor.

–Pero ¿qué sabes tú de mis sentimientos? Estoy enamorada de Miguel y si al casarme con él me convierto en marquesa, pues fenomenal.

–Sol, dime la verdad, ¿si Miguel no fuese hijo de los marqueses de Peñarredonda te casarías con él?

–Claro que sí.

–Por favor, reflexiona un momento y sé sincera.

–Bueno, la verdad es que pensándolo bien, no, no me casaría con él, pero no por perder la oportunidad de ser marquesa –que por supuesto me encanta–, sino porque Miguel sería entonces una persona distinta. Date cuenta, Andrés, de que el hombre al que yo quiero es un joven que ha crecido en el seno de una familia aristocrática y tiene unos valores y una formación que yo comparto.

–¿He entendido bien? –preguntó Andrés muy serio–. ¿Lo que quieres decir es que tú no podrías enamorarte jamás de alguien que no perteneciese a tu clase social?

–No, eso lo dices tú. Lo que te aseguro es que si la familia de Miguel estuviese arruinada o si Miguel no fuese el heredero del título querría casarme igualmente con él.

–¿Y si fuese hijo del jardinero?

Sol no entendía la insistencia de su hermano. Andrés nunca había sido pesado pero llevaba unos días verdaderamente insoportable. ¡Cómo iba a enamorarse ella del hijo de un criado! ¿Qué tendrían en común? ¿De qué hablarían? Sol reconoce que lo primero que le atrajo de Miguel fue su físico. Era un hombre alto, fuerte, muy varonil y bastante agraciado. Lo que menos le gustaba de su novio eran sus manos excesivamente grandes y toscas y su nariz. Pero sus ojos verdes le entusiasmaban. También se sintió inclinada por él al saber de quién era hijo, aunque lo que verdaderamente la enamoró fue su forma de ser. Desde el primer día la trató como a una reina. No conocía a nadie más galante que él. A su lado se sentía segura, feliz y muy querida. Sí, Sol estaba segura de que Miguel la quería de verdad porque la respetaba. Algunas amigas le habían hablado del éxito de Miguel con las mujeres y de sus innumerables conquistas.

–Ha tenido relaciones con María Ruiz de la Torre, con Luisa de Togores y con Ana Domínguez. Relaciones totales, tú me entiendes. Imagínate, Sol, los amores que tendrá en Bolonia.

–Lo que haya sucedido antes de conocerme a mí no me importa y además –dijo Sol a su amiga–, me han dicho que la experiencia es buena en los hombres porque creo que puede contribuir a que nos hagan más felices y estoy segura de que también influye en su fidelidad.

–¿De verdad lo crees así?

–Sí, porque ya han probado de todo. Y no sentirán la necesidad de descubrir nada.

–Pero Sol –apostilló su amiga–, también puede suceder que como les ha gustado no quieran renunciar del todo a esos placeres.

–A Miguel no le sucederá eso. Conmigo –dijo sonriente Sol– tendrá más que suficiente.

Sol nunca había hablado de estos temas con su madre. Le daba mucha vergüenza. Quien la había puesto al tanto de lo que sucedía entre marido y mujer era su amiga íntima Esperanza, que se había casado el año anterior. Sol sabía que no era correcto y totalmente inhabitual hablar de las sensaciones femeninas al mantener relaciones sexuales. La mujer debía aceptar este aspecto de su matrimonio como una obligación más y con un único objetivo: quedarse embarazada. Las mujeres no debían buscar placer en la cama, eso sólo estaba reservado para los hombres, pero Sol estaba deseando saber.

–Esperanza, ¿cómo es la noche de bodas?

–Depende. Si eres virgen, los nervios te impiden relajarte y puede resultar un poco traumática. Si ya has mantenido relaciones con tu novio, entonces todo resulta más fácil.

–Alguna vez –comentó Sol– he oído decir que el acto sexual es muy doloroso.

–Mira, querida, el primer día tal vez sea un tanto molesto, aunque mucho depende de la constitución de la mujer y sobre todo del tacto y la delicadeza del hombre. Piensa que las relaciones sexuales pueden resultar lo más maravilloso del mundo o algo simplemente soportable.

–Esperanza, perdona que te haga esta pregunta tan indiscreta, ¿son placenteras para ti? ¿Disfrutas acostándote con Ramón?

–Sol, eres mi amiga más íntima y por ello voy a contestarte pero te rogaría que esto fuera un secreto entre nosotras, porque lo que te voy a decir ni siquiera lo sabe Ramón. Jamás creí que se pudiera ser tan feliz. No conozco nada que produzca mayor placer y aunque no lo sintiera, el hecho de notar al hombre que quieres dentro de ti resulta enormemente agradable.

–Pero Esperanza, no entiendo por qué no se lo dices a Ramón.

–Es muy sencillo. A pesar de que estoy locamente enamorada de Ramón y sé que él también lo está de mí, no quiero hablarle del placer que siento al hacer el amor e incluso procuro disimular para que no lo note. Temo que dude de mí, ya que existe la creencia de que las mujeres honradas no deben sentir placer en las relaciones sexuales, porque dicen que eso es propio de las prostitutas.

–Pues yo creo que si me sucediera a mí se lo contaría inmediatamente a Miguel. Tiene que ser muy gratificante para un marido saber que hace feliz a su mujer.

–Es probable. Seguro que algún día se lo diré.

Al recordar esta conversación con Esperanza, Sol no puede evitar que sus mejillas se coloreen teñidas de un sonrosado rubor que responde al miedo que le produce pensar que alguien pudiese adivinar lo que pasa por su mente. Sí, sí, debe casarse cuanto antes. Esta tarde hará todo lo que esté en su mano para que Miguel se decida.

–Acércate, Sol –escuchó decir a su madre–, deja que veamos lo guapa que estás. Saluda a las vizcondesas de Santianes. Ya conoces a María y a Rosa.

–Qué collar tan precioso. ¿Lo has diseñado tú, Luis? –preguntó una de las Santianes.

–Sí –respondió Sol–, mi hermano me lo regaló las pasadas Navidades. Es verdad que es muy bonito. A mí me encanta.

–Pero ¿dónde está Luis? –inquirió una de las Santianes.

–Creo que se ha acercado a la puerta para recibir a alguno de los invitados –respondió Adela.

Sol miró a su madre como buscando una respuesta, pero ésta se había separado un poco del grupo para hablar con Alfonso. Seguro, pensó Sol, que Luis se ha marchado al verme llegar. No quería darle más vueltas a aquel tema, ya había sufrido bastante. Sol recuerda entonces el consejo que le dio Marco, el amigo de Luis, cuando ella, desesperada, acudió a él para que le contara qué había sucedido en Salamanca para que su hermano se comportase de aquella forma.

–No te preocupes, Sol, a Luis no le sucede nada grave. Lo cierto es que tiene problemas de personalidad y se puede decir que está atravesando un momento de crisis. Lo mejor que puedes hacer es ignorarlo, hacer como que no observas nada extraño en su comportamiento.

–No sé cómo.

–Sí que sabes. Ahora te parece que no podrás porque estabais muy unidos. Pero de verdad, Sol, la única forma de ayudarle es hacer como que no te enteras de nada.

Marco tenía razón. Desde entonces, poco a poco, se fue convenciendo de que su hermano mayor era otra persona. Aunque a veces se producían situaciones en las que sufría porque quería mucho a su hermano y necesitaba su cariño y consejo como antes. En aquellos momentos el único consuelo de Sol consistía en pensar que un día Luis volvería a ser el de siempre.

Luis, con la mejor de sus sonrisas –mientras seguía con la imagen de Sol fija en su retina–, daba la bienvenida a los condes de Prendes. ¡Dios, cómo la quería! ¡Cuánto daría porque no fuera su hermana!

–Qué bien que hayan podido acompañarnos esta tarde –dijo Luis.

–Siempre atendemos la llamada de tu madre y en esta ocasión de forma especial. Ya sabes que nosotros somos fieles partidarios de don Juan José de Austria y estamos en total desacuerdo con aquellos que le exigen milagros, porque en tan poco tiempo como lleva al frente del gobierno no se puede arreglar la difícil situación por la que atravesamos. ¿Tú crees, Luis, que es tan desfavorable el acuerdo de Nimega?

–La verdad es que si don Juan José de Austria hubiese sabido lo que iba a pasar después, habría aceptado las condiciones que el rey francés le ofrecía con anterioridad, pero lo ignoraba y además confiaba en mejorar la situación española para poder negociar en un contexto más favorable. Lo que no podía imaginar es que una parte importante de la nobleza se negaría a pagar la cuota que les había solicitado para hacer frente a la guerra. Lógicamente, al no contar con el apoyo solicitado, tendrá que firmar aceptando unas condiciones mucho más duras y perjudiciales que las anteriores. Y contestando directamente a tu pregunta, sí, creo que el Tratado de Nimega es bastante negativo para España ya que tendremos que ceder el Franco Condado y catorce plazas fronterizas de los Países Bajos.

–Perdonad que os interrumpa –dijo la condesa de Prendes–, ¿no creéis que la nobleza se negó a colaborar económicamente porque sus arcas estaban muy mermadas debido a las malas cosechas?

–Déjalo, Marisa –añadió su marido–, en ningún momento tratamos de culpar a la nobleza por lo sucedido. Lo único que pretendemos es ser honestos a la hora de juzgar el gobierno del hermanastro de Carlos II.

–¿Ya sabéis por cuál de los dos nombres que suenan como futuras reinas se inclinará don Juan José? –preguntó la condesa de Prendes.

–Yo creo –dijo Luis– que su favorita es María Luisa de Orleans, la sobrina del rey Luis XIV.

–¿No te parece que sería más interesante seguir manteniendo la buena relación con Austria eligiendo a la hija del emperador? Además, la archiduquesa María Antonia es una joven bastante agraciada.

–Puede que sí, pero un acercamiento a Francia y la posibilidad de mejorar algunas de las condiciones de Nimega siempre resultan interesantes y a España le vendrían muy bien.

–Pero querido Luis –dijo el conde de Prendes–, ¿de verdad piensas que Luis XIV va a cambiar su actitud por el hecho de que su sobrina se case con nuestro Rey, si él es hijo y esposo de españolas?

–Sí, todo eso lo sé, aunque a veces se consiguen reacciones favorables no por lo que supone el pacto en sí, sino por lo que impide. Yo, sinceramente, me inclinaría por ella.

–Pues lo que se cuenta –dijo la condesa de Prendes bajando la voz– es que don Juan José se inclina por la francesa movido por el odio que siente por Mariana de Austria, la reina madre.

–Me cuesta creerlo –dijo Luis–, no le considero capaz de cometer ese tipo de irresponsabilidad.

Isabel, la doncella, observaba a los invitados desde el ángulo del jardín donde se habían colocado unas mesas con las bebidas y viandas que se servirían en la fiesta. Normalmente, ella no solía hacer aquel tipo de trabajo pero aquella tarde el intendente le había pedido que les ayudara. Hace tiempo que Isabel no puede soportar los aires de grandeza de Alfonso, es como si él fuera el amo de todo. Se sonríe al pensar que, no tardando mucho, deberá llamarla señora. Todos tendrán que tratarla con deferencia. Es posible que en la próxima fiesta ella ya se encuentre entre los invitados, porque para entonces espera ser un miembro más de la familia. Andrés le ha prometido que esta noche hablará con su madre. ¿Cómo reaccionará doña Adela? Isabel no está segura de que accediera al matrimonio, por ello le ha pedido a Andrés que le cuente toda la verdad.

–Isabel, no te quedes ahí pasmada. Debes estar atenta a todo por si los invitados necesitan alguna cosa. Acércate a la mesa de la señora condesa, que ha tenido que hacerme señas a mí.

Isabel, muy seria, miró a Alfonso y se fue sin decir nada.

Andrés, sentado en una de las mesas cercanas al templete de la música, no dejaba de observar a la mujer que amaba. Tendría que haberle dicho a Alfonso que le diera la tarde libre. Pobre Isabel, seguro que lo estaba pasando fatal. Tampoco él disfrutaba de la fiesta. ¿Cómo habían llegado a aquella situación? No podía desahogarse con nadie, ni siquiera con sus hermanos. Isabel así se lo había exigido.

–Es mejor, Andrés, que conservemos en secreto nuestro amor hasta el momento que decidas decírselo a tu madre. Ella tiene que ser la primera en saberlo. No sería conveniente que recibiera influencias negativas.

Hacía un mes que mantenían relaciones íntimas. Después de casi un año persiguiéndola, Andrés lo había conseguido. Y al contrario de lo que muchos de sus amigos –tan aficionados a la caza como él– pudieran pensar, la captura y posesión del preciado objeto de deseo no le alentaba a seguir cazando, como otras veces, sino que disminuía su ansias de apoderarse de otras piezas. Le horrorizaba pensar que Isabel pudiera dejarle. La quería y sólo deseaba estar a su lado para siempre. Esta noche, después de la fiesta, le contaría todo a su madre. La noticia que le había dado Isabel seguro que influiría en la aprobación materna.

Alfonso estaba pendiente de todo. Al retirarse de la mesa de la señora condesa, adonde había acudido para decirle que don Juan José de Austria se retrasaría un poco, no pudo evitar el escuchar lo que el marqués de Peñarredonda le estaba diciendo a doña Adela.

–Creo, querida, que dentro de poco vendremos a verte para pedirte la mano de Sol. No sé qué pensarás tú de mi hijo, pero yo apruebo la elección y el buen gusto de Miguel. Sol es una niña preciosa y pertenece a una familia a la que yo siempre he respetado y admirado. Emparentar con vosotros, los Saelices, es la aspiración de muchos.

–Amigo mío, no sabes cómo agradezco tus palabras. Para nosotros sí que es un honor. Claro que me gusta Miguel, le considero un muchacho estupendo. Aunque no debemos precipitarnos. Son muy jóvenes...

Nadie lo sabía pero Alfonso sí. Él estaba al tanto de todo y por ello se sentía inquieto. Recordaba muy bien aquella tarde de diciembre en la que nevaba copiosamente. Estaban en la casa de El Escorial. Llevaban varios días allí. Curiosamente, sólo él había acompañado a los señores condes. Cuando acudió a abrir la puerta no pudo disimular su sorpresa al ver a aquella persona. La verdad es que Alfonso no se considera supersticioso, aunque se siente inquieto desde que descubrió que uno de los tejos del jardín tiene secas varias ramas. Conoce el significado que estos árboles pueden tener y él no es ajeno a esas creencias. Alfonso no vive nada más que para cuidar a la condesa y a sus hijos. Entregaría, sin dudarlo, su vida por ellos. Los conoce desde siempre, aún puede ver la imagen de doña Adela cuando llegó a la casa convertida en la esposa del señor conde... ¡Era tan joven y hermosa! Nunca había visto una mujer así, no podía compararse a nadie. Era única. Alfonso miró hacia donde se encontraba la condesa y en su cara siempre impasible apareció un gesto de preocupación, el marqués de Vallehermoso acababa de llegar.

–Queridísima Adela, siento muchísimo haberme retrasado pero en el mismo momento en que salía de casa llegó mi sobrino a despedirse, ya sabes que lo han destinado a Nápoles.

–Por favor, Joaquín, no te preocupes. ¿Conoces a los embajadores de Francia?

–Sí, coincidimos en casa de los Salvatierra la semana pasada –dijo Joaquín.

–¿Quién no conoce en Madrid al marqués de Vallehermoso? –exclamó la embajadora, añadiendo–: Estoy segura de su popularidad, sobre todo entre las mujeres, a las que siempre sabe decirnos algo agradable.

–Qué amable sois, señora. Qué sería de nosotros sin la presencia de las mujeres. El mundo estaría en tinieblas sin la luz de vuestros ojos.

Verdaderamente –pensó Adela–, Joaquín podía convertirse en una de las personas más cursis. Por ello no convenía darle ánimos.

–Joaquín, acompáñame, quiero presentarte a unos amigos de mi hijo Luis.

Adela se levantó apoyándose en el brazo que galantemente le ofrecía el marqués y juntos se alejaron.

–Qué guapa estás, Adela. ¿Cuándo me vas a dar el sí?

–Ya conoces mi opinión, no insistas, por favor. Eres un buen amigo y quiero que sigamos así.

–Pero yo te quiero, Adela. Tus hijos ya son mayores. Dentro de poco te encontrarás sola. Imagínate lo maravilloso que sería envejecer juntos.

–¿Envejecer juntos? –dijo Adela riéndose–. Qué optimista eres, Joaquín, si tú y yo ya somos unos carcamales.

–¿Carcamales?, ¡qué barbaridad! Cómo puedes decir esas cosas. A ti todavía te faltan unos años para llegar a los cincuenta y yo acabo de sobrepasarlos.

Adela conocía al marqués de Vallehermoso de toda la vida. Era un hombre simpático, un poco superficial pero buena persona. Siempre se había especulado, en determinados círculos, sobre la soltería de Joaquín. Sorprendía que un hombre tan sensible como él a la belleza femenina, y frecuentemente rodeado de mujeres, no se decidiera a casarse. Desde este verano, que habían coincidido en casa de unos amigos, Joaquín se había convertido en su sombra, estaba en todas partes. Por lo menos –pensó Adela–, su galante acoso le hacía olvidarse de sus muchas preocupaciones. Caminaban divertidos por el jardín en busca de los amigos de Luis. Al mirar hacia la fuente donde se encontraban los invitados más jóvenes, Adela sintió que alguien la observaba con tal intensidad que tuvo que volverse... Nunca se había percatado del color de los ojos de su intendente. Eran verdes... De repente se dio cuenta de que todo se había desdibujado... Sólo existían aquellos ojos que la envolvían...

–Madre, la estábamos buscando –dijo Sol–. Miguel y yo queremos contarle algo.

–Te dejo para que atiendas a tu hija –dijo Joaquín–, ya le digo yo a Luis que me presente a esos amigos. Después te veo.

Adela lo escuchaba todo como en un sueño. ¿Por qué la miraba así Alfonso, se habría vuelto loco?

–De acuerdo, Joaquín, luego nos vemos. ¿Qué es eso tan importante que tenéis que contarme vosotros?

–¿Le parece, madre, que nos sentemos allí, cerca de la fuente? Sólo la vamos a entretener un minuto.

–Sí, sí, donde queráis.

Adela, con cierto temor, desvió su ojos hacia donde había visto a Alfonso, pero ya no estaba. El tejo aparecía solitario. ¿Por qué se sentía defraudada?, ¿qué le estaba sucediendo? Sol y Miguel querían hablar con ella y en vez de sentirse nerviosa ante lo que se le avecinaba, se preocupaba por la mirada de su intendente.

–¿Os divierte la fiesta, lo estáis pasando bien? –les preguntó.

–Sí, señora –se apresuró a contestar Miguel–, es una fiesta magnífica, con tanta gente importante. El jardín ha quedado precioso. Me han dicho que la música será estupenda y además están casi todos nuestros amigos.

–Ha sido idea de Sol invitarlos.

–Pues ha acertado –dijo Miguel, que cogiendo las manos a Sol, añadió–: Señora, su hija es una verdadera joya.

–Madre –dijo Sol–, Miguel y yo queremos decirle que estamos pensando que en las próximas fiestas de Navidad podríamos formalizar nuestra relación, si usted no tiene inconveniente. Miguel ya se lo ha dicho a sus padres y están de acuerdo.

Adela notaba como se iba adueñando de ella la angustia. Debía dominarse. Aquello que siempre había temido estaba allí y ella era la única que podía decidir. Pero ¿qué hacer? Tal vez lo mejor fuera olvidarse de todo y que Dios dispusiera el futuro.

–¿No pensáis que es un poco precipitado? Sois muy jóvenes.

–Sí, pero madre –dijo Sol–, anunciar el compromiso no quiere decir que nos casemos al mes siguiente.

–La boda –añadió Miguel– podría ser dentro de un año más o menos. Yo espero finalizar mis estudios en Bolonia el próximo verano.

–¿No sería mejor que esperarais hasta entonces para anunciar vuestro compromiso?

–No, madre. Puede ser peligroso dejar a Miguel tanto tiempo libre.

–También yo quiero que todo el mundo sepa que Sol me pertenece. Es como un seguro para que nadie se le acerque.

–Está bien, veo que ya lo tenéis todo decidido. Dadme un beso. Muchas felicidades.

–Gracias, madre.

Adela los miraba alejarse cogidos de la mano. La verdad es que formaban una pareja ideal. ¿Por qué entorpecer aquella relación? Estaban en septiembre, por tanto tenía hasta Navidad algo más de dos meses para pensar.

–Señora, que me dice el don Arfonso que le avise que ha llegao el hermano del Rey.

–Gracias, ahora voy.

Decididamente, pensó Adela, nunca iban a conseguir que Braulio hablase correctamente. Llevaba más de diez años en la casa y seguía como el primer día. ¿Por qué no la había avisado personalmente Alfonso?

–Yo creo que es guapísimo. Parece imposible que él y el rey Carlos sean hijos del mismo padre.

–Debes tener en cuenta, querida, que sus madres eran distintas. La endogamia tan frecuente en las monarquías ha sido sin duda la causa de muchas de las malformaciones y debilidades endémicas de los miembros de las familias reales. Por eso, los hijos naturales suelen ser mucho más fuertes y lozanos que los legítimos. Piensa que doña Mariana de Austria, la última esposa de Felipe IV, era su sobrina.

–¿De quién es hija la reina doña Mariana?

–De la infanta doña María, la hermana pequeña de Felipe IV, que se casó con el emperador de Alemania Fernando III.

La llegada de don Juan José de Austria había provocado todo tipo de comentarios entre los invitados. La mayoría de las mujeres alababan su galanura y muchas lamentaban que le hubieran obligado a recibir órdenes menores impidiéndole contraer matrimonio.

–Es una pena que no pueda casarse y tener hijos.

–Pero ¿os imagináis los problemas que podrían plantear sus descendientes? Yo creo que por muy triste que nos parezca, los hijos naturales, si son reconocidos, deben pagar algo a cambio.

–Me parece una barbaridad lo que estás diciendo. Además, no siempre ha sido así. Pensad en don Juan de Austria, el hijo natural del emperador Carlos V. A él no le obligaron a profesar en religión.

–Eso es verdad, aunque murió muy joven y nadie sabe qué habría pasado si se hubiera decidido a casarse.

–Es fácil de adivinar porque a sus hijas naturales, en concreto a la nacida en España, doña Ana de Austria, la obligaron a meterse a monja.

–¿Era doña Ana la monja de la que se enamoró el llamado pastelero de Madrigal?

–Sí, ella fue la protagonista femenina de aquella confusa y desgraciada historia.

Al pasar cerca del grupo, Adela no pudo evitar escuchar lo que estaban comentando. A punto estuvo de detenerse para contarles que el comportamiento con las hijas naturales seguía siendo el mismo. Pero, si no lo sabían, ella no debía revelarles que su invitado, don Juan José de Austria, también tenía una hija natural que había ingresado precisamente en el mismo convento de Nuestra Señora de Gracia la Real, en Madrigal de las Altas Torres, en el que estuvo la hija de don Juan de Austria. Ana María de Austria tenía once años cuando traspasó las puertas del monasterio. La identidad de la madre de la hija natural del hermanastro del rey Carlos II no figuraba en ningún documento, igual que había sucedido con la del hermanastro de Felipe II. Sin embargo, Adela creía, por algunos comentarios que habían llegado hasta ella, que la madre de Ana María era una de las hijas del pintor José de Ribera. Además, su marido le había contado que en la campaña de Nápoles, cuando acompañaba a don Juan José, habían conocido y mantenido bastante relación con el pintor español afincado en la ciudad italiana y con su familia. Otro dato a tener en cuenta es que una de las hijas de Ribera, Margarita, había ingresado después en un convento.

–Mi querida Adela. Estoy encantado. Qué gran fiesta has organizado. No sé cómo agradecerte tanta amabilidad.

–Juan José, siempre es un honor contar con tu presencia en esta tu casa. Sabes cómo te quería Juan Luis. No te imaginas lo orgulloso que estaría al verte ahora desempeñando el cargo de primer ministro.

–También yo le quería y no sabes lo bien que me vendría en estos momentos su consejo.

–¿Lo estás pasando mal?

–Atravesamos tiempos difíciles. Me han fallado muchos de los apoyos con los que creía contar y se inventan muchas mentiras que me hacen daño.

Don Juan José de Austria le hablaba en un tono confidencial. Para que nadie les interrumpiera y poder hablar a solas con él, Adela se agarró de su brazo encaminándose a una zona aislada del jardín.

–Pues no debes hacerles caso.

–Eso es imposible. Entenderás, querida, que no pueda consentir que se diga que tengo secuestrado a mi hermanastro, el Rey, cuando en realidad lo único que intento es solucionarle los problemas.

–Todos sabemos que jamás intentarás disputarle el trono a tu hermanastro. Nadie debe dudar de tus intenciones.

–Sí, pero no es así, porque tú sospechas, lo mismo que yo, que en el fondo de todos esos bulos subyace la acusación de que quiero hacerme con el gobierno, desplazando a mi hermanastro.

–¿Conoce él los comentarios que hacen sobre ti?

–No creo que nadie le haya contado nada. Además, de haberlo hecho, el Rey no le habría prestado la menor atención. No le interesan ese tipo de cosas. Yo le hablé un día de los comentarios que estaban circulando y le propuse que realizáramos un viaje juntos a tierras aragonesas para demostrar a todos que no le tenía secuestrado. Al principio se mostró un poco reacio, aunque más tarde accedió.

–¿Es tan indolente como parece?

El Rey tiene buenos sentimientos, pero su educación ha sido nefasta y le cuesta mucho soportar las audiencias y otras actividades propias de un soberano.

–No me contestes si consideras indiscreta mi pregunta, ¿habéis decidido ya con quién se casará?

–Por favor, Adela, ninguna pregunta tuya puede ser indiscreta. Aún no se ha resuelto nada sobre la boda, pero como sé que quieres conocer mi opinión te diré que me inclino por la sobrina de Luis XIV, María Luisa de Orleans. Y como eres mi amiga y sé que todo lo que hablamos permanecerá entre nosotros, quiero confesarte que la elijo a ella no porque sea mejor que la archiduquesa austriaca, sino porque es una forma de fastidiar a la reina madre que tanto me odia y que tanto daño le ha hecho a su hijo y a España, permitiendo que personajes como el padre jesuita Nithard –su confesor– o el hidalgo andaluz Fernando de Valenzuela –casado con una camarera suya– desempeñasen el cargo de validos decidiendo los destinos del reino. Te confieso que me encanta hacerla sufrir.

Adela agradeció con una sonrisa cómplice las íntimas confidencias que le estaba haciendo su amigo y con cierta ironía le preguntó:

–¿No te parece a ti que Carlos II sería más feliz como príncipe eclesiástico?

–No lo sé. Aunque ciertamente las mujeres no le entusiasman, incluso creo que a veces no puede soportarlas. ¡Ay, Adela, qué injusta puede ser la vida! Yo adoro a las mujeres y sin embargo se me ha prohibido formar una familia. Nunca he querido recibir órdenes menores y mucho menos convertirme de por vida en el prior de Consuegra.

Don Juan José de Austria tenía entonces cuarenta y nueve años. Aún era un hombre muy atractivo. Llevaba el cabello bastante largo, y le sentaba muy bien. Se notaba que le daba importancia a su aspecto, siempre muy cuidado. Adela sabía que había mantenido, y probablemente seguía haciéndolo, relaciones amorosas dentro, lógicamente, de la mayor discreción.

–Ya le he dicho a Luis que tiene que venir una tarde a casa para hablarnos de Benvenuto Cellini. No hay nadie en Madrid que conozca mejor al personaje que tu hijo, Adela.

–¿Sigues celebrando tus famosas tertulias?

–Sí. Ya sabes que siempre me ha interesado el mundo del saber. Qué distinto sería todo si la cultura se convirtiera en uno de nuestros objetivos.

–Madre, perdóneme, pero no puede acaparar a nuestro invitado de honor toda la tarde. ¿Cómo está, señor?

–¡Dios mío, Sol, te has convertido en una preciosa mujer! ¿Cuántos años tienes?, no, no me lo digas, que lo sé. Eres casi un año mayor que el Rey, o sea, que estás muy cerca de cumplir los dieciocho.

–Gracias, señor. El cinco de diciembre es mi cumpleaños.

Adela miraba a Sol con cierto disgusto. Era su hija, pero no debía haber irrumpido de aquella forma. Se había atrevido a llamarle la atención delante de don Juan José. La recriminó con la mirada pero Sol parecía no darse cuenta.

–Madre, ¿le ha comentado a don Juan José la posibilidad de que el Rey acceda a prescindir de Ana, la enana, para que yo pueda contratarla?

–¿Para qué quieres contratar a una enana? –dijo casi gritando su novio, Miguel–, no se te ocurra pensar que voy a consentir nunca que uno de esos seres deformes viva en mi casa. No puedo soportar su presencia.

Don Juan José miraba un tanto sorprendido a aquel joven desconocido. Adela reaccionó inmediatamente.

–Perdona que no te haya presentado a Miguel López de las Navas, es el hijo mayor de los marqueses de Peñarredonda.

–Señor, mis padres son fieles seguidores suyos. Es un honor poder saludarle.

–Así que no te gustan los enanos –dijo don Juan José–. Lo cierto es que yo tampoco los incluiría en mi servicio, pero de ahí a rechazarlos de esa manera.

–Sí, ya sé que algunos son inteligentes –añadió Miguel–, y que incluso han ocupado cargos importantes en la Corte, como don Sebastián de Morra, favorito del príncipe Baltasar Carlos, y que en la actualidad uno de ellos, Nicolás Pertusato, desempeña el cometido de ayuda de cámara del rey Carlos II. Pero su aspecto físico me resulta enormemente desagradable, es algo superior a mí. Un sentimiento que no puedo dominar.

Curiosamente, Sol nunca había hablado con Miguel de sus deseos de contar con enanos entre sus servidores, pero jamás podría sospechar que iba a reaccionar con aquel desprecio. Oportunidad tendrían de discutir sobre ello.

Adela casi no podía dar crédito a lo que estaba escuchando. Los sentimientos que acababa de expresar Miguel hacia los enanos era algo que ella debería tener en cuenta a la hora de tomar determinadas decisiones.

Se produjo un silencio embarazoso. Ante la seriedad de los rostros que le rodeaban, don Juan José de Austria dijo:

–Querida Adela, ¿tienes previsto que los músicos interpreten una zarabanda? Te lo digo porque seguro que a Sol y a Miguel, igual que a los jóvenes que están en la fiesta, les encantará bailar.

–Me sorprende que me digas eso, la zarabanda es un baile poco recomendable.

–¿Desde cuándo te has vuelto tan moralista? No hay nada malo ni en la zarabanda ni en la chacona si los danzantes no exageran los gestos al seguir el ritmo.

–Creo que muchos de los invitados se escandalizarían al escuchar las notas de cualquiera de esas composiciones. Pero sí estoy segura de que la mayoría esperan que en algún momento de la velada tú, querido Juan José, nos ofrezcas una interpretación. Todos saben que eres experto en el manejo de varios instrumentos.

–Estoy bastante desentrenado. Últimamente no tengo tiempo para la música, como antes, aunque de vez en cuando me relajo con la guitarra.

–Mi admirado señor, cómo deseaba manifestarle mi gratitud por lo que está haciendo para mejorar nuestra situación...

Los marqueses de Peñarredonda, los condes de Prendes, las vizcondesas de Santianes y otros títulos se acercaban a don Juan José de Austria, que, satisfecho, recibía las felicitaciones de todos. Es curioso, pensó Adela, como los nobles respetan, sobre todo, además de las facultades políticas de don Juan José, el hecho de que lleve la sangre de los Austrias.

Alfonso, el intendente, seguía controlándolo todo. La fiesta estaba resultando perfecta. Cualquier petición de los invitados era atendida con prontitud. Debería sentirse satisfecho, pero una presión en el pecho le hacía recordar su imprudencia al haber mirado a doña Adela sin disimular sus sentimientos. El acoso al que la sometía el marqués de Vallehermoso le ponía enfermo. ¡Dios mío!, pero quién era él para juzgar la actitud de los señores. Un criado, eso es lo que era. Un criado que a veces soñaba con situaciones irreales. Su único consuelo era que la condesa no se hubiese dado cuenta de su mirada, aunque sabe que sí. Al recordar la expresión de los hermosos ojos negros de su señora cuando quedaron prendidos de los suyos, Alfonso siente tal emoción que no puede contener las lágrimas.

–¿Te encuentras bien?, ¿te has resfriado? –le preguntaba Encarna mientras se acercaba–. Este viento que se ha levantado es bastante fresco.

–Sí, ha bajado bastante la temperatura. No ha sido más que un simple estornudo, me encuentro bien.

–Alfonso, ¿necesitas que me quede en el jardín? Estoy un poco cansada y tengo que preparar un brasero en el salón. Al final de la fiesta la señora condesa se reunirá con el señorito Andrés. Ya sé que no hace frío, pero conozco a doña Adela y sé que lo agradecerá.

–Puedes retirarte cuando quieras. Muchos de los invitados ya se han ido y no creo que la fiesta se prolongue mucho más. Descansa, Encarna, ha salido todo muy bien.

Encarna llevaba en la casa muchos años, no tantos como Alfonso pero era una de las personas más antiguas al servicio de los Saelices.

Alfonso miró los tejos. Sus ramas se movían suavemente. Muy cerca el señorito Luis se despedía de un grupo de invitados. Buscó con la mirada a doña Adela, encontrándola sentada con los marqueses de Peñarredonda y riendo las gracias del marqués de Vallehermoso. Alfonso estaba seguro de que el marqués pretendía casarse con la condesa. ¿Accedería ella? Si esto sucede –pensó Alfonso–, tendré que abandonar la casa. Sería una decisión durísima, pero no podría soportar la presencia del marqués de Vallehermoso al lado de doña Adela. Además, Alfonso no tenía problemas económicos. Llevaba toda la vida ahorrando y el conde le había dejado en herencia un pequeño terreno en El Escorial. No tenía familia, sólo un sobrino en la provincia de Valladolid. Alfonso vio como los Peñarredonda buscaban al señorito Miguel, que estaba cerca de la fuente con la señorita Sol. Seguro que ya se iban. Doña Adela se había quedado a solas con el marqués.

–¿Irás mañana a la fiesta de los Rocafría?

–No creo que esté de humor para ir a ninguna fiesta.

–Pero ¿qué va a pasar mañana?, si hoy estás espléndida.

–Cosas mías sin importancia. No te preocupes, Joaquín.

No le apetecía contarle nada a Joaquín sobre sus preocupaciones. La verdad es que estaba deseando que se fuera. No es que quisiera quedarse sola cuanto antes para escuchar a su hijo Andrés, pero sí para ver a Alfonso. Seguía dándole vueltas a la mirada de su intendente.

Andrés no estaba borracho pero, en un intento de encontrar fuerzas para hablar con su madre, había bebido un poco más de la cuenta. Los invitados más rezagados ya se disponían a abandonar la fiesta. Dentro de unos minutos saldría de dudas. Esperaba que su madre fuera comprensiva. ¿Qué haría si no le daba su consentimiento? Se tranquilizó pensando que esto no sucedería y de ocurrir, él, con o sin autorización, convertiría a Isabel en su mujer.

–Luis, ¿lo has pasado bien en la fiesta?, casi no te he visto en toda la tarde.

–Muy bien, ¿y tú?

Sol se sorprendió al escuchar la frialdad de la voz de su hermano, pero respondió:

–Me he divertido bastante, pero lo mejor de todo es que Miguel le ha dicho a mamá que le gustaría pedir mi mano en las próximas Navidades.

–Te felicito. ¿Cuándo pensáis casaros?

–Posiblemente en el verano, pero... ¿no me das un beso, Luis?

–Claro.

Luis acercó su cara a la de Sol. ¡Dios, cuándo pasaría aquel sufrimiento! Le faltaba el aire, no podía aceptar la idea de que su hermana desapareciera un día de casa. Sí, ya sabía que aquélla podía ser una solución para su problema, pero no podía soportar la realidad de que Sol perteneciera a otro hombre. En su desesperación, Luis se conformaba con quererla en silencio y en aquellos momentos daría su vida para que su hermana nunca perteneciese a otro. ¿Cómo vivir sin Sol?

Adela regresaba de despedir a los últimos invitados cuando vio a Andrés solo sentado en la mesa cercana al templete. Levantando la voz, dijo:

–Andrés, cuando quieras hablamos.

–Ahora voy, madre.

Al entrar en casa, Adela se encontró con Sol y Luis, que la esperaban.

–No quería retirarme sin desearle las buenas noches –dijo Sol– y, además, quería darle las gracias por la fiesta y por lo bien que ha tratado a Miguel.

–Buenas noches, madre –dijo Luis.

–Sí, buenas noches. No os invito a quedaros un rato conmigo porque estaréis deseando descansar y porque ahora me voy a reunir con vuestro hermano, que tiene algo urgente que plantearme. ¿No sabréis nada vosotros, verdad?

–No –se apresuró a contestar Sol–, aunque lo que sí puedo decirle es que esta tarde se mostró bastante antipático conmigo. Es como si Andrés se hubiera convertido de repente en defensor de las clases más bajas. Figúrese que quería convencerme de que yo me había fijado en Miguel sólo porque era hijo de los marqueses de Peñarredonda.

–Que paséis una buena noche, hijos. Luis, no te olvides de que mañana tú y yo tenemos una conversación pendiente.

–Ya lo sé. Buenas noches.

Adela notó el suave calorcillo del brasero al entrar en el salón, qué bien la conocía Encarna. Allí estaba la botella de oporto y unos dulces de manzana que habían hecho especialmente para la fiesta. ¿Dónde andaría Alfonso? Ya aparecerá, pensó, nunca se retiraría sin darme las buenas noches.

Encarna había sentido que alguien entraba en el salón.

–Señora, ¿desea alguna otra cosa?

–No, Encarna, muchas gracias por todo. Seguro que estarás muy cansada, puedes acostarte.

–Eso no tiene ninguna importancia, me quedaré por si la señora condesa precisa algo.

–No necesito nada. Buenas noches, Encarna, que descanses.

–Como usted quiera, señora. Buenas noches.

Sólo con verle acercarse, Adela supo que su hijo Andrés había bebido en exceso. ¿Qué había sido de aquel muchacho mundano, siempre alegre y divertido? Andrés aparecía avejentado con la preocupación pintada en el rostro. ¿Qué les estaba pasando a todos?

–Siéntate aquí, cerca de mí, ¿te has divertido en la fiesta?

–Pues no mucho, madre, porque la persona a quien más quiero no podía estar a mi lado sino sirviendo a los invitados.

No se podía ser más claro y directo. Adela pensó que ésos eran los efectos que el alcohol estaba ejerciendo en su hijo, pero se limitó a decir:

–Andrés, ¿a qué te refieres?

–Es muy sencillo, madre, estoy enamorado de Isabel, la doncella. Hace tiempo que la quiero y espero que usted lo apruebe porque deseo casarme con ella.

–No es posible que estés hablando en serio. ¿Qué tienes tú en común con una criada? ¿Qué has visto en ella que no tengan las chicas de tu clase? Por fuerza tienes que estar obcecado. Andrés, deja pasar el tiempo, ya verás como pronto lo superas. Estoy segura de que tu amor por Isabel sólo es un capricho pasajero.

–Está totalmente equivocada, madre. La quiero desde hace tiempo, además... va a tener un hijo mío.

No podía ser cierto lo que estaba oyendo, ¡su hijo había dejado embarazada a la doncella! No, no podía ser cierto. Intentaba asustarla para que cediera. Y si de verdad Isabel se lo había dicho, seguro que era una treta para obligar a Andrés a tomar una decisión. Adela, muy seria, le preguntó a su hijo:

–Y tú, ¿qué certeza tienes de que Isabel esté embarazada?, ¿por qué sabes que el niño es tuyo?

–Madre, por favor, no trate de sembrar dudas. La certeza que tengo de que esté esperando un hijo y de que éste sea mío es su palabra. Me fío de ella. Además, sé que me quiere.

–¿Te querría lo mismo si no fueras quien eres?

–La verdad es que no me importa.

–Pero Andrés, ¿qué sabes tú de su familia? ¿Cómo crees que van a reaccionar nuestros amigos al ver que te casas con una criada?, ¿piensas que los sirvientes la respetarán? No destroces tu vida, hijo. Soy tu madre y te quiero muchísimo, deseo lo mejor para ti, por ello te ruego que medites con calma tu decisión.

–No puedo ni quiero esperar. Isabel va a tener un hijo mío.

–Pues si es tuyo, lo reconoces. No tienes necesidad de casarte con ella. Conoces, igual que yo, varios casos de situaciones similares en que los supuestos padres han reconocido a los hijos pero han continuado con su vida. ¿Quieres que hable yo con Isabel?

–No, madre. Ya he visto cuál es su postura. Lo único que quiero saber es si puedo esperar que cambie, una vez que se dé cuenta de que mi decisión de casarme es inamovible. No me importa lo que piensen los demás. Isabel sabrá adaptarse y aprenderá a comportarse como una señora.

–Dios mío, Andrés, ¿has pensado cuál sería la reacción de tu padre ante tus deseos de casarte con una criada?

–Seguro que se opondría, pero al final accedería a lo que usted le propusiera. Madre, si es verdad que me quiere, acepte, por favor, mi matrimonio con Isabel.

–No me pidas imposibles, ¿cómo crees que puedo adaptarme yo a ver convertida a una criada en mi hija? No puedes someterme a esta vejación. Vas a destrozar tu vida, Andrés. ¿Has pensado en tus amigos?, ¿en las repercusiones que puede tener en tu trabajo?

–Yo sigo siendo el mismo, ¿por qué mi matrimonio va a influir en mi trabajo?

–Qué ingenuo eres, Andrés. ¿Cuántas familias amigas van a convidarte sabiendo que deberán sentar a su mesa a una criada? Os someterán a un vacío que difícilmente podrás soportar.

–Entérese, madre, yo estoy dispuesto a soportarlo todo por Isabel.

–¿Nadie puede hacerte cambiar de idea?

–No, madre. ¿Y a usted?

–Estás loco, Andrés. No puedo bendecir tu boda con una criada. ¿No te das cuenta de los comentarios que tu matrimonio suscitará en todas partes? Te quiero mucho, hijo mío, pero me veo obligada a rogarte que busques una nueva casa para vivir con tu mujer.

–Gracias, madre.

Andrés se levantó y se fue sin decir nada más. Adela hacía esfuerzos por no llorar. Acababa de pedirle a su hijo que se fuera de casa. Jamás pensó que pudiera producirse una situación como aquélla. Se encontraba sola, sin nadie a quien acudir. Si Juan Luis viviera todo sería distinto. La vida entera tratando de conseguir que sus hijos fueran perfectos, sacrificándose por ellos, protegiéndolos, todo para nada. Se sirvió una copa de oporto y a continuación otra. Verdaderamente, los hijos eran muy egoístas, sólo pensaban en ellos y en lo que creían su felicidad. Andrés ya había decidido su futuro, Luis seguía siendo un enigma para ella y Sol, ¡pobrecilla!, Sol era su mayor inquietud. Sería maravilloso retroceder en el tiempo y que sus hijos fueran aquellos niños alegres y felices. ¿En qué se había equivocado? Adela siente que todo se derrumba a su alrededor. No se encuentra con fuerzas para enfrentarse al futuro. El vino amortiguaba un poco su dolor. Las lágrimas, sin ningún tipo de recato, rodaban libremente por sus mejillas. Sintió un ruido a sus espaldas.

–Perdón, señora, creía que ya se había retirado.

Se había olvidado de Alfonso. Disimuló como pudo su estado de ánimo. Qué mal mentía su intendente. De repente recordó lo que había sucedido en la fiesta. Se acordó de aquella mirada que tanto le había inquietado. Secándose las lágrimas, dijo:

–Pasa, Alfonso, siéntate.

–Señora, no sé si debo.

–No digas bobadas. Acompáñame mientras tomamos unas copas de oporto. Olvídate de quienes somos.

–Pero, señora, eso no es posible.

–Sí que lo es. No tienes ni idea de lo afortunado que eres al no tener hijos, sólo sirven para dar problemas. ¿Por qué no te has casado, Alfonso?

–Seguramente, porque no he encontrado a la mujer con la que siempre he soñado –respondió tímidamente Alfonso.

–¿Cómo es esa mujer?

–No sabría decirle, hace mucho que he dejado de pensar en ella.

Adela miró directamente a los ojos de Alfonso. Eran hermosos y, a pesar de la edad, los iluminaba un brillo de ilusión que él trataba de disimular.

–¿Sabes, Alfonso?, lo del señorito Andrés era verdad. Esta noche me ha dicho que se casa y que además están esperando un hijo. Mi primer nieto será el hijo de mi doncella –exclamó entre sollozos–. ¡El hijo de una criada!

–Tranquilícese, señora. Es posible que yo encuentre algún método para que Isabel deje en paz al señorito Andrés.

–No. Todo sería inútil. Estoy segura de que Isabel lo que quiere es casarse con Andrés. Ésa es su máxima aspiración. Y si se ha quedado embarazada lo ha hecho para forzar a mi hijo a llevarla al altar. Sírveme otro poco de vino.

Alfonso miró la botella casi vacía pero no se atrevió a hacer ningún comentario. Se limitó a llenarle la copa a su señora. ¿Cómo podría aliviarle el dolor a doña Adela? No soportaba verla sufrir de aquella forma. Nunca le había parecido tan frágil y vulnerable como ahora.

–¿En qué piensas, Alfonso?, ¿por qué no bebes? Ven, acércate. Brindemos por mis fracasos. Mi único objetivo en la vida ha sido la familia y ya ves el éxito que he tenido. Tú eres mucho más inteligente. Has permanecido solo y así nadie puede herirte.

–Por favor, señora, no insista.

–¿Por qué no voy a insistir? –dijo un tanto irritada Adela–. ¿Acaso te molesta comprobar la verdad de lo que digo? Has sido muy inteligente, Alfonso.

–Todos sufrimos, doña Adela.

–Sí, aunque existen varias clases de sufrimiento. ¿Te has enamorado alguna vez?

Alfonso se quedó un momento pensativo, como si no recordase, y con la mayor naturalidad de la que era capaz en aquellos momentos dijo:

–Claro que me he enamorado.

–¿Te rechazó ella?, ¿la conocía yo?

Alfonso no quería seguir con aquella conversación y no sabía cómo decirle a la señora que dejara de interrogarle. Él no era más que un viejo criado. Tenía que salir del salón, si no estaba perdido.

–Perdone la señora, pero no creo que mi vida tenga ningún interés. Además, me pregunta por algo que pasó hace tanto tiempo. Si no desea nada más la señora condesa...

–No te vayas, Alfonso, esta noche deseo enterarme de muchas cosas. Sírveme otro poco de vino.

El oporto estaba obrando milagros. Adela se sentía otra persona. Disfrutaba acorralando a su intendente. Tenía que averiguar por qué la había mirado de aquella manera en el jardín. No era simple curiosidad porque ella sabía muy bien que, desde esa tarde, sentía una inexplicable atracción hacia Alfonso. Es posible, pensó, que después de esta noche entienda la postura de Andrés. Sí, es posible que los criados tengan un encanto especial.

–¿Y sólo te has enamorado una vez, Alfonso?

La conocía desde hacía más de veinticinco años, pero nunca la había visto así. Alfonso comprendió entonces que aquella noche tendría que hablar. Mirando a la condesa directamente a los ojos, dijo:

–Sí, señora, solamente me he enamorado una vez en la vida.

–¿Por qué no te has casado?

–Porque ella ya estaba comprometida, y, además, era inalcanzable para mí.

No necesitaba levantar sus ojos hacia los de él para saber que la estaba mirando de igual forma que en el jardín. No más interrogantes, no más juegos, ya sé que me quiere, pensó Adela, esto se acabó. Sin embargo, miró directamente a su intendente y con la más ingenua de sus expresiones, le preguntó:

–¿Todavía la sigues queriendo, Alfonso?

–Cada día más.

No tenía la certeza de cómo había sucedido, pero Alfonso la besaba apasionadamente y ella le respondía con el mismo ardor. Su cuerpo respondía al contacto de las manos de Alfonso, que intentaba no dejar ni un solo palmo de su piel sin sus caricias.

–¡Dios mío! –exclamó Adela.

–¿No quería que esta noche fuera distinta? –dijo entrecortadamente Alfonso–, pues ya lo ha conseguido. Nada nos detendrá.

4

AL DÍA SIGUIENTE

El padre Velasco atravesaba el jardín del palacete de los Saelices camino de la casa. Luis le había enviado un mensaje rogándole que por favor acudiera a almorzar con él. Se sorprendió al ver uno de los tres monumentales tejos partido por la mitad, igual que si un rayo lo hubiese atravesado, pero eso era imposible porque hacía más de tres meses que en Madrid no se habían registrado tormentas y él había visto el árbol vivo la semana pasada. Tal vez, pensó el sacerdote, como las personas, el árbol había muerto de viejo, aunque los tejos tenían larga vida.

Le sorprendió que tardaran en abrirle la puerta. Al final apareció Encarna.

–Perdone, padre, pero no sé dónde anda la doncella.

–No te preocupes, Encarna, ¿cómo estás?

–Aquí andamos, con un montón de años a cuestas pero bastante bien.

–Creo que el señor conde me espera para almorzar.

–Sí, le acompaño al despacho de don Luis.

–No te molestes, conozco el camino.

El franciscano don Ignacio Velasco, buen amigo de la familia, sólo dirigía la vida espiritual del hijo mayor de los condes. Era un tema que no le importaba, pero creía que únicamente Luis y su madre, doña Adela, se preocupaban en serio de cuidar el alma. Al pasar cerca del salón vio a la condesa, que, ensimismada, miraba por una de las ventanas el jardín. Qué raro que no saliera a saludarle. Bueno, tal vez ignoraba que su hijo le había mandado llamar.

La puerta del despacho estaba entreabierta. Luis, con la cabeza apoyada en ambas manos, parecía dormido o sumido en profunda meditación. Le estuvo observando durante unos minutos. Pobre muchacho, qué difícil solución tenía su problema. Seguro que la situación se ha agravado con algún otro asunto, pensó, y por eso me llama. Como Luis no parecía percatarse de su presencia, el padre Velasco golpeó en la puerta. Sobresaltado, Luis levantó la cabeza. Tenía aspecto cansado, sus ojos hinchados, fruto de las lágrimas, aún estaban enrojecidos...

–Pase, padre, no sabe cuánto le agradezco que haya venido. La verdad es que jamás me hubiera permitido molestarle, pero lo cierto es que no me encontraba con fuerzas para salir.

–Por favor, Luis, no te disculpes. Estoy encantado de poder almorzar contigo. Ya sabes cómo me gusta comer y también conoces la frugalidad de los menús del convento. Pero sobre todo tenía ganas de verte y de que charláramos con tranquilidad. ¿Cómo estás, Luis?

–Mal, muy mal. Tanto que no me queda más remedio que irme de Madrid. No puedo seguir viviendo en esta casa ni en esta ciudad después de lo que me ha contado mi madre esta mañana.

–Pero ¿qué dices?

–Hasta hace unas horas, padre, bien lo sabe usted, era un pobre desgraciado que trataba de encontrar soluciones a un amor incestuoso. Pero desde entonces, además de todo eso, soy un hombre desesperado a punto de enloquecer.

Don Ignacio Velasco siempre había confiado en que Luis –que era una persona muy recta con una conciencia delicada y profundamente católico– superaría el amor que sentía por su hermana. Sólo era cuestión de tiempo, sin embargo, ahora parecía totalmente abatido.

–Don Ignacio –dijo Luis–, no me ha quedado más remedio que descubrirle a mi madre el amor que siento por Sol.

–Pero ¿por qué se lo has dicho?, ¿qué has conseguido con ello?

–Nada, sólo justificar ante ella por qué tengo que irme de España. No puedo estar en esta casa cuando Sol conozca la verdad. Porque Sol, el amor de mi vida, padre Velasco, sí podría haberse convertido un día en mi esposa si mi madre no nos hubiese mentido a todos. Porque Sol... no es mi hermana. Fue adoptada por mis padres cuando aún no había cumplido un mes.

–Tranquilízate, Luis. ¿Por qué se ha decidido tu madre a contártelo después de tanto tiempo?

–Deseaba pedirme consejo sobre la conveniencia o no de decírselo a Sol.

–¿Por qué ahora?

–Porque mi madre sospecha que Sol haya podido heredar algunas taras de sus progenitores y, ante su inminente compromiso matrimonial, teme que pueda transmitírselas a sus descendientes.

–Pero... ¿de quién es hija Sol?

–Padre, perdone que no se lo diga. Mi madre me ha pedido que guarde el secreto. Sólo lo sabemos ella y yo.

El padre Velasco miraba un tanto asustado a Luis. Verdaderamente, lo que le estaba contando constituía un auténtico drama. Comprendía y compartía su postura. Se había enamorado de su hermana y ello era reprobable, aunque ahora se descubriera que nada tenían en común. Y lo cierto es que lo que en un principio podría parecer que solucionaba el problema, lo complicaba aún más porque una vez conocida la verdad, ¿cómo seguir comportándose como un hermano? Además, independientemente de que Sol ya estuviera enamorada, Luis jamás podría aspirar a casarse con ella porque el escándalo que se organizaría sería tal que se verían obligados a huir de Madrid.

–Deduzco, Luis –dijo el padre Velasco–, que has aconsejado a tu madre que le cuente la verdad a Sol.

–En conciencia creo que es lo mejor que podría hacer.

–¿Cómo crees que reaccionará Sol?

–No lo sé, pero estoy seguro de que será uno de los mayores disgustos de su vida, aunque es libre para mantenerlo en secreto si así lo desea.

–¿Comunicándoselo sólo a su futuro esposo?

–No. Si no quiere, no tiene por qué contarle nada. Puede que Sol elija comportarse como si nada hubiera sucedido.

–¿Te parece que eso sería lo correcto? –inquirió el padre Velasco.

–No, posiblemente no, y tal vez no lo haga, prefiriendo renunciar a su matrimonio antes que desvelar su secreto.

–Luis, pareces convencido de que Sol ocultará su procedencia. ¿Tan grave es la tara que puede transmitir a sus hijos?

–Por favor, no me haga preguntas a las que no puedo responder.

–Tienes razón, perdona. Escucha, Luis, no debes precipitarte en tu decisión de abandonar Madrid. Tienes tu negocio, te has hecho un nombre y estás muy considerado. Además, ¿adónde piensas ir?

–Esta misma tarde escribiré a Marco Spontini para contarle mis intenciones de instalarme en Roma. Compréndame, padre, no puedo seguir en esta casa al lado de la mujer a la que quiero. Mi incestuoso amor está condenado. No importa que Sol no sea mi hermana porque yo me enamoré de ella creyendo que lo era. Y ahora tengo miedo a mi reacción al verla sufrir, sabiendo que no nos unen lazos de sangre. La verdad es que temo que se me olvide que mi amor es imposible. No quiero, padre, cometer alguna locura de la que después tenga que arrepentirme.

–¿Has pensado en tu madre, en lo que sufrirá con tu marcha?

–Por supuesto, pero no puedo hacer otra cosa. Usted sabe, padre, que mi madre es lo más importante para mí y si ella va a lamentar mi ausencia, yo no sé si podré soportarlo.

Lo que Luis no le contó al padre Velasco fue lo que su madre, con tal de evitar su marcha, estaba dispuesta a hacer.

–Luis, de haber conocido tus sentimientos hacia Sol, nunca te hubiese desvelado su origen. Te lo juro, Luis, jamás diría a nadie, ni a Sol, lo que te he contado. No lo haría a pesar de la preocupación que despertó en mí una reacción de su futuro prometido que pude observar ayer en la fiesta. De verdad, Luis, lo guardaría como hasta ahora, como mi mayor secreto.

–Pero eso ya no es posible, madre. Además, debe decírselo a Sol. Tiene derecho a saber quién fue su madre.

Luis había encontrado a su madre un tanto extraña. Parecía más fuerte que nunca, con una paz en su cara imposible de entender ante la crítica situación por la que atravesaban sus vidas.

–Querido Luis, tú me dejas y te vas a Roma. Andrés se casará con la doncella y Sol, ¿qué hará Sol cuando se entere de la verdad? Os he perdido a todos, es como si las fuerzas del mal se hubieran concentrado para destrozarnos.

Estaba verdaderamente desolada, y, sin embargo, Luis percibía en su madre algo distinto, aunque no acertase a explicarse qué. Era como si una fuerza interior la tranquilizase.

–Mi consejo, Luis –dijo el padre Velasco–, es que esperes un poco antes de tomar una decisión. ¿Qué vas a hacer con la tienda?, ¿por qué no consideras la posibilidad de irte sólo por una temporada? Además, si hasta ahora te has dominado, ¿por qué no continuar haciéndolo? Imagínate que Sol, una vez conocida su procedencia, decide mantener el secreto y seguir comportándose como lo que todo el mundo cree que es, la hija de los condes de Saelices.

–Es que ya no puedo más. A veces, padre, mi fe se tambalea y pienso que Dios no es justo, que se deleita con mi desgracia. ¿Por qué no atiende a mis ruegos? Mil veces le he pedido ayuda para superar este amor culpable y no me ha hecho caso. Aunque si soy sincero, creo que lo que Dios pretende al enviarme esta prueba es hacerme reaccionar para que inicie una nueva vida muy lejos de aquí.

–Nunca me habías hablado de ello, Luis.

–Es verdad, pero hace tiempo que le vengo dando vueltas. Pienso que es posible que Dios me esté exigiendo una mayor entrega hacia los demás. Espera de mí una respuesta generosa. Una respuesta que aquí, rodeado de mis familiares y amigos, no podré darle con la intensidad requerida.

–¿Has pensado la posibilidad de ingresar en una orden religiosa? –preguntó el padre Velasco.

–La verdad es que no. Eso es demasiado para mí. Atarme a unos votos me asusta.

El padre Velasco le conocía muy bien y estaba seguro de que el cumplimiento de las reglas establecidas en cualquiera de las órdenes religiosas no sería ningún obstáculo para Luis, claro que muchas veces el problema radicaba más en la obligatoriedad que en la propia observancia.

–Perdone, padre, no le he ofrecido nada para beber, ¿prefiere...?

Don Ignacio no le dejó terminar.

–Tomaré una copita de vino, del que bebamos en la comida. Ya sabes que me sientan muy mal las mezclas.

No había pasado ni un minuto desde que Luis hiciera sonar la campanilla llamando al servicio cuando se presentó Braulio en el despacho.

–¿Llamaba el señorito?, ¿quieren que les traiga ya la comida? Me han mandao que les atienda yo porque la Isabel se encuentra mal y la Encarna no sé qué problemas tiene.

–Está bien –dijo Luis–, no tienes por qué darnos explicaciones. Ahora nos sirves un poco de vino y dentro de unos minutos el almuerzo.

–Sabe el señorito que yo no estoy muy acostumbrao a hacer este tipo de trabajo.

–No te preocupes, Braulio, el padre Velasco es de confianza.

A Luis no le agradaba en absoluto que fuera Braulio quien les atendiera, pero aquél era un día complicado.

–¿Qué le ha pasado al tejo? –preguntó el padre Velasco.

–No tengo ni idea. Ya llevaba un tiempo en que se le veía enfermo, se estaba secando poco a poco sin reaccionar a ningún tipo de cuidado. Y esta mañana amaneció así.

–Es como si una fuerza externa lo hubiera partido, ¿verdad?

–Sí, pero no ha podido ser porque la noche ha estado en calma. ¿Por qué le preocupa lo que le ha ocurrido al tejo?, ¿no creerá usted en todas esas propiedades que se le atribuyen?

–No sé nada de sus propiedades –respondió el padre Velasco–, sólo me ha llamado la atención verlo partido por la mitad. Pero cuéntame, Luis, ¿qué es lo que se dice de los tejos?

–Nada, todo son estúpidas supersticiones. Esta mañana, Alfonso, nuestro intendente, se mostraba muy preocupado por lo que le había sucedido al árbol. Me dijo que el tejo había muerto intentando impedir que los malos espíritus llegaran a la casa.

–Bueno, Luis, ¿qué puedes esperar de un criado? La incultura es tierra bien abonada para que florezca todo tipo de supersticiones.

–Sí, ya lo sé, padre, aunque Alfonso no es tan inculto. Sabe leer y escribir y lleva en casa toda la vida. Tengo la sensación de que ha leído muchos de los libros de nuestra biblioteca.

Alfonso no había podido dormir. El intendente de los Saelices se sentía la persona más feliz del mundo, pero era tal su vergüenza que no sabía cómo presentarse y reaccionar ante doña Adela. ¿Cómo se comportaría ella después de lo sucedido? Él le iba a facilitar las cosas. Alfonso estaba decidido a comunicarle sus deseos de dejar la casa. No quiere ni pensar en lo que será su vida alejado de la condesa, no poder verla, ni oírla... A pesar de ello, sabe que querrá seguir viviendo aunque sólo sea para poder recordar la felicidad experimentada a su lado aquella noche. Nunca creyó que se pudiera alcanzar tal placer.

Adela, sumergida en las burbujas que los débiles chorritos de agua producen al fundirse, no sabe cuánto tiempo lleva mirando la fuente del jardín. No puede evitar que se le escape un suspiro.

–¡Dios mío!, ¿cómo voy a poder soportarlo?

Luis, su adorado hijo, estaba enamorado de su hermana Sol y ella, viéndoles todos los días, no se había dado cuenta. Pobre Luis, cuánto tendría que estar sufriendo. Lo mejor para él, sin ninguna duda, era alejarse de Madrid. Al pensar que no podrá ver a Luis y que vivirá para siempre muy lejos siente un desgarro que le atraviesa el pecho. Su otro hijo, Andrés, si persiste en la idea de casarse con la criada también se irá, aunque vivirá en

Madrid y podrá encontrarse con él de vez en cuando. ¿Y Sol? Adela está convencida de que su hija, al conocer la verdad de su origen, la odiará. Y pensar que creía tener una familia sólida y unida. ¿Por qué no la ayudó su marido a prevenir lo que iba a suceder? Adela se arrepiente de este pensamiento. Recuerda que cuando decidieron adoptar a Sol, Juan Luis le dijo:

–Éste será nuestro secreto. Jamás se lo diremos a nadie.

–Pero ¿y si decide casarse?, ¿no crees que deberíamos contarle que sus hijos pueden heredar la tara de sus antepasados?

–¿Qué conseguiríamos con ello?

–Tú sabes, Juan Luis, que su madre me entregó un paquete de cartas por si algún día considerábamos oportuno contarle la verdad.

Las veces que volvieron a acordarse de aquel tema su marido siempre le aconsejaba lo mismo.

–Adela, no te preocupes y no te precipites nunca.

¿Por qué no había hecho caso de la recomendación de Juan Luis? Todavía está a tiempo de no contarle nada a Sol, pero con ello ya no podrá evitar la marcha de su hijo. Todo lo ha hecho mal. ¿También ha sido un error acostarse con el intendente? Se enfada consigo misma. No quiere pensar en lo que ha sucedido. Es un hecho en su vida del que no quiere ser consciente. No puede aceptar la felicidad que sintió en brazos de un criado aunque sabe que no renunciará a ella. Por eso, cuando Alfonso acudió aquella mañana avergonzado a verla se negó a sus pretensiones.

–Señora condesa, he estado a punto de irme sin decir nada, pero creo que ésa no sería la postura de un hombre bien nacido. Quiero deciros que toda mi existencia ha merecido la pena sólo por haber vivido la noche de ayer. Os ruego me perdonéis y autoricéis mi marcha de la casa. Creo que sería lo más conveniente.

–No, Alfonso, no te irás. Te necesito aquí. Olvida lo sucedido ayer. Será un secreto entre nosotros.

–El problema, doña Adela, es que no podré olvidarlo.

Tampoco ella. Jamás se había sentido tan deseada. El recuerdo de lo sucedido la hace suspirar de felicidad.

–Lo conseguirás con el tiempo, Alfonso. Además, tu apoyo será vital para mí estos días.

Adela recuerda que cuando mantuvo esta conversación con su intendente todavía no conocía la decisión de Luis de irse de España. No quiere reconocerlo, pero sabe que lo único que la mantiene con fuerzas para seguir, lo único que la hace sentirse viva, es el amor que por ella siente un criado. Tiene que haberse vuelto loca.

El almuerzo había entusiasmado al padre Velasco, que comentaba las delicias de cada plato. Don Ignacio no entendía que Luis casi no hubiera probado bocado.

–Las perdices estaban fantásticas, la salsa, deliciosa..., pero querido Luis, ¿no te ha gustado?

–Sí, padre, lo que sucede es que no tengo apetito.

–Jamás me ha sucedido a mí tal cosa –dijo el padre Velasco sonriendo.

–Padre, ¿conoce usted Roma?

–No, pero tenemos casa allí. Te puedo dar los nombres de algunos hermanos.

–Muchas gracias. Se lo preguntaba porque me gustaría conocer su opinión sobre la ciudad.

–Creo que es muy hermosa y que no permite la indiferencia. Unos la adoran y otros están deseando alejarse de ella. Pienso que tú perteneces al grupo de los que sucumbirán a su encanto. ¿Cuándo tienes pensado marcharte?

–Cuanto antes. El tiempo que tarde en arreglar cuatro temas. Pienso que a finales de octubre ya estaré en condiciones de emprender el viaje.

–¿Por qué no pasas la Navidad junto a tu familia y después te vas?

–Lo he pensado, padre, pero no puedo quedarme. Creo que mi hermana Sol y su novio Miguel quieren hacer público su compromiso estas Navidades y mi madre debe decirle antes a Sol cuál es su verdadero origen para que, una vez conocido, decida sobre su futuro.

–Qué doloroso es todo lo que os está pasando, Luis. Me gustaría poder ayudaros.

–Ya lo ha hecho, padre. Me siento mucho más tranquilo. Necesitaba desahogarme y sólo con usted puedo hacerlo. Rece por nosotros, sobre todo, por mi madre. Pídale a Dios que nos ayude.

–Tu madre es fuerte, pero cuando tú te vayas estaré pendiente de ella.

–Se lo agradezco mucho, don Ignacio.

Luis sabía que el padre Velasco cumpliría lo prometido. Hacía más de diez años que era su confesor y le quería como a un padre.

–Quiero que guarde un pequeño recuerdo mío –dijo Luis mientras le entregaba al padre Velasco una pequeña y hermosa figura de san Francisco–. Es una copia de la imagen que, gracias a su insistencia, hice para la iglesia del convento y me gustaría que usted la conservara.

–Muchas gracias, Luis, es preciosa. La tendré siempre a la vista, en mi habitación. Lo que quiere decir que todos los días te encomendaré a mi santo fundador.

–También le haré llegar unos libros que estoy seguro de que le van a interesar.

A Luis le gustaría llevarse la mayor parte de sus libros a Roma y también muchos de los objetos que habían formado parte de su entorno más íntimo. Ésa sería una forma de extrañar menos su casa. Aunque tal vez lo mejor fuera romper con todo y empezar desde cero una nueva vida. Después de llamar a Braulio, Luis se despidió del padre Velasco disculpándose por no acompañarle hasta la puerta.

–Si no le importa, padre, Braulio le acompañará, tengo tanto que organizar que no quiero entretenerme si encuentro a alguno de mis hermanos.

–Por favor, no te disculpes. No necesito que nadie me guíe, sabes que conozco muy bien la casa. Adiós, Luis, si necesitas algo házmelo saber y cuídate mucho.

–Gracias. Lo haré.

Al pasar al lado del salón, el padre Velasco volvió a ver a doña Adela mirando por la ventana, juraría que no se había movido. Le gustaría haberla saludado, pero tal vez era mejor así. Estaba a punto de atravesar la puerta del jardín cuando oyó que alguien pronunciaba su nombre.

–Padre Velasco, padre Velasco, un momento, por favor, no se vaya.

El sacerdote se volvió buscando quién le llamaba, no había reconocido la voz. Comprobó, sorprendido, que era Andrés, el hermano de Luis.

–Perdone, don Ignacio, es sólo un segundo –dijo aún jadeante después de la carrera desde la casa–. No tenía ni idea de que estaba aquí y como pensaba ir a verle mañana aprovecho ahora.

Qué extraño, pensó el padre Velasco, que este muchacho quiera hablar conmigo. Le conocía desde hacía tiempo, pero Andrés nunca le había hecho el menor caso.

–Verá, padre, yo no tengo muchos conocidos entre los sacerdotes. Usted es buen amigo de mi hermano y conoce a toda la familia y la verdad es que después de darle mil vueltas he llegado a la conclusión de que nadie mejor que usted para casarme.

–¿Cómo para casarte?, ¿con quién te vas a casar?, ¿cuándo?, ¿cómo no me ha dicho nada tu hermano? Andrés –dijo más tranquilo el padre Velasco–, seguro que quieres gastarme una broma.

–No, es verdad. Me caso con Isabel, la doncella de mi madre. Luis no le ha dicho nada porque no lo sabe. Me casaré, si a usted le parece bien, en la iglesia del convento de San Francisco en cuanto encuentre una casa para trasladarnos, puesto que mi madre no quiere que siga viviendo aquí con ella.

Si le hubieran dado un mazazo, no le causaría mayor efecto. Don Ignacio Velasco no sabía qué decir.

–Andrés, hijo, ¿lo has pensado bien?, ¿cómo va a ser tu vida al lado de una persona tan distinta?, tú, que eres un abogado conocido, un hombre culto...

–No, padre, por favor, no me sermonee, ya tengo bastante con mi familia. Lo único que quiero de usted es que me case. De mi vida ya me ocuparé yo.

–Está bien, claro que te casaré, pero también hablaré con tu madre.

–Perfecto. Muchas gracias, don Ignacio, pronto nos veremos.

Mientras le veía alejarse, el padre Velasco no sabía qué hacer; dudaba entre regresar a la casa y preguntar por doña Adela o subir a ver a Luis para contarle lo que acababa de suceder. Al final decidió marcharse. No podía dejar de pensar en Luis, cuanto más tiempo tardara en conocer este nuevo disgusto mejor para él.

Luis había visto desde la ventana a Andrés hablando con el sacerdote y lo cierto es que se había extrañado. Estuvo tentado de buscar a su hermano para preguntarle qué le sucedía, parecía nervioso, un tanto alterado, pero Luis no deseaba ver a nadie, además, quería escribirle a Marco Spontini. Cuántas horas habían pasado juntos intentando descifrar cuál era aquel aspecto extraño que Rita veía en la vida de su hermana. Ahora todo estaba claro. No era su hermana, no llevaban la misma sangre. Luis tuvo, en ese momento, la certeza de que su amiga de Salamanca había visto la verdad y no había querido decírselo. Lo que no podía saber Rita, pensó Luis, es de quién era hija Sol. Sólo él y su madre conocían la verdad. En la carta que le iba a escribir a Marco no le revelaría la verdadera identidad de la progenitora de Sol, aunque estaba convencido de que en Roma sí se lo diría. Confiaba en su amigo. Entre ellos no existían secretos. Desde el dolor que sentía en aquellos momentos, Luis se sintió aliviado al pensar en lo afortunado que era de poder contar con un amigo como Marco. La amistad era, sin duda, uno de los sentimientos más importantes de la existencia. Aunque, tal vez, no todas las personas estuvieran capacitadas para experimentarla. Ésta era una cuestión de la que Marco y él habían hablado muchas veces y aunque los dos eran capaces de sentir y practicar la amistad, discrepaban en algunos aspectos, especialmente sobre la exclusividad de la misma, con la que Marco no estaba de acuerdo.

–Luis, yo soy tu amigo y te quiero de verdad, aunque ello no me impide que tenga otros amigos por los que siento lo mismo.

–Eso es imposible, Marco, siempre existen matices. No puedes quererlos a todos por igual.

–Estás diciendo tonterías, Luis. Piensa por un momento, no eres padre, pero si lo fueras, ¿no querrías a tus hijos por igual, independientemente de que uno se parezca más a ti, sea más simpático, inteligente o cariñoso?

–El sentimiento de la paternidad no es comparable al de la amistad, entre otras razones porque a los hijos no los eliges, los tienes, intentas educarlos y no sabes cómo serán de mayores y a los amigos los escoges: aficiones comunes, complementariedad, admiración y cariño, ésos creo que son los aspectos que nos mueven a inclinarnos a la hora de tener amigos.

–En eso estoy de acuerdo –apuntó Marco–, a unos los admiras y te gustaría parecerte a ellos, a otros los proteges, algunos te halagan haciéndote la vida más agradable, pero todos son tus amigos.

–Todo eso ya lo sé, mi querido Marco, pero ¿por cuántos estarías dispuesto a sacrificarte?

–¿Cómo a sacrificarme?

–Pues a renunciar en un momento dado a tus comodidades, tus aficiones, tu dinero, todo, por un amigo.

–En la medida de mis posibilidades, siempre.

–Eso es muy relativo, Marco. Vamos a ver, ¿estarías dispuesto a visitar todos los días a un amigo enfermo renunciando a tus ratos de ocio por hacerle compañía?

–Mira que eres pesado, Luis, ¿todos los días?

Se pasaban horas y horas discutiendo sin ponerse nunca de acuerdo. Luis no ha podido evitar una sonrisa al recordar sus conversaciones con Marco. En Salamanca se había iniciado su amistad. A Salamanca pensaba viajar Luis para ver a Rita antes de marcharse a Roma. Se sentía unido a ella por lazos especiales y deseaba pasar unas horas a su lado.

Unos golpes en la puerta le sacaron de su ensimismamiento.

–Perdona, Luis, ¿puedo charlar contigo un momento?

Andrés, muy serio, esperaba el permiso de su hermano para entrar. ¿Por qué Andrés, pensó Luis, adoptaba un comportamiento tan formal?, siempre había entrado en su despacho sin pedir permiso. Luis se dio cuenta entonces de que hacía muchísimo tiempo que no hablaba con él. Parecía otra persona.

–Pasa, Andrés, no te quedes en la puerta, ¿desde cuándo necesitas autorización para verme?

–No quería molestarte, Luis, sé lo ocupado que estás siempre, pero deseaba contarte que he decido casarme. Desconozco si mamá te ha dicho algo.

Luis recordó entonces que su madre sí le había comentado que Andrés quería casarse con la doncella, aunque él, superado por los problemas que le acuciaban, no le dedicó ni un solo pensamiento. Fue en ese momento cuando realmente se percató de la importancia de la noticia. Simulando no darle importancia, Luis dijo:

–Sí, esta mañana mamá me habló de tus intenciones, aunque lo cierto es que no lo tomé muy en serio porque me cuesta creer que te hayas enamorado de una criada, y mucho más que desees casarte con ella.

–Ya está bien –casi gritó Andrés–. Sois todos iguales...

Luis deseaba ayudarle. Le quería mucho, aunque sus personalidades eran totalmente diferentes y nunca supo ser un amigo para su hermano. En ese momento se sintió culpable. Pensó que tenía que haberle aconsejado antes de que llegara a aquella situación. La verdad es que eran muy distintos y jamás se habían movido en los mismos ambientes. Además, Luis vivía encerrado en su propio problema. Al pensar en su hermana Sol, Luis no pudo evitar una sensación de felicidad al imaginar la posibilidad de que ésta fuera una criada y por tanto ajena a su mundo. Claro que se casaría con ella. Por encima de todo, la convertiría en su esposa. Por ello le dijo:

–Tranquilo, Andrés, no te enfades, pasa, siéntate y cuéntamelo todo, para eso soy tu hermano mayor. Venga, no pongas esa cara. Si quieres, yo llevaré al altar a la mujer que has elegido como esposa.

–Gracias, Luis. La verdad es que no sé si he sido yo quien ha elegido a Isabel, creo más bien que ha sido ella la que se ha fijado en mí. Pero eso no importa porque la quiero y, además, vamos a tener un hijo.

El aspecto cansado y sobre todo la sensación de desamparo que Luis percibía en su hermano le movió a no plantearle las dudas lógicas sobre su paternidad. Muy al contrario, manifestó:

–No sabes cómo me gustaría ser el padrino de tu primer hijo, pero no podrá ser. Dentro de muy poco me iré a vivir a Roma.

Andrés miró un tanto extrañado a Luis y con cara de incredulidad le dijo:

–¿Por qué te vas de Madrid? ¿Ha sucedido algo que yo no sepa?

–No. Nada en absoluto. Ya sabes que soy un gran admirador de la obra de Benvenuto Cellini y ahora se me ha presentado la oportunidad de estudiarla a fondo. Mi amigo el conde de Squinzano me ha escrito –mintió Luis– contándome que se reunirán en Roma algunos de los más prestigiosos especialistas en Cellini, y como la tienda puede funcionar perfectamente sin mí me he decidido. Además, mamá se ocupará de todo. Pero hablemos de ti, Andrés, ¿cuándo piensas casarte?

–En cuanto encuentre una casa donde vivir.

–Pero ¿por qué no te quedas aquí?

–Querido Luis, nuestra maravillosa madre no me ha dado su consentimiento para la boda. No soporta que me case con su doncella y me ha rogado que busque un lugar donde vivir. Sus principios no le permiten admitir en la familia a una doncella. ¡Qué asco!

–No seas injusto con mamá, Andrés. No ha reaccionado tan mal. Debes darle tiempo.

–Será inútil, Luis, ella no cambiará. Tal vez si se tratara de ti su comprensión fuese mayor. Siempre has sido su preferido.

–No digas idioteces.

–Es verdad, y te aseguro que hace tiempo que no me importa, aunque lo he pasado mal. Entenderás, Luis, que he tenido que sufrir al ver como mamá siempre os ha preferido a ti y a Sol.

–Andrés, creo que estás en un error. Mamá nos quiere a los tres por igual, lo que sucede es que tú siempre hiciste lo que se esperaba de ti. Fuiste un niño alegre, sin complejos. Más tarde estudiaste Derecho, la carrera que papá deseaba para ti. Nunca les causaste ningún tipo de preocupación. Siempre confiaron en que tu comportamiento sería el correcto. Tal vez por ello hayas observado que mamá estaba más pendiente de mí, pero lo mismo hubiera hecho contigo de ser tú el niño problemático. Puedes estar seguro, Andrés, de que nuestra madre nos quiere a todos por igual.

–Puede que tengas razón –dijo Andrés un tanto aliviado–, pero nunca aceptará a Isabel.

–No lo sé, Andrés. Dicen que el tiempo lo cura todo y es posible que dentro de unos años, cuando se haya hecho a la idea, cuando los comentarios sobre tu matrimonio hayan cesado entre nuestros amigos y conocidos, y vea a su nieto, se decida, entonces, a recibiros en casa. Pero ¿por qué no me has hablado antes de tu relación con Isabel?, podría haber ido preparando a mamá...

–Muchas veces estuve tentado de hacerlo, pero Isabel me lo impedía. Pensaba que si alguien conocía nuestra relación podían influir en mamá en nuestra contra.

Luis no sabía nada de Isabel, aunque tuvo la sensación de que era ella quien llevaba las riendas en aquel asunto. No pudo evitar pensar que la doncella había querido asegurarse bien de la decisión de Andrés de casarse, antes de que nadie pudiera influir en él. Luis lamentaba muchísimo no haberse enterado de nada porque estaba seguro de que con su ayuda Andrés habría reflexionado, pero se limitó a decir:

–¿Cómo ha reaccionado Isabel al saber que mamá no te da su consentimiento para la boda?

–Se ha puesto muy triste. Ella me quiere mucho y desea evitarme todo tipo de sufrimiento. Incluso me dijo que si yo lo prefería ella podía irse a su pueblo para tener allí el niño y que me olvidara de todo como de un mal sueño. Pero Luis, yo soy un caballero y no puedo consentirlo. Va a tener un hijo mío. Estoy deseando verlo. Además, no podría vivir sin Isabel. Es la mujer con la que quiero compartir mi vida.

–Pues no le des más vueltas, te casas y punto. Aunque no sería descabellado considerar la posibilidad de que Isabel se fuera a su casa y que tuviera allí el niño, tal vez entonces mamá se aviniera a daros todas sus bendiciones.

–No es posible –dijo Andrés suspirando–. Isabel me dijo que si se iba debería olvidarme de ella y del niño para siempre. Además, no tendría ningún sentido separarnos ahora.

A Luis no le gustó la reacción que, según su hermano, había tenido Isabel. Y no entendía de qué iban a vivir ella y el niño si

Andrés no se ocupaba de ambos. Probablemente, lo único que Isabel pretendía con aquella amenaza era forzar la situación para que Andrés se decidiera a llevarla al altar. A pesar de esta sospecha, Luis nunca se hubiera podido imaginar la verdadera reacción de Isabel, que se cuidó muy bien de ocultarla a los ojos de Andrés pero que sí reveló, indignada, a su amiga Carmen, la criada de los Rocafría.

–Esa imbécil de la condesa de Saelices, ¿quién se habrá creído que es? No quiere que me convierta en un miembro de su familia, teme que les contamine. No se da cuenta de que durante los años que llevo sirviendo en la casa no me he ido a la cama con su marido, que en paz descanse, o con su otro hijo porque no he querido. Doña Adela va a pagar muy caro este desprecio que me hace –gritaba Isabel–. Te juro, Carmen, que se arrepentirá de haberme rechazado.

–Recuerda –dijo Carmen– que te avisé. Siempre te dije que la condesa jamás te aceptaría como hija. Y es normal que no quiera que viváis cerca de ella.

–Eso es lo que me desespera. ¿No comprendes que mis deseos de convertirme en segunda señora de la casa han desaparecido? Soñaba con escuchar de labios del cretino de Alfonso, el intendente, la palabra «señora» dirigiéndose a mí y ver como el resto de la servidumbre se plegaba a mis deseos.

–Isabel, deja de lamentarte. Has conseguido algo impensable. Te vas a casar con el señorito Andrés.

–Mi trabajo me ha costado. He tenido que decirle que estaba embarazada.

–¿Y no es verdad?

–No, pero pronto lo estaré, y si no, simulo un aborto.

–Eres terrible, Isabel, ¿no temes que te descubran?

–Andrés se cree todo lo que le digo. Es muy fácil engañar a los hombres.

Mientras pensaba en la reacción de Isabel, Luis observaba a su hermano, quien, al descubrir el vino del almuerzo que aún no había sido retirado, se sirvió un vaso, que apuró para inmediatamente ponerse otro.

–Luis, ¿de verdad quieres acompañar a Isabel al altar? ¿No te importa que sea una criada?

–Andrés, preferiría que no lo fuera, pero si tú lo quieres no tengo más remedio que aceptarlo.

–Estaba pensando que tal vez Sol pudiera ser la madrina. Aunque la verdad es que nuestra hermana es una niña mimada y consentida y si me dice que no acepta a Isabel tengo miedo de mi reacción.

Luis conocía mejor que nadie a su hermana y estaba convencido de que no aceptaría participar en aquella boda. Si su madre valoraba las reglas sociales y mantenía las distancias con los que no eran de su clase, Sol mucho más. Pobre niña, cuando se entere del origen de su verdadera familia, pensó. A Andrés le dijo:

–No me parece una buena idea. Es probable que Sol, influida por mamá, no acepte. ¿Por qué no se lo dices a tía Rosalía?

–¿Hacerla venir desde Córdoba? ¿No es muy mayor? ¿Cuántos años tiene?

–Creo que andará por los sesenta y pocos, era la hermana más pequeña de papá. Si quieres, yo le escribo. Estoy seguro –dijo Luis– de que vendrá encantada.

Andrés, levantándose, abrazó a su hermano, mientras, emocionado, decía:

–Qué buen hermano eres, Luis. Nunca olvidaré tu apoyo. No sabes cómo me ha serenado esta conversación contigo.

–Querido Andrés, si fuera buen hermano me habría dado cuenta antes de lo que te sucedía para intentar ayudarte...

Antes de que Luis terminara de exponer su razonamiento, Andrés, un tanto excitado, exclamó:

–¿Cómo para ayudarme?, ¿quieres decir que deseabas evitar mi compromiso con Isabel?, ¿pero qué os ha hecho?, ¿tanto os cuesta entender que es a ella a quien deseo convertir en mi esposa?

–Ya te he dicho que te apoyo, pero también debes saber que si pudiera evitar tu relación con la doncella de mamá, lo haría sin dudar.

–Tiene razón Isabel, sois todos unos hipócritas. La rechazáis porque es una criada y sobre todo, porque es pobre. Si apareciese en nuestras vidas sin que supiéramos quién era y con medios económicos, aplaudiríais mi elección.

–Pues tal vez sí. Porque nuestros conocidos, y especialmente el servicio, la tratarían como a una señora. Pero Andrés, por Dios, ¿cómo crees que se van a comportar con Isabel sus antiguos compañeros?, ¿es que no piensas?, ¿y las mujeres de tus amigos la considerarán una más cuando conocen a Isabel porque les ha servido la mesa? En el mejor de los casos, hermano, habrán de pasar muchos años para que Isabel sea aceptada sin reservas por la sociedad. Y tú, Andrés, debes saberlo.

–Lo único que sé –dijo Andrés levantando la voz– es que este mundo es un asco y nuestra maravillosa sociedad me produce náuseas. –Andrés se marchó dando un portazo.

Luis, en un intento de detener a su hermano, abrió la puerta pero sólo alcanzó a verle desaparecer por el pasillo. Lo que sí oyó fue la voz de Sol, que charlaba muy animada. Luis permaneció escuchando durante unos segundos para enterarse de con quién hablaba. Se encontraban en el salón y apenas podía entender lo que decía. Se acercó un poco y percibió entonces la profunda voz del intendente. Nadie diría al escuchar hablar a Alfonso que era un criado. Además de expresarse correctamente, modulaba cada una de las palabras de forma asombrosa. A Luis siempre le había llamado la atención su manera de hablar, que en aquellos momentos decía:

–No creo, señorita Sol, que éste sea un buen momento para organizar una fiesta. Ayer celebramos una y es mucho el trabajo que ocasiona.

–Pero Alfonso, sería sólo para un número muy reducido. La despedida del verano con mis amigos. Sé que tú puedes convencer a mamá. Inténtalo, por favor.

–Nada me gustaría más que complacerla, pero no debo decirle nada a su madre. Y usted debería hacer lo mismo.

Aunque Luis ansiaba más que nada en el mundo ver a su hermana, entró en su habitación para no encontrarse con ella. Deseaba contemplar su preciosa cara, sus ojos. ¡Cómo la quiere! Tiene que conseguir dominarse. No debe seguir pensando en que no lleva su misma sangre y en que podría haberla convertido en su esposa; de continuar así, corre el riesgo de volverse loco.

La condesa de Saelices se sorprendió al oír unos débiles golpes en la puerta, ¿quién podría ser?

–Sí, adelante...

–Perdón, señora, deseaba saber si preparo la mesa para la cena en el comedor grande o en el de diario.

–Pasa, Encarna, pero ¿qué hora es?

–Más de las siete.

–Dios mío, cómo pasa el tiempo. ¿Sabes si ha llegado la señorita Sol?

–Hace un rato que la he sentido entrar.

Sol se había ido a pasar el día a casa de los padres de una amiga, con el consiguiente alivio para su madre, que de esa forma dispuso de más tiempo para reponerse de las emociones y disimular mejor delante de su hija.

–No sé si el señorito Andrés cenará en casa, aunque da lo mismo. Prepara la mesa en el comedor pequeño. ¿Cómo te encuentras, Encarna?, te veo un poco cansada.

–No es nada, señora, pero a mí también me afectan ciertas noticias. Son muchos años de servicio en esta casa. Ustedes, doña Adela, son como mi verdadera familia.

–¿A qué noticias te refieres?

–No sé si debo.

–Claro, habla con toda confianza.

–Pues la verdad es que pienso que la Isabel es una malnacida y que ha embaucado al señorito Andrés. Y que ese matrimonio no traerá más que desgracias. Usted, señora, que ha sido tan buena con ella y ahora Isabel le paga de esta forma. No es una buena mujer. Nunca me he fiado de ella. Hoy ha dicho que no se encuentra bien y no la hemos visto en todo el día. ¿Por qué no hace algo para convencer al señorito de que es mala?

–¿Qué se puede hacer?

–Yo conozco a alguien –dijo misteriosamente Encarna acercándose a la condesa– que podría ayudarnos. Es un muchacho de mi pueblo que si yo le preparo para que diga que ha tenido relaciones con la Isabel nadie conseguirá escuchar otra cosa de él. Señora, entre todos podemos preparar un plan para que el señorito Andrés se desilusione y...

Adela miraba a la vieja sirvienta con cara de susto. La interrumpió simulando un enfado que no sentía.

–Por favor, Encarna, no digas barbaridades. ¿Cómo vamos a inventar todas esas cosas? ¿No te das cuenta del daño que podríamos hacerles?

–¿Y el que le causan a usted?

–No tengo más remedio que aceptarlo. El señorito Andrés ya es mayor de edad y puede casarse con quien quiera.

–Pero señora, usted no debe quedarse de brazos cruzados. Tiene que tratar de impedir esa boda. ¡Ay, si el señor viviera! –suspiró Encarna.

–Pues no tendría más remedio que aguantarse como yo.

–Con el señor –insistió Encarna– sería distinto. Un padre siempre es un padre...

Adela no estaba de humor y el rumbo que tomaba la conversación no le agradaba en absoluto. Esto le pasaba por darle confianza a una criada. Pero pobre Encarna, lo único que pretendía era ayudarla. No le gustó que se acordara del señor. Era como si ella no tuviera autoridad para solucionar los problemas familiares. Pero... qué tonterías estaba pensando, si en vida de Juan Luis casi siempre era ella quien decidía. Adela, a la que le gustaba analizarse a fondo, se dio cuenta de que su reacción ante el comentario de la sirvienta no era porque éste le molestara, lo que sucedía realmente es que lo utilizaba para enfadarse con su difunto marido. Era como si buscase una excusa para enfrentarse a él cuando, en realidad, el enfadado tendría que ser él porque ella le había sido infiel. ¿Cómo infiel? Si Juan Luis estaba muerto. Sí, pero había traicionado su recuerdo. Ella, tan puritana, disfrutando en brazos de un criado. ¿Qué pensaría Encarna si supiera lo que había sucedido entre la señora condesa y el intendente?

–Encarna, pidámosle a Dios que nos ayude y esperemos confiados.

–Yo ya lo hago, señora. Les he encomendado al Cristo de mi pueblo, que es muy milagroso. Si no manda nada más la señora condesa, me voy a preparar todo para la cena.

–Está bien, Encarna, gracias.

No sabía si cambiarse de ropa para la cena. Cuando cenaba a solas con sus hijos no solía hacerlo, pero hoy le apetecía arreglarse un poco más de lo habitual. Deseaba estar guapa. Claro que sabía muy bien para quién, aunque no quiere reconocerlo. Al pensar en su intendente, Adela no puede evitar sonrojarse. ¿Cómo es posible que se haya entregado a un criado? Nunca ha sido una loca inconsciente y ahora se comporta como tal. ¿Qué le estaba sucediendo? No podía estar enamorada de Alfonso porque seguía queriendo a su esposo. ¿La enternecía ver cómo la deseaba el criado? Le dolía reconocerlo, pero sabía que jamás había experimentado semejante placer en las relaciones con su marido. Nunca Juan Luis la había acariciado de aquella forma. El recuerdo de lo vivido con Alfonso era tan placentero que presiente que no podrá renunciar a la intimidad con su criado. La sensación de plenitud sentida con el intendente era desconocida para ella. El sexo siempre había ocupado un lugar secundario en su vida. Las señoras no hablaban de esas cosas ni debían pensar en ellas. Juan Luis, su querido esposo, era consecuente con el pensar de la sociedad y, lógicamente, no se había preocupado de lo que ella pudiera sentir. El sexo era cosa de hombres.

Adela siente pena al pensar lo feliz que podría haber sido si su marido hubiese despertado en ella el deseo, pero le disculpa pensando que era un hombre de su tiempo y que se comportaba de acuerdo con la educación recibida, aunque en el fondo se siente dolida por su postura egoísta. No puede dudar del amor de Juan Luis, ya que tiene la certeza de que ella fue la única mujer en su vida. Pero ¿por qué Alfonso, el intendente que sólo tiene unos cuantos años menos que su marido, se comporta de una forma tan distinta? Tal vez la explicación se encuentre en que él sí tuvo trato con mujeres experimentadas en el amor que le hicieron saber que también ellas querían y debían sentir. ¿Habrá tenido Alfonso relación con muchas mujeres? Le fastidia pensar en la posibilidad de que su intendente haya mantenido frecuentes aventuras amorosas y esta reacción le desagrada. No quiere que le preocupen este tipo de cosas, ella no tiene nada que ver con su sirviente...

Sí, se pondrá aquella blusa de encaje que tanto la favorece. ¡Dios mío! Con todos los problemas que tiene, se preocupa de qué ropa puede favorecerla más. Verdaderamente, ha perdido el juicio, aunque puede que no esté nada mal comportarse como una jovencita irresponsable.

Al pasar cerca de la ventana, vio a Sol haciéndole señas desde el jardín.

–Madre, ahora subo a buscarla. Podemos dar un paseo antes de la cena. La temperatura es muy agradable.

–En diez minutos estoy contigo, hija.

Desgraciadamente, Adela había acertado al vaticinar que su hijo Andrés no acudiría a cenar. Sabía que se mantendría firme en su decisión y lo más alejado posible de toda la familia.

En la cena, tanto Luis como ella habían demostrado que eran dos consumados actores. En ningún momento Sol pudo adivinar el tormento que dos de sus seres más queridos –su madre y su hermano– estaban atravesando. Bien es cierto que la futura boda de Andrés con la doncella había sido el tema central de la conversación.

Ni a Adela ni a Luis les sorprendió la reacción de Sol, que no sabía nada de la decisión de su hermano.

–Madre, tiene que impedirlo. Andrés no puede casarse con una criada. No puedo creer que Isabel, la doncella, se convierta en mi cuñada. En la cuñada de mi novio Miguel. Eso es imposible. No se da cuenta de que seremos el hazmerreír de todos. No quiero ni pensar en los comentarios que se harán. Y no puedo entender, Luis, cómo te prestas a acompañar a la novia, a una criada –dijo Sol con desprecio– al altar. Debes de estar loco.

Luis había tratado de explicarle que él también estaba en desacuerdo con aquella unión, pero que visto que Andrés no cambiaría de idea, era mejor apoyarle. Lo hacía porque quería a su hermano y porque, además, cabía la posibilidad de que Isabel estuviera realmente enamorada, con lo cual aquel matrimonio podría significar la felicidad de Andrés.

–Ahora ya me explico –exclamó Sol– por qué ayer Andrés se pasó la tarde entera intentando demostrarme que yo era injusta al valorar a las personas por su origen y clase social. Pretendía justificar su elección. Pero ¿queréis explicarme cómo ha podido enamorarse de una doncella? A mí jamás me ocurriría algo parecido. Es totalmente anormal.

Adela miró a Luis y éste le respondió con la misma expresión de inquietud. Los dos pensaban en lo mismo. ¿Qué haría Sol cuando descubriera que no era hija de los condes de Saelices? Luis, disimulando todo el amor que sentía por su hermana, la miró directamente a los ojos.

–Sol, no debes ser tan radical. Piensa que en el fondo lo que hace que las personas seamos diferentes es la educación y no la clase social. Sí, ya sé que puedes argumentarme que la educación va pareja a la clase social y estoy de acuerdo. Pero piensa en que, por circunstancias de la vida, el hijo de cualquier noble es apartado desde el momento que llega al mundo de su entorno y crece en una familia humilde sin ningún tipo de recursos. ¿Crees que se notará mucho la nobleza de cuna cuando sea mayor? Este ejemplo, querida Sol, es también equiparable en caso contrario. Con ello quiero decirte que si existe el amor entre Isabel y Andrés, tal vez ella pueda convertirse en una más de nosotros aunque la sociedad tarde en aceptarlo.

–Tiene razón Luis –añadió su madre–. En la aceptación social radica de verdad el auténtico problema y aunque nos parezca injusto es así. Vivimos inmersos en nuestras costumbres sociales y el aprecio y la valoración de los demás nos resultan necesarios.

–Estoy totalmente de acuerdo –dijo Sol–, por ello creo que si Andrés está encaprichado con Isabel pues que mantenga relaciones con ella pero de una forma discreta, que no nos enteremos los demás de sus debilidades. Los criados están para servirnos y nada más.

Al recordar la conversación de la cena, y en concreto las opiniones de su hija, Adela no puede evitar sentir un escalofrío. Era mucho más dura de lo que pensaba y también menos hipócrita que ella. Sol expresaba lo que verdaderamente sentía, lo cual no dejaba de ser un rasgo propio de la juventud, ¿se comportaría igual al conocer su verdadera identidad? No quiere seguir dándole vueltas al mismo tema. Ya ha tomado la decisión de contarle toda la verdad y de entregarle las cartas que su verdadera madre le escribió. No tiene ni idea de cómo abordará a Sol. Tiene casi un mes para pensarlo. Entonces estarán ellas dos solas en la casa. Luis se habrá ido a Roma y Andrés vivirá con Isabel, ya convertida en señora de Méndez Sanchidrián. Menos mal que Andrés no es su hijo mayor, si no aquella advenediza se convertiría en condesa. Dio gracias a Dios de que esto fuera así y le pidió por Luis, precisaba encontrar fuerzas para solucionar su problema. Era su hijo preferido y se iba. Adela no puede hacerse a la idea de que la vida continuará igual sin que Luis esté a su lado. En su tristeza la consuela una tímida esperanza, la posibilidad de que en Roma encuentre su hijo a una mujer de la que se enamore. Pobre muchacho, cuánto habrá sufrido con aquel amor culpable. Adela lamenta ahora la decisión que tomaron ella y su marido de hacerse cargo del bebé recién nacido. ¿Cómo podían imaginarse en aquellos momentos los problemas que más tarde les ocasionaría? Pero también es consciente de que sin Sol la vida no hubiera sido igual de feliz, la quiere tanto. ¡Es su hija! Trata de darse ánimos pensando que todo se arreglará y que Luis se casará pronto y le dará un precioso nieto que asegurará la continuidad del título. No quiere ni pensar en que fuera uno de los hijos de la doncella quien un día se convirtiera en conde de Saelices. Todos sus antepasados se removerían en la tumba ante tamaña desgracia.

La condesa se levantó para servirse una copa de oporto. Le extrañaba que Alfonso no hubiera aparecido a darle las buenas noches como siempre hacía. Encarna y el resto del servicio ya se habían retirado. Miró el reloj de la pared y faltaban unos minutos para la medianoche. Era muy tarde. ¿Le habría pasado algo? Se dio cuenta de que no le había vuelto a ver desde primera hora de la mañana. La idea de que el intendente hubiera abandonado la casa le pareció insoportable y sin esperar un minuto más, decidió ir a buscarle.

No estaba en su despacho. Pensó que tal vez pudiera localizarlo en las caballerizas. Sin embargo, tampoco lo encontró allí. Un poco aturdida, pensó que la explicación sería que Alfonso se habría acostado, pero no. Adela sabía que jamás el intendente se retiraría antes de que ella lo hubiera hecho. Tenía que estar en el jardín.

Resultaba sorprendente que a aquella hora de la noche la temperatura siguiera siendo tan agradable como cuando paseó con Sol antes de la cena. Pero ahora la oscuridad era casi total. Las nubes impedían que la luz de la luna llegase con nitidez. En algunos momentos hubo de pararse a esperar que pasara una nube porque, aunque conocía el jardín de memoria, corría el riesgo de tropezar.

Alfonso se encontraba sentado en uno de los bancos cerca de los tejos cuando le pareció oír un ruido como de pisadas. Llevaba más de dos horas allí sin saber muy bien qué hacer. Sabía que debía comportarse como si nada hubiera pasado entre él y la condesa, pero eso era muy difícil. Aunque en el fondo la estaba sometiendo a una prueba. Deseaba ver cómo reaccionaría ella al ver que no acudía a desearle las buenas noches. Lo más probable es que se retirara y no se diera ni cuenta de que él no había acudido a despedirse. Pero aquellos pasos...

Adela sólo alcanzó a ver la silueta de un hombre sentado cuando una nube lo oscureció todo...

–¿Alfonso, eres tú?

–Sí, señora, soy yo.

–Te estaba buscando. Por un momento temí que te hubieras ido.

–Jamás sin saberlo usted.

–Me voy a casa –dijo la condesa–, no estaría bien que nos vieran hablando en el jardín a estas horas. Te espero en mi despacho. Aunque sea tarde, debo comentarte algunos asuntos.

–Está bien, señora –contestó Alfonso.

La voz del intendente, que no quiso disimular su alegría, sonó ilusionada y feliz. Así es como se sentía Alfonso ante la clarísima invitación de la mujer a la que siempre había amado.

Mientras caminaba hacia la casa, Adela era incapaz de controlar su nerviosismo ante la velada que le esperaba. ¿Cómo iba a renunciar a la felicidad teniéndola a su lado? Se sonrió al pensar que aquélla sería la segunda noche en su vida, desde que utilizaba un diario, que no escribiría nada en él.

5

ROMA

A Luis le satisfizo la coincidencia de llegar a Roma el mismo día que cumplía veintiocho años. Era el 15 de noviembre de 1678. El viaje se había retrasado más de lo previsto, pero ya estaba a punto de entrar en la que desde entonces se convertiría en su ciudad. La ciudad en la que intentaría olvidar el pasado y se mostraría receptivo ante lo que el destino tuviera a bien depararle. Recordó entonces la frase que su amigo Marco le repetía frecuentemente, «el destino siempre encuentra medios y caminos». Tal vez fuera así. Aunque Luis estaba casi seguro de que el camino de su vida no sería muy largo. La cara de Rita al despedirse de él reflejaba un dolor que no podía significar más que el adiós definitivo.

–No digas tonterías, Luis, lo que sucede es que siento mucho que te vayas tan lejos. Viviendo en Madrid tampoco nos veíamos, pero sabía que estabas ahí. Ya estoy contenta, ¿ves? –decía Rita sonriendo–. En Roma serás feliz y algún día volveremos a vernos.

Luis, al acordarse de su amiga, introduce la mano por la capa, después la chaqueta, la camisa y acaricia el camafeo. No. Está seguro de que no volverá a ver a Rita nunca más. La forma en que ella le amó la última noche no podía tener otro significado.

–¿Sabes, mi amor? –le susurraba Rita–, he estado con muchos hombres. Algunos verdaderamente encantadores, pero ninguno como tú. Nadie me ha excitado nunca de esta forma. Me pasaría la vida haciendo el amor contigo. Quisiera que estuvieras siempre dentro de mí. Eres tan bueno, tan ingenuo y ¡tan guapo!... Adoro mirarme en tus ojos, perderme en ellos... ¡Cómo te quiero! –le decía mientras sus labios le recorrían entero.

Hubo momentos en que él, extenuado, apenas podía seguirla en sus cabalgadas de placer.

–Ya verás como en Roma consigues superar el amor que sientes por tu hermana, bueno, por tu hermana adoptiva.

Luis había aprovechado entonces para preguntarle qué es lo que había observado el primer día que hablaron de Sol.

–Percibí –dijo Rita– que no tenías nada en común, que no erais hijos de los mismos padres, pero no me atreví a decírtelo.

Luis, un poco asustado, le había preguntado entonces qué sabía del verdadero origen de su hermana. Insistió en si Rita conocía la identidad de los progenitores de Sol. La respuesta de su amiga le tranquilizó.

–La verdad es que no. Porque algunos indicios que he podido observar no me parecen creíbles. No tendrían ninguna lógica. ¿Tú sabes quiénes son sus padres?

Luis no había querido engañarla y le dijo que sí sabía quién era la madre, pero tenía que guardar el secreto y le rogó a Rita que ella hiciera lo mismo con todo el asunto.

–Te lo prometo. Para mí –aseguró Rita– es como si tu familia no existiera.

Al recordar su conversación con Rita, Luis no puede evitar que la expresión de sus ojos se vuelva un tanto pícara; la dueña de una casa de lenocinio era su mejor amiga. ¡Si su madre y conocidos lo supieran! Pero lo cierto es que aquella mujer le proporcionaba una paz y una seguridad que no conseguía con otras personas y, ¿por qué negarlo?, también le hacía sentirse muy bien al comprobar la pasión que despertaba en ella.

–No sólo suspiro por tu cuerpo y atributos, Luis –le decía Rita riéndose–, te quiero mucho y deseo tener noticias tuyas. Querido Luis, nunca me ha importado ser analfabeta, sin embargo, ahora daría cualquier cosa por poder leer tus cartas. Porque me escribirás, ¿verdad?

Hasta entonces, Luis nunca se había detenido a pensar lo que significaba ser analfabeto. Las limitaciones que ello entrañaba. Rita jamás podría disfrutar con la lectura de un libro. Claro que le escribiría, con cierta precaución, por supuesto, porque aunque ella le había asegurado que una persona de su total confianza le leería las cartas, mejor era prevenir posibles indiscreciones.

Estaba a punto de atravesar la Porta Flaminia. Se había hecho de noche. La oscuridad no permitía descubrir los relieves de la puerta, pero Luis la miró y se dio cuenta de que en unos segundos había hecho partícipe, a aquella misteriosa mole, de su estado de ánimo, de sus miedos y temores. De sus amores ilegítimos. Cuántos como él, pensó, habrían hecho lo mismo a lo largo de los siglos. En ese momento, Luis supo que en Roma encontraría la paz. Las vibraciones experimentadas al cruzar la Porta se lo habían confirmado.

Luis Méndez, conde de Saelices, no se equivocaba en su apreciación. Él sería una de esas personas que observan, sorprendidas, como en Roma se les revela su auténtica personalidad. Personas que son capaces de descubrir en los lugares más insospechados de la ciudad la hermosura imperecedera de su huella histórica, que para el resto permanece oculta.

Debía dirigirse a la Via Giulia. Allí, muy cerca de la iglesia española de Santiago y Montserrat, vivía su amigo Marco Spontini, conde de Squinzano. Marco había reaccionado muy favorablemente al conocer sus intenciones de establecerse en Roma. En la inmediata respuesta a su carta le aseguraba que no se arrepentiría de tomar esa decisión. Él le ayudaría en todo. Y trataba de animarle hablándole del curioso ambiente social de la ciudad, totalmente distinto del madrileño. Marco enumeraba una serie de personajes a los que podrían conocer y que, sin duda, despertarían su curiosidad. No gozaba Luis de un estado de ánimo propicio para disfrutar con las relaciones sociales, pero sí había despertado su interés una de las personas mencionadas por su amigo. Mentiría si dijera que no le importaba conocer a la reina Cristina de Suecia. Todo el mundo hablaba de ella y de su conversión al catolicismo. Desde los Estados Pontificios, lugar que la soberana había elegido para vivir y no estar sometida a la autoridad de un rey, aunque fuera católico, se alentaban los comentarios sobre la importante y decisiva, para ellos, conversión de la reina sueca.

Con independencia de la aureola de extravagante que rodeaba la figura de Cristina, probablemente un tanto exagerada, a Luis le interesaba relacionarse con ella. Deseaba descubrir por sí mismo cómo era aquella mujer que había dejado una corona, un reino, un país... todo, para convertirse a la religión en la que creía y poder manifestar así sus creencias en total libertad.

Verdaderamente, pensó Luis, la actitud de la soberana resultaba incomprensible y no le sorprendía que muchas de las historias que se contaban sobre su comportamiento estuvieran motivadas por un intento de encontrar justificaciones a una acción que a la mayoría de los mortales les costaba entender.

También le interesaba su faceta de coleccionista. Hasta España habían llegado noticias de las importantes esculturas clásicas que Cristina consiguió reunir desde su llegada a Roma. Se decía que en el palacio romano en el que vivía podían contemplarse las mejores obras de arte, tanto de escultura como de pintura o tapices.

La cercanía del Tíber se notaba en el ambiente, que, de repente, se había vuelto más húmedo.

Luis estaba deseando ver a su amigo. Abrazarle y notar el apoyo y el calor de Marco. Eso le daría fuerzas y le ayudaría a eliminar los miedos y temores que cualquiera puede experimentar al llegar a un lugar desconocido en el que va a discurrir su nueva vida, pero que, en su caso, se agrandaban por su situación anímica. ¿Ya habría hablado su madre con Sol? Mañana les escribiría.

Una austera y sólida puerta permitía el acceso a un enorme portalón en el que se encontraban dos coches de caballos. El criado que le había abierto no le dijo si el señor conde se encontraba en casa pero Luis así lo creyó, sobre todo al ver los coches, que le hicieron pensar que no solamente estaba sino que probablemente tendría invitados a cenar. Sin embargo, el mayordomo le informó que el señor conde había salido a cenar con unos amigos, pero que no tardaría en volver.

–Me ha dejado dicho el señor que si usted llegaba le acompañara a sus habitaciones, le sirviera la cena y le rogara que esperara su llegada. Esto me lo ha estado repitiendo varios días. No sabíamos cuándo llegaría Su Excelencia.

–El mal estado de la mar ha sido la causa del retraso y la verdad es que no tenía forma de comunicarme. Al ver los coches de caballos en el portalón –continuó diciendo Luis– creí que el señor conde tendría invitados...

–Los coches son de unos amigos que han venido desde Frascati. Y los han dejado aquí porque se han ido todos juntos en el coche del señor conde.

No se había detenido para observarlos con detalle, pero los frescos de la escalera le parecían espléndidos. La habitación que le habían asignado era muy amplia: un salón recibidor, un pequeño despacho, vestidor y dormitorio. Cuando el sirviente aún no había terminado de deshacer el equipaje se presentó una doncella con una enorme bandeja. Luis no tenía apetito. Lo cierto es que desde que comenzó el viaje había perdido mucho peso. Sólo tomaba algo de alimento porque era necesario, aunque no sentía ningún placer, como antes, con la comida.

Sin embargo, la presencia de fruta fresca se convirtió en un estímulo inesperado. Al lado de varios platos de carne y pescado, la muchacha había colocado sobre la mesa una fuente con uvas y manzanas.

–Si el señor necesita algo no tiene más que hacer sonar la campana e inmediatamente le atenderemos –dijo la criada colocando una preciosa campanilla de plata sobre la mesa, y añadió–: Señor, don Marco me pidió que le entregara esta campanilla junto con este documento.

Antes de abrir el pliego Luis tomó la campanilla en sus manos. Era preciosa. El artista había grabado en ella temas florales y cada flor llevaba incrustada una piedra preciosa. A Luis le pareció demasiado valiosa para uso doméstico, pero desconocía las costumbres romanas. Desdobló el pliego y leyó:

Carísimo Luis:

Si recibes este escrito es que habrás llegado a casa estando yo fuera. ¡Bienvenido a Roma, amigo mío! No tardaré en llegar. Hace días que te esperamos. Estoy deseando verte. Ya verás qué pronto te habituarás a tu nueva vida. Tengo importantes novedades que contarte. Mi existencia ha cambiado en los últimos meses. Me he acordado mucho de ti porque he descubierto lo que de verdad significa el amor. Es húngara, guapa y el ser más dulce que he conocido. Sé que te gustará y os haréis buenos amigos.

Supongo que ya habrás examinado convenientemente la *campanella* que he creado para ti. ¿Apruebas mi trabajo? Te habrás sorprendido de que te regale una campanilla y creerás que me he vuelto loco, pero he pensado en ella por lo que significa. Y yo quiero, Luis, que siempre que precises ayuda o simplemente necesites desahogarte recurras a mí. Además, conozco tu afición a coleccionar todo tipo de objetos. Creo que esta campanilla puede ser la primera de una larga lista, con mi deseo de que cada una de ellas responda a una nueva amistad que hagas aquí, en Roma.

Espero que las habitaciones que he elegido para ti sean de tu agrado. El mayordomo Luigi y todo el servicio están a tu disposición. Dentro de muy poco llegaré. Mientras tanto, pídeles todo lo que necesites.

El conde de Squinzano no podía ser más amable. Luis volvió a sentirse un hombre afortunado al tener un amigo como él, pero algo en su interior ensombrecía la lógica alegría por el recibimiento que Marco le había organizado. Al principio no se daba mucha cuenta de cuál era el motivo que le preocupaba. De repente descubrió el origen de su inquietud: el temor a que Marco, al tener novia, como se deducía del texto que le había escrito, no se preocupara de él y olvidase su amistad. Verdaderamente, soy un egoísta absorbente, pensó Luis, aunque lo cierto es que no pido más de lo que doy porque mi entrega a los que quiero es total y absoluta.

Tras tomar la carne de cerdo aderezada con una especie de compota agridulce, cuyo sabor le resultó un tanto sorprendente, y con un racimo de uvas en la mano, se acercó a una de las ventanas. Casi no se veía nada, pero Luis adivinó la existencia de un jardín en la parte trasera del edificio.

Las uvas eran muy dulces, como a él le gustaban. La misma doncella que le había entregado la campanilla pidió permiso para entrar. Traía una bandeja pequeña con una botella de vino y unas copas.

–El señor conde me ha pedido que le sirva este vino. Tiene mucho interés en que lo pruebe.

Luis se sirvió un poco. Observó sorprendido su color dorado. Era como si el sol o una potente luz lo iluminasen desde dentro, haciéndolo chispear. Aspiró su olor y se dispuso a paladear aquel vino que Marco había elegido para él.

Nunca había probado nada igual. Era puro néctar. Auténtica ambrosía. Luis estaba acostumbrado al vino, es más, podía considerarse un experto en la cata de vinos dulces, y, sin duda, aquél era el mejor que había probado en toda su vida. No parecía italiano, aunque para él la mejor malvasía era la conseguida con las uvas crecidas bajo el sol de Sicilia. Precisamente las dos últimas botellas que tenía de malvasía las había tomado con su hermano Andrés en un intento de darse ánimos antes de la celebración de aquella boda inaudita, a la que él había accedido por el cariño que sentía por su hermano y porque consideraba que no debía dejarle solo en aquel trance, aun siendo muy consciente de lo que significaba.

A Luis le cuesta hacerse a la idea de que su hermano se haya casado con una criada. Él fue el padrino de la boda y pese a ello, no acaba de creerse que su cuñada sea Isabel, la doncella de su madre. Se han casado en contra de la voluntad de su madre y en oposición a todas las normas sociales. Luis sabe que el padre Velasco accedió a casarlos por él. Dios quiera que todo resulte bien, piensa Luis, pero no puede evitar las dudas. Dudas surgidas después de la conversación mantenida con la novia el mismo día de la boda e incrementadas al observar el comportamiento de Isabel.

Según las costumbres de la época, un matrimonio de este tipo estaba prohibido, por tanto, la boda de Andrés con Isabel había sido un acto íntimo, privado. Nadie debería enterarse de aquella barbaridad.

La ausencia de la madre del novio, doña Adela, la condesa viuda de Saelices, de su hija Sol y de toda la familia a excepción de Luis, hizo que Andrés optara por no convidar a su enlace a ninguno de los miembros de las familias importantes de la sociedad madrileña. Quiso evitar así un feo que, sin duda, le habría dolido muchísimo, pero Isabel se enfadó por lo que ella consideraba un gesto de cobardía. Así se lo había manifestado a Luis tras la ceremonia.

–Te puedo tutear, ¿verdad?, ya soy tu cuñada.

–Claro que puedes –dijo Luis amablemente.

–No sé qué pensarás de la boda, pero a mí no me ha gustado –dijo Isabel–, no es lo que esperaba.

–Pero Isabel, te has casado con mi hermano, que es lo que deseabas, y vuestra unión ha sido bendecida por Dios. Tienes que darte cuenta de que al casarse contigo mi hermano ha roto con la sociedad, ya nadie querrá saber nada de él, le considerarán poco menos que un apestado. Con mi presencia te he dado la bienvenida a nuestra familia. Mi madre y mi hermana todavía no han asimilado la decisión de Andrés, aunque tal vez después de un tiempo acabarán aceptándola.

–No –dijo Isabel con sarcasmo–. Sé que no me admitirán y jamás les perdonaré el feo que me han hecho despreciándome e impidiendo que hoy fuera el día más importante de mi vida.

–Pero ¿te has vuelto loca? Te has casado con el hombre del que estás enamorada, un hombre que pertenece a una clase social a la que tú nunca tendrías acceso, ¿cómo puedes decir que no ha sido el día más importante de tu vida?

–Pues no lo ha sido.

Isabel ya era la mujer de su hermano y hablaba sin tapujos, decía lo que pensaba. Luis comenzó entonces a dudar del cariño y la sinceridad de Isabel para con su hermano.

–Quería que hoy –siguió diciendo Isabel– Andrés se comportara como un hombre valiente, imponiendo su decisión a todos y mostrándome en su ambiente y a sus amigos, sin complejos. Pero claro, si mi propio marido se avergüenza de mí, ¿qué puedo esperar de los demás?

–Isabel, date cuenta de una cosa, nunca nadie hubiera asistido a la ceremonia de vuestra boda. Habéis encontrado un sacerdote que os case porque es mi amigo. Sabes muy bien que los señores no se casan con las criadas. Ni las señoras con los criados. Y que tú has sido una privilegiada.

Luis no le había contado a nadie esta conversación con su cuñada y confiaba en que la reacción de Isabel fuera fruto de su educación –inexistente– y de su enfado. Andrés parecía no darse cuenta de nada. Tal vez fuera mejor así. Si tenían que vivir juntos a partir de ahora, lo mejor era que la relación entre ellos fuera buena y que Andrés siguiera tan enamorado.

Había transcurrido poco más de un mes desde la boda de Andrés y lo que Luis no sabía entonces era que su cuñada, como consecuencia de una desgraciada caída por la escalera, había sufrido un aborto y perdido el niño que oficialmente esperaba. Y que Andrés, desolado y sin saber qué hacer para consolar a su esposa, pensó que lo mejor para animarla sería organizar una cena en casa a la que convidaría a todos sus amigos y compañeros de trabajo. Sería la presentación oficial de su mujer. Isabel pensaba que podría conseguir lo que tanto deseaba, rodearse de la buena sociedad de Madrid. La fiesta se celebraba precisamente aquella misma noche.

–Tal vez –decía Isabel a su marido– hemos elegido mal la fecha. Seguro que hoy coinciden muchas cenas o fiestas en Madrid y por ello se han disculpado tantos de tus amigos.

–No te preocupes, Isabel, son muchos los que no nos han avisado de que no venían. Estarán a punto de llegar.

Pasaban los minutos y la puerta permanecía silenciosa. Isabel se había maquillado demasiado y llevaba un traje un tanto exagerado. Como era guapa y joven podía permitírselo, pero su atuendo no resultaría del agrado de alguna de las señoras que, por fin, fueron apareciendo por la casa del hijo pequeño de los condes de Saelices.

Nervioso, Andrés saludaba a los invitados presentándoles a su mujer. Sólo acudieron cinco personas a la cena. Las cinco conocían a Isabel porque les había atendido como doncella. Las cinco eran muy amigas de la familia: las vizcondesas de Santianes, el marqués de Vallehermoso y dos de los hijos de los marqueses de Rocafría.

–Andrés, ¿tu madre no ha querido acompañaros? –le preguntó una de las vizcondesas.

–Ella y Sol se encuentran fuera de Madrid.

–¿Es verdad que tu hermana ha dado por finalizada su relación con el hijo de los marqueses de Peñarredonda?

–No tengo la menor idea –dijo Andrés–, vosotras sabéis más que yo. Desde mucho antes de la boda no he vuelto a ver ni a mi madre ni a mi hermana. No sé nada de mi familia.

María, muy seria, miró a su hermana Rosa, que era quien había formulado las preguntas. Acercándose a ella, le susurró:

–No debes ser tan directa, ¿qué pensabas que te iba a contar? Sabes tan bien como yo que Adela no puede soportar que nosotras y todos los demás veamos que su hijo se ha casado con una criada. Sufre con esta situación y lo único que puede hacer es alejarse para no escuchar los comentarios. Por cierto, ¿te has fijado cómo va vestida?

–Sí, pobrecilla, seguro que no tiene a nadie que la oriente.

Andrés procuraba no dejar mucho tiempo sola a su mujer, tenía miedo de que pudieran decirle algo ofensivo. Sabía que las cinco personas que habían acudido a la cena lo habían hecho para cotillear y reírse de ellos y también para observar en qué condiciones vivían.

–Qué suerte has tenido al encontrar esta casa, Andrés. Es fantástica –le decía el marqués de Vallehermoso mientras se acercaba.

–La verdad es que sí. Es una casa estupenda y además la he conseguido a un buen precio. Querido Joaquín, muchas gracias por haber aceptado nuestra invitación. Isabel y yo estamos encantados –dijo Andrés mirando a su mujer.

–Seguro que el señor marqués –añadió Isabel– ha sufrido una desilusión al ver que doña Adela no está.

–La verdad es que sí que lo siento.

–No disimule, don Joaquín, todos sabemos que bebe los vientos por la condesa y que ella no le hace ni caso.

Se produjo un silencio embarazoso. Nadie sabía qué decir. La llegada de una criada anunciándoles que podían pasar al comedor ayudó a Andrés a encontrar una salida más o menos airosa.

En la mesa se produjeron dos o tres situaciones muy tensas cuando Isabel, como señora de la casa, se permitió reprender en público a las criadas que servían la mesa. Pero el momento más embarazoso sobrevino tras la cena, cuando Isabel entró en el salón, donde los hombres fumaban y tomaban una copa, en busca de Andrés. Al pasar al lado del marqués de Vallehermoso, que charlaba con los hijos de los marqueses de Rocafría, escuchó a uno de éstos decir:

–No me explico por qué permite Andrés a su mujer vestirse de esa forma tan llamativa, claro que es una criada, pero debería cuidar más su aspecto.

Isabel, roja de vergüenza y de rabia, no hizo lo que debía, que era seguir como si no hubiese oído nada. Se detuvo y, mirando retadoramente a los tres hombres, se dirigió al que había hablado:

–Perdonen los señores. Muchas veces el aspecto exterior no refleja absolutamente nada. Ustedes están criticando mi atuendo de esta noche, incluso dejando entrever cuál puede ser mi comportamiento. Mi marido sabe muy bien cuál es. Sin embargo, muchas señoras perfectas y discretamente arregladas dejan mucho que desear en su conducta sexual. Sin ir más lejos, la marquesa de Rocafría, la señora madre de ustedes, todo el mundo lo sabe, ofrece trato de favor al barón de Raíces. –Y se fue dejándoles anonadados.

Cuando Andrés conoció el incidente reprendió a su mujer y dio gracias a Dios de que los cinco invitados se hubieran marchado. No sabría cómo reaccionar ante ellos. Isabel se reía muchísimo al contarle el incidente y Andrés, avergonzado, comenzó a darse cuenta del motivo por el que su madre y todos los que le querían habían tratado de disuadirlo para que no se casara con la doncella. ¿Tendrían razón? ¿Cómo se había atrevido Isabel a comportarse de aquella forma? Andrés quiere mucho a su mujer y desea creer que Isabel conseguirá algún día comportarse como una señora. También espera que la gente se vaya olvidando de su «pecado». ¿Habría llegado su hermano a Roma? Luis le había demostrado lo mucho que le quería. Ahora es consciente de que no tendría que haberse enfadado por sus comentarios. Debería escribirle y pedirle consejo sobre cómo educar a Isabel de forma efectiva.

Lo que no podía imaginarse Andrés es que a la misma hora, a miles de kilómetros de Madrid, Luis, como si se hubiesen puesto de acuerdo, también pensaba en él y en su comprometido y peligroso matrimonio.

El criado había colocado casi todas sus pertenencias. Luis las pondría en su lugar definitivo, pero lo iría haciendo poco a poco. Se encontraba muy cansado. Abrió su maletín y sacó un pequeño objeto cuidadosamente empaquetado, que empezó a desenvolver con sumo cuidado. Un precioso ángel, despojado de todas sus ataduras protectoras, surgió libre manifestándose en toda su belleza. Luis lo miró con ternura y lo colocó sobre la mesa del despacho. Es posible, pensó, que el angelote debiera haberse quedado en Madrid, pero no consiguió reunir las fuerzas suficientes para renunciar a él. Era la copia de uno de los muchos que componían la colección que había hecho para su hermana. Aunque éste siempre ha sido especial para él porque en la cara del querubín se reproducen con total fidelidad los rasgos de la de Sol. ¿Cómo habría reaccionado Sol al enterarse de quién era su verdadera madre? Luis, que conoce bien a su hermana, está casi seguro de que ésta nunca revelará a nadie su origen. Siente tanto no estar a su lado en este momento para poder ayudarla. ¿Y su madre?, se niega a pensar que tal vez no vuelva a ver nunca más a las dos personas que más quiere en el mundo.

La cercanía de unas voces le hace volver a la realidad.

–*Caro amico!,* ¡cuánto te has hecho esperar! Creí que nunca llegaría el momento de abrazarte.

Marco, su vital y alegre amigo, ofrecía un aspecto inmejorable. A Luis le pareció más alto y guapo que antes. Se fundieron en un apretado abrazo.

–¡Mi querido Luis!, bienvenido a esta tu casa.

–Gracias, Marco, ni un hermano se portaría así conmigo.

–¿Cómo estás?

–Mal, pero con la ayuda de Dios y tu amistad lo iré superando. A ti, Marco, no necesito preguntarte, te veo eufórico y muy enamorado. Bueno, en realidad, tú siempre estás enamorado.

–Pero no como ahora, querido. María significa todo para mí. Desde el momento que entró en mi vida soy otra persona. Estoy deseando que la conozcas. Como te decía en mi nota, sé que te gustará y que os haréis buenos amigos.

–Sólo con que tú la quieras y te haga feliz ya cuenta con mi cariño.

–María ha querido darte la bienvenida dejando para ti esa botella de Oremus, un delicioso vino de Tokaj. No le comenté nada a ella –dijo Marco sonriendo– pero pensé que era una idea estupenda, porque como decía Séneca: «El vino lava nuestras inquietudes, enjuga el alma hasta el fondo y, entre otras virtudes, asegura la curación de la tristeza». Espero que haya surtido en ti ese efecto.

–Qué optimista eres, Marco, sigue así, por favor. Siento decirte que mi tristeza no ha desaparecido, pero sí ha disminuido con este magnífico vino. Dale las gracias a María y dile que nunca había tomado nada igual. ¿Es italiano?

–No, húngaro. Lo ha traído un hermano de María que llegó hace unos días para instalarse aquí con ella.

–Es cierto, en tu nota me decías que era húngara. Seguro que es una gran conocedora de la historia de su país y me podrá aclarar una curiosidad que nunca hasta ahora he podido satisfacer.

–¿Y es? –preguntó Marco.

–Me gustaría saber si la reina María vivió en Buda después de su matrimonio con Luis II. Y dónde se encontraba cuando su marido, el rey, murió ahogado tratando de escapar después de haber sido derrotado en Mohacs por el sultán Solimán II.

Marco lo miró con cara de sorpresa y muy intrigado, le preguntó que desde cuándo le interesaba tanto la historia.

–Siempre me ha importado, pero en este caso mi curiosidad se debe a que la reina María de Hungría era una de las hermanas del emperador Carlos V.

–¿Es la hermana que fue gobernadora de los Países Bajos? –preguntó Marco.

–Sí. Y un dato muy sorprendente en su vida es que no volvieran a casarla, cuando se sabe que a las mujeres de las familias reales las movían como piezas de ajedrez para anudar pactos y solucionar conflictos a través de sus matrimonios.

–Tal vez no quería casarse y como era muy inteligente consiguió que su hermano aceptara sus deseos. O puede también que haya accedido a hacerse cargo del gobierno de los Países Bajos –siguió argumentando Marco– a cambio de que respetaran su decisión de no volver a contraer matrimonio.

–Sí, es posible que sea ésa la explicación. Pero ¿qué sabes tú de la historia de la hermana de Carlos V? –preguntó Luis sonriendo.

–Creo que podría aclararte algunas de tus muchas dudas.

–¿De verdad?

–Cuando su marido murió, la reina María se encontraba en Buda y allí permaneció hasta que regresó a la Corte de su hermano Carlos, ya que el trono húngaro pasó a su cuñada la princesa Ana, que estaba casada con el hermano de María, Fernando, que más tarde sería emperador.

Luis miraba a su amigo verdaderamente sorprendido. Era imposible que Marco hubiese preparado la lección porque no podía imaginarse lo que él le iba a preguntar. Como si adivinase sus pensamientos, Marco le dijo:

–No le des más vueltas, Luis, ha sido pura casualidad. Hace unos días paseando con María me habló de la hermana de Carlos V. No conozco a nadie que se sienta más orgulloso de su país que ella. María ama a su pueblo y tiene un concepto tan alto de él que a veces siento cierta envidia. Pues bien, el otro día, recordando los momentos por los que había pasado su país, aludió a la reina María, que en su opinión merecía ser húngara por su valentía. Me contó que después de casarse por poderes en Innsbruck con Luis II la soberana se dirigía hacia Buda, donde la aguardaba su marido. En la ciudad de Presburgo la esperaba un correo del rey, en el que Luis II le pedía que se quedara en la ciudad y que él iría a recogerla cuando desapareciese la amenaza turca que acechaba Hungría. María, dando muestras de su carácter, se negó y acudió al lado de su esposo.

–No tenía ni idea de todo esto que me cuentas. No sabes cómo te lo agradezco. Y me encanta que tu amiga admire a la reina María, porque así ya tenemos algo en común.

–Estoy seguro –dijo Marco– de que tenéis muchas más cosas en común.

–¿Hace mucho que María reside en Roma?

–Casi tres años. Al morir su padre y ante la complicada situación que se vivía en Hungría, María decidió acudir al lado de unos hermanos de su madre. Y ahora su hermano ha hecho lo mismo porque continúan los conflictos y las revueltas en su país.

–¿Desde cuándo la conoces?

–Pronto se cumplirán seis meses.

–Resulta extraño que no coincidierais antes.

–María es poco aficionada a la vida social. No le gustan las fiestas. Además vive en Frascati, lo que siempre dificulta un poco la asistencia a celebraciones en la ciudad.

–No estarías con ella hace unos minutos, ¿verdad?

–No. Pero sí he cenado con unos amigos entre los que se encontraban su hermano y su tío. ¿Por qué me preguntas si estuve con ella?

–Muy sencillo. Tu mayordomo me dijo que los coches que se encontraban en el patio a mi llegada pertenecían a unos amigos tuyos que habían llegado de Frascati.

–Sigues igual que siempre Luis, jamás se te escapa un detalle.

–Nunca cuando está relacionado con las personas que quiero. Marco, ¿cómo es María?, háblame de ella.

–¿Qué te voy a decir? Me parece la mujer más hermosa del mundo. Es rubia, de ojos azules, con la tez muy blanca, tanto que parece transparente.

Luis observaba a su amigo. Al hablar de María a Marco le brillaban los ojos y se le transformaba la expresión, volviéndose casi beatífica. Era evidente que estaba muy enamorado.

–¿Ya le has pedido a María que se case contigo?

–No. Pienso hacerlo después de las Navidades.

También Marco contemplaba a su amigo. Luis estaba muy delgado y su aspecto era en verdad deplorable. Tendría que volcarse en él. Esta noche no era conveniente preguntarle nada, pero sí tenía que conseguir que en los próximos días se desahogara plenamente, poniendo al descubierto todos sus miedos y temores. Además, Marco ya había pensado en presentarle a un sacerdote jesuita español que trabajaba en Roma desde hacía años y que a él le parecía casi un santo.

–Luis, te dejo. Estarás deseando descansar.

–Perdona, Marco, no te he dado las gracias por la preciosa campanilla que has hecho para mí.

–Seguro que te parece una tontería. Sin embargo, creo que puede ser un buen presagio y que pronto se unirán otras de muchos amigos para darte la bienvenida.

–Pero ¿por qué me van a regalar campanillas?

–Muy sencillo. He dicho a mi círculo de amigos que las coleccionas y les he contado el significado que encierran para ti. Ya verás como muchos de ellos te obsequian con una, que no es más que una forma de decirte que te brindan su amistad y que puedes contar con ellos para lo que gustes.

Sin duda, pensó Luis, su amigo era un poco extravagante, aunque el único objetivo de sus ocurrencias no tenía otro fin que hacer más agradable la vida a los demás.

–Luis, los primeros días de tu estancia aquí los dedicaremos a que conozcas un poco la ciudad. Tengo preparado un programa que seguro te gustará. Mañana lo comentaremos. Ah, con la emoción de verte se me ha olvidado darte una carta que ha llegado de tu madre. Un segundo...

Luis notó como los latidos de su corazón se aceleraban. Seguro que su madre ya había hablado con Sol. Estaba deseando conocer todos los detalles, pero si era sincero, tenía que reconocer que se sentía un poco culpable de haber dejado sola a su madre en aquel trance.

–Hace tres días que ha llegado –dijo Marco entregándole el correo–. Al principio creí que era tuyo, para comunicarme que no venías, pero al ver que estaba dirigido a ti supe que había surgido algún contratiempo en tu viaje. Más tarde me enteré de vuestra escala en el puerto de Marsella para reparar la avería del barco.

–La verdad es que fue un viaje bastante accidentado. No sólo sufrimos el retraso en Marsella sino que más tarde hubimos de refugiarnos del mal tiempo en un pequeño puerto al poco de zarpar de Marsella.

–Pero ya estás aquí, querido amigo, y me imagino que agotado. Te dejo...

–Gracias por todo, Marco.

–No me des las gracias. Estoy encantado de que hayas recurrido a mí y estoy deseando ver como te atrapa el encanto de mi ciudad.

–Ya me ha conquistado. Mañana te contaré mi sensación al atravesar la Porta Flaminia.

–Lo sabía –dijo Marco misteriosamente. Y se fue deseándole las buenas noches.

Luis estaba verdaderamente cansado y deseando acostarse, pero antes debía leer la carta de su madre. Es probable, pensó, que después de leerla sea incapaz de conciliar el sueño, pero tampoco podría dormir si no la abría. Inmediatamente rompió el lacre del sello...

Mi queridísimo Luis:

Hace ocho días que te fuiste y creo que nunca superaré la pena de no verte. No sabes cómo deseo que en Roma consigas la paz y puedas volver dentro de un tiempo a nuestro lado.

Después de tu marcha sólo tardé unas horas en contarle a Sol toda la verdad. Tal vez debiera haber esperado más pero me sentía tan desolada por tu marcha que tuve que hacerlo. Sabes cómo me gusta analizarme y sé, querido Luis, que me he portado mal, muy mal, pues me he dejado llevar por el odio y la rabia que anegaban mi alma al pensar que Sol, de una forma indirecta, fuera la responsable de tu marcha. Tú sabes que la quiero muchísimo, tanto como a vosotros, pero te juro que en ese momento la detestaba. La detestaba porque consideraba que ella era la causa de nuestra desgracia y no me importaba hacerla sufrir. Al contrario, lo estaba deseando. Quería que pagara por lo que nos había hecho y con ese estado de ánimo la llamé a mi habitación y le conté toda la verdad sobre su origen.

¿Te das cuenta de cómo tengo que sentirme ahora después de haberme comportado de forma tan despreciable? ¿De qué tenía culpa la pobre Sol?, ¿de que yo la hubiera adoptado?, ¿de que su madre la separara de su lado?, ¿o de que tú te hubieras enamorado de ella? Sí, ésa era la verdadera razón de mi enfado. Si Sol no hubiera despertado en ti el amor, tú seguirías aquí a nuestro lado. No sé si algún día conseguiré perdonarme por haber tenido esos sentimientos.

Si vieras sus ojos... Primero me miraban sorprendidos y después aterrados, hasta que las lágrimas los inundaron. Enton-

> ces reaccioné ante mi vileza por habérselo contado en aquellos momentos –ella también estaba muy afectada por tu marcha–. Me arrepentí de la forma en que lo hice y, sobre todo, de lo que había sentido hacia ella y en un intento de reparar mi comportamiento la abracé llorando, pero Sol no reaccionaba a mis caricias y besos. Se había quedado quieta, con el paquete de cartas de su madre –que yo le había entregado– en las manos. Me miró con desprecio y se fue sin decir nada.
>
> Desde entonces no ha querido salir de su habitación. Sólo Encarna consigue que coma algo. Estoy asustada porque tengo miedo de que cometa una locura.

Luis respira profundamente. No soporta la angustia. Sin duda, la muerte puede aparecer a veces como la ansiada liberación. Inmediatamente se arrepiente de este pensamiento. El suicidio para un católico como él es un grave pecado. Se arrodilla ante el crucifijo que ha traído con él desde Madrid y le pide a Dios por su madre y por su hermana... Más tranquilo, sigue leyendo:

> Estoy arrepentida y destrozada por haberle hecho tanto daño a Sol y no sé cómo ayudarla. No quiere verme. Hemos dicho que se encuentra enferma y que el médico ha recomendado que no reciba visitas. Eso es lo que le hemos contado a su amiga Esperanza, que ha venido varias veces a interesarse por ella.
>
> Hay días, Luis, en que no me levantaría de la cama. No tengo fuerzas para seguir viviendo. Son tantos los problemas y estoy tan sola...

> El matrimonio de tu hermano ha sido un escándalo. Tú lo apoyaste y creo que has cometido un grave error. Todo el mundo habla de nosotros. Muchos nos hacen el vacío y pienso que tienen toda la razón. No se deben obviar las normas de la sociedad en que vivimos. ¿Os habéis vuelto locos para consentir que una criada se siente a la misma mesa que vosotros? No sabes cómo la odio. Ya sé que el odio no es aconsejable y que debo liberarme de él pero no puedo...

Su madre necesitaba ayuda. No se debe vivir odiando porque el odio es un sentimiento que emponzoña el alma y puede convertirse en una auténtica enfermedad que envilece el espíritu. Tenía que ayudarla a encontrar otra forma de desahogar la pena que fuera menos amarga y dañina que aquel sentimiento. Luis no podía permitir que los malos deseos provocados por el odio corroyeran el espíritu de su madre.

> Estoy muy triste y malhumorada. En un intento de hacer más llevadera la existencia, estoy intentando volver a pintar. ¿Te acuerdas de aquellos cuadros que realizamos a medias? Esta mañana, después de tanto tiempo, los he vuelto a ver y me han parecido bonitos.

Claro que se acordaba de los cuadros. Eran tres. En uno habían reproducido la fuente del jardín, en otro aparecían varios niños jugando cerca de los tejos y en el tercero él se había empeñado en pintar a su madre con unas flores que le había regalado. Eran muy malos, especialmente el último, que había sido pintarrajeado por él solo. Luis recuerda que por aquel entonces tendría unos diez años y que le gustaba mucho observar a su madre mientras pintaba. ¿Por qué habría dejado ella de hacerlo? Nunca se lo contó. Sí, es posible que la razón fuera la llegada de un nuevo miembro a la familia. La presencia de su hermana Sol había cambiado muchas de las costumbres de todos, especialmente las de su madre.

No dejaba de resultar paradójico que ahora intentase recuperar aquella vieja afición para la que sin duda estaba bien dotada.

Mi madre es fuerte, pensó Luis, y la prueba de ello es que aunque, sea de forma inconsciente, está buscando salidas. Es una mujer culta, sensible y como tal es necesario que su espíritu tenga vida propia. Una vida que ella debe potenciar para poder superar los malos sentimientos.

Luis estaba convencido de la fuerza del espíritu. Creía que si se fortalecía el alma todo lo que sucedía en el exterior nunca lograría hacerle un daño irreparable. Creía también en la independencia del espíritu y en su supremacía para imponerse a las decisiones del individuo. En este sentido, Luis había vivido recientemente una experiencia que venía a avalar sus creencias. Unos días antes de emprender el viaje a Roma había asistido a una velada musical en casa de unos amigos. Estaba destrozado por lo que significaba la decisión que acababa de tomar. Alejarse de su familia constituía un auténtico drama para él y no podía dejar de pensar en ello. Se concentró en el concierto y al cabo de unos momentos la belleza de la música se posesionó de su espíritu y Luis, sorprendido, se dio cuenta de que estaba disfrutando y de que se había olvidado de sus problemas. Lo único que importaba en aquellos momentos era el deleite que aquella melodía producía en su espíritu, que creaba así un mundo para sí mismo.

En esta ocasión Luis pudo comprobar como su espíritu le liberaba de las preocupaciones que le embargaban y que no todo en la vida era dolor. El espíritu puede y debe sobreponerse a las circunstancias difíciles de la vida.

La independencia entre cuerpo y espíritu o alma era un tema que le apasionaba. Consideraba que esa diferenciación podría considerarse como una prueba de que la inmortalidad existe. Muchas veces había hablado de ello con el padre Velasco.

–Claro que creo en la inmortalidad del alma. El cuerpo es un soporte temporal que nos sirve mientras estamos aquí, pero luego se corrompe y el alma pervive en la eternidad. De ahí –decía el padre Velasco– la importancia de cuidar el alma y no extremarnos en la protección del cuerpo, al que de vez en cuando conviene castigar.

–Sin embargo, padre, hay quien afirma que el alma no es más que el resultado de las fuerzas corporales.

–Eso es falso –afirmó el sacerdote–. Según esa teoría, nuestra alma sería más pura y firme cuando nuestras fuerzas corporales estuviesen en plenitud. Y la verdad es que suele suceder todo lo contrario.

Luis se sentía mejor después de estas reflexiones, que le ayudaron a tranquilizarse porque estaba casi seguro de que su madre saldría adelante y de que intentaría ayudar a Sol por todos los medios.

Ya sé, querido Luis, que tú también lo estarás pasando mal, pero he pensado que tal vez una carta tuya pudiera ayudar a tu hermana. Yo le hago llegar todos los días unas notas que me imagino no leerá, pero tampoco las devuelve, y ello me satisface porque no significa un rechazo total.

Cuando le dije quién era su madre le aseguré que nadie lo sabía y que ella era libre de hacer lo que quisiera y que si deseaba olvidarlo y no contárselo a nadie yo siempre respetaría su decisión. Incluso le mentí al asegurarle que tú lo ignorabas todo. Sé que jamás pensará en desahogarse con Andrés, pero contigo sí lo hará.

Es posible que Sol ya hubiera reaccionado abandonando su encierro o haciendo sabe Dios qué, pensó Luis, porque desde la fecha en que su madre escribió la carta habían pasado bastantes días. Esta misma noche les escribiría. Las haría partícipes de las buenas vibraciones que había percibido nada más entrar en Roma y les diría que las quería más que a nada en el mundo.

6

SOL

Cuando Sol se encerró en su habitación, aquel horroroso día, no podía creer que la situación vivida con su madre y lo que ésta acababa de contarle fuese real. Tenía que ser mentira. ¿Cómo no iba a ser su hija? Seguro que su madre, tras la marcha de Luis y la boda de Andrés, había perdido la razón y no encontró mejor forma para desahogarse que hacerle daño confesándole aquella invención que nadie podría creer jamás. Sol estaba segura de que ninguno de sus amigos daría crédito a aquella historia. Pero ¿y el paquete de cartas sobre la mesa?, ¿y las lágrimas que derramó su madre mientras la abrazaba y le contaba todo? No, desgraciadamente, aquello no era ni una burla ni un engaño, era la verdad.

Sol se miró al espejo y a pesar de que sus ojos estuvieran hinchados por el llanto y que su pelo apareciera desgreñado, a pesar de ello y del gran dolor que la embargaba, se encontró hermosa. ¡¿Cómo, Dios mío, cómo iba a ser ella la hija de una enana?! No podía concentrarse ni pensar. Toda su vida había sido mentira. Lo único que deseaba en aquellos momentos era morir, desaparecer siendo la que siempre creyó ser, la hija de los condes de Saelices.

Al cabo de los ocho días que pasó en un estado casi inconsciente, Sol empezó a reaccionar. Se asustó al darse cuenta del odio que era capaz de sentir. No quería ver a la que hasta entonces había considerado su madre. Y cuando intentaba recordar la imagen de la enana que aparecía en aquel cuadro de Velázquez, *Retrato a la Señora Emperatriz con sus damas y enana*, las náuseas se apoderaban de ella. Aquel ser deforme y feo, aquella pequeña monstruosidad llamada Maribárbola era su madre. Y pensar que hubo un tiempo en que a ella le gustaban estos seres e incluso había querido tener una enana a su servicio. Ahora no debía preocuparse por ello, se dijo Sol, ya no precisaba contratar a nadie, con un poco de suerte, si se quedaba embarazada podría traer al mundo a un pequeño monstruito de esos que tanta gracia le hacían antes. ¡Qué horror, ella podría ser la madre de una enana! Ésa era la razón por la que su madre, bueno, no su madre, sino la señora condesa de Saelices, le había revelado la verdad sobre su origen. ¿Pero por qué de pequeña no la habían encerrado en un convento para que nunca se encontrara en esta situación?, ¿qué le iba a decir ahora a su prometido, el hijo de los marqueses de Peñarredonda? Miguel, además, no soportaba a los enanos. Sol recuerda ahora la reacción de su novio delante de don Juan José de Austria al conocer las intenciones de ella de contratar a una enana. En aquella ocasión, Miguel había asegurado que jamás consentiría que un enano viviera en su casa. Ella estaba enamorada de Miguel y debía contarle la verdad y los riesgos que corrían sus futuros hijos, pero sabía que él no podría soportarlo y se alejaría de ella como de una apestada. Y eso, Sol no lo aceptará jamás. Claro que también puede casarse y no decirle nada a su futuro esposo –la condesa, su madre adoptiva, le ha dado la libertad de hacer, con la verdad de su origen, lo que le apeteciera–, ésta es una posibilidad que debe barajar. Sol sabe que si toma esta decisión nadie se enterará de quién es en realidad. Todo seguirá igual, como hasta ahora. Ella guardará su secreto para siempre y con el tiempo puede que llegue a ser como un mal sueño. Sí, tal vez sea éste el camino acertado, se dice Sol, me convierto en marquesa de Peñarredonda y si alguno de mis hijos nace con algún defecto físico, mala suerte.

Sólo existe un pequeño inconveniente para que este plan resulte perfecto, su hasta ahora madre conoce toda la verdad y ella sabe que no podrá soportar su mirada. Por eso la odia, porque depende de ella, porque puede descubrir su secreto. Sin duda, la mejor solución para que su problema terminase, concluyó Sol, era que su madre adoptiva se muriera. Sol no puede ni quiere evitar el placer que le produce pensar en esta posibilidad. Desde que conoció la noticia no ha vuelto a ver a su madre y disfruta guardando, sin leer, todas las notas que ésta le envía. Tentada estuvo de tirarlas, igual que el paquete de cartas de su verdadera madre, pero no lo ha hecho. Tal vez dentro de unos minutos se resuelva a hacerlo...

Unos golpes en la puerta la sobresaltan.

–¿Quién es? –pregunta con voz impersonal.

–Señorita Sol, soy yo, Encarna.

–¿Qué quieres a estas horas?

–Perdóneme, le traía unas flores...

–Pasa.

Encarna entró humildemente, casi encogida, en un intento de volverse invisible para no molestar a aquella niña a la que tanto quería. No sabía lo que había sucedido entre madre e hija, pero tenía que ser grave. La señora condesa le dio orden de que dijera a todo el que preguntara por la señorita Sol que estaba enferma y que no podía ver a nadie.

La vieja sirvienta no entendía nada de lo que estaba ocurriendo en la casa. Después de la boda del señorito Andrés todo se había desmoronado. Incluso Alfonso, el intendente, estaba distinto.

Mientras colocaba las flores Encarna observaba con disimulo a Sol, cuyo aspecto era deplorable. ¿Cuántos días hará, pensó, que no se cambia de ropa? Su precioso cabello rubio, que Encarna tanto le había mimado cepillándoselo todas las noches, estaba sucio y enmarañado. Pero lo que más impresionó a Encarna fue la mirada de Sol. Una mirada vigilante y al mismo tiempo amenazadora que a la pobre criada le daba miedo. Aquella tarde tuvo la sensación de que la expresión de los ojos de Sol se había serenado un poco. Tal vez por ello Encarna se atrevió a iniciar una conversación.

–Señorita Sol, ¿dónde prefiere que coloque las flores?

–Creo que están bien ahí sobre esa mesa. Gracias, Encarna, son muy bonitas.

Este gesto de amabilidad fue suficiente para que la criada le sugiriera si quería que le lavara el cabello. Sol la miró primero desconcertada y después, esbozando casi una sonrisa, le dijo:

–Estoy muy desarreglada, ¿verdad?

–No, no, señorita...

–No mientas, ni disimules, Encarna. Prepáralo todo. En cuanto termine de recoger estos papeles estoy contigo.

Qué contenta se pondrá la señora cuando se lo cuente, se dijo Encarna, y comenzó a disponerlo todo.

Sol quería volver a su vida normal, a ser la misma de antes, por ello la propuesta de Encarna le pareció bien. ¿Qué pensaría Encarna si supiera que era hija de una enana?, ¿le lavaría igualmente la cabeza? No quería pensar nunca más en su madre natural, ni en la condición de su origen, pero en el fondo de su alma sabía que no podría conseguirlo. Lo mejor era no contárselo a nadie. Esperar a que Miguel pidiera su mano, casarse con él y no tener hijos. Sí, lo mejor era no tenerlos porque si uno o varios nacían con defectos empezarían las investigaciones y las habladurías y, aunque era un secreto entre su madre adoptiva y ella, seguro que alguien más acabaría enterándose.

Este pensamiento la puso muy nerviosa. La tranquilidad total ya no dependía de la muerte de su madre sino de ese alguien más que podría saberlo. ¿Quién estaría enterado? Seguro que la condesa de Saelices cumplió su promesa de no revelar a nadie el origen de la niña que acababa de adoptar pero ¿y la enana?... Sol se sorprendió ante su propia reacción, una voz interior le decía: «¿Por qué la llamas enana si tenía un nombre precioso? Se llamaba Maribárbola».

Sí, pensó Sol, seguro que Maribárbola se lo contó a alguien. Si fue así estoy perdida. Claro que la mejor forma de saberlo es leyendo sus cartas. Miró el pequeño paquete. Estaban envueltas con un pañuelo verde y sujetas con una cinta malva. ¿Habrán pertenecido el pañuelo y la cinta a Maribárbola? ¡Bah!, qué me importa, se dijo Sol, aunque la combinación de colores es bonita y demuestra, si la enana los eligió, que tenía buen gusto.

Acercó su mano temblorosa e inmediatamente la retiró, ¿por qué tengo que perder el tiempo en estas tonterías?, ¿qué me importa lo que puedan contar estas cartas? Y volvió a dejarlas sobre la mesa. Pero la misma voz interior que había escuchado hacía un momento le hablaba de nuevo: «Están escritas por tu madre y son para ti».

Sol dudó unos momentos y las cogió de nuevo, diciéndose «bueno las leeré un poco, por encima, pero sólo para saber qué personas pueden estar enteradas de mi origen».

> Querida hija:
>
> Sé que si algún día lees estas cartas será porque te han dicho que fui tu madre. También sé que me odiarás por darte a conocer mi identidad maldita. ¿Por qué lo hago?, te preguntarás; porque te quiero, Sol.
>
> ¡Sol!, así quise que te llamaran porque eso fue lo que significó tu presencia en mi vida. Te quiero tanto que renuncié a ti para que tuvieras un futuro mejor. Traté de impedir que te sintieras desgraciada al tener por madre a una enana. No te negaré, querida niña, que mi decisión fue un poco egoísta, no

sabría cómo soportar el dolor el día que te avergonzaras de mí. Porque eso es lo que habría de suceder. Te sigo queriendo tanto, Sol, que me he decidido a escribirte estas cartas con la ayuda de doña Adela. Los enanos no sabemos escribir, pero yo fui aprendiendo poco a poco. Pude hacerlo por mi interés y por el apoyo que siempre me prestó don Diego Velázquez, que fue una de las personas que se portaron bien conmigo. Escribo estas cartas cuando estás a punto de cumplir trece años. Esta tarde te he visto y he llorado mucho porque ya no volveré a contemplar tu preciosa carita. No sabes cómo te quiero. Todos los meses acudía a verte desde un lugar en el que tú no te dieras cuenta de mi presencia. Cuánto daría, niña mía, por poder besarte. Algunas veces, cuando eras muy pequeña y no te dabas cuenta, te tuve en mis brazos. Doña Adela siempre se portó conmigo de una forma admirable. Después de darle muchas vueltas, un día le dije a doña Adela que tal vez fuera necesario hablarte de tu origen, ya que si te casabas alguno de tus hijos podría heredar mi enfermedad y quien debía decírtelo, por muy duro que me resultara, era yo. Soy consciente del gran dolor que sentirá doña Adela al verse obligada a revelártelo y también de tu desesperación al conocer la identidad de la persona que te dio el ser. Créeme que lo siento, pero es mi obligación.

Tal vez al llegar a este punto de la carta, querida Sol, pienses que lo que yo tenía que haber hecho era no darte en adopción o tal vez consideres que lo mejor para ti fuera no haber nacido, que no te hubiera dejado nacer. Sólo existían esas dos opciones y la que te di. No había ninguna más. ¿Crees que elegí la peor?

Sol, irritada, dejó las cartas. Era increíble. Estaba viviendo los peores días de su vida y debía dar gracias por ello. ¡Cómo se atrevía una enana a decirle aquellas cosas! Claro que lo mejor hubiera sido no haber existido, de esa forma no sufriría. Estaría en la nada. Sol quiso imaginarse cómo se viviría en la nada y se dio cuenta de que en la nada no existía *nada*. Interiormente, y muy a su pesar, dio gracias a la enana Maribárbola por haberla traído al mundo. Siguió leyendo.

Jamás pensé en casarme y mucho menos en quedarme embarazada. Muchas enanas se casaban pero siempre con enanos. Odiaba tanto mi cuerpo que no quería traer niños a este mundo para evitarles que sufrieran lo mismo que yo. No me detendré a contarte cómo ha sido mi vida, no quiero buscar tu compasión. Sólo te diré que llegué al Alcázar, al morir la condesa de Villerbal y Walter, a quien servía. Siempre me consideré afortunada de poder entrar al servicio de los reyes. En el Alcázar vivíamos bien. Éramos alrededor de cuarenta enanos y nos tenían repartidos en tres palacios. Cuando llegué a la Corte don Diego Velázquez ya vivía en ella. Al año siguiente, en 1652, fue nombrado aposentador de Palacio. Tanto él como su mujer, doña Juana, siempre me trataron bien. Don Diego me dejaba acompañarle en su taller y de él aprendí muchas cosas. Cuando supe que me pintaba en aquel cuadro que llamaron *Retrato a la Señora Emperatriz con sus damas y enana* me disgusté muchísimo. No quería que mi fealdad quedase reflejada para siempre al lado de los miembros de la Familia Real y demás personas normales. Sólo Nicolás Pertusato y yo éramos los enanos del cuadro. Recuerdo que una de las meninas de la reina, doña Isabel de Velasco, me decía: «Qué honor para ti, Maribárbola, pasarás a la posteridad con todos nosotros. Debemos sentirnos orgullosos de quedar plasmados para la historia al lado de nuestros señores».

La verdad es que tenía razón, aunque yo me avergonzaba tanto de mi fealdad que no quería que nadie me viera. La pobre doña Isabel murió a los pocos años, creo que fue en 1659. Sentimos mucho su desaparición, aunque a mí me trataba mejor la otra menina, doña María Agustina Sarmiento. Precisamente fue ella la que me puso en contacto, cuando naciste, con la condesa de Saelices. La verdad es que sin su ayuda no habría podido solucionar el problema.

Sabía que encontraría algunas personas conocedoras del secreto. ¿Cuántas más habrá?, se dijo Sol. En estos momentos de nerviosismo y ofuscación es incapaz de saber si conoce a María Agustina Sarmiento o si es que ha oído hablar mucho de ella. Tendrá que enterarse.

Se levantó para beber un vaso de agua. Al pasar al lado del espejo se detuvo, examinándose con detalle. ¿A quién se parecía? Estaba claro que a su madre no. ¿Sus abuelos serían enanos también?, ¿y su padre?, ¿quién era su padre?, ¿aparecería su nombre en alguna de las cartas? No tiene paciencia para seguir leyéndolas una por una y las va hojeando por encima, buscando alguna pista... El comienzo de una frase llama su atención.

Era el hombre más guapo y amable que había visto en mi vida: rubio de ojos azules y muy galante. La primera vez que lo vi fue en el despacho de don Diego. Se encontraba de paso por Madrid. El apuesto visitante estaba muy interesado en la pintura y en los trabajos de Velázquez. Se pasaban horas enteras discutiendo sobre un determinado cuadro. Yo no entendía nada, pero me entusiasmaba escucharles. Y sobre todo, observar al forastero.

Él se fijó en mí y me saludó amablemente preguntándome cómo me llamaba. No sabes, hija, lo importante que me sentí en aquellos momentos. Tal vez por el efecto de su sonrisa o no sé por qué, olvidé mi apariencia creyéndome normal...

Recuerdo que a los pocos minutos, al quedarme a solas, me miré en un espejo y horrorizada, me tapé los ojos. A veces, querida Sol, me gustaba soñar imaginando que mi cuerpo era esbelto y las facciones de mi cara finas y hermosas. Porque ¿sabes?, mi corazón estaba deseando enamorarse. Necesitaba sentirme querida. Me hubiera gustado tanto ser distinta. No te puedes imaginar cómo deseé recibir educación. Pensaba que leer libros tenía que ser apasionante. Sólo conseguí, después de muchos esfuerzos, escribir y leer con dificultad gracias, ya te lo he dicho, a don Diego, y también porque muchas veces acompañaba en sus lecciones a la infanta doña Margarita. Carecí de formación no por ser enana sino porque mi familia no disponía de recursos de ningún tipo y además, en mi mundo nadie se preocupaba de eso. Yo tampoco era una excepción y en mi juventud no me importaba, ni nunca me lo había planteado. Pero después de llegar al Alcázar y conocer a don Diego empecé a pensar que existía otro mundo y que era exclusivo de las personas que poseían conocimientos. Recuerdo que muchas veces me enseñaba cuadros y me hablaba de sus autores. No era una conversación, ya que yo me limitaba a escuchar, no podía decir nada. Me hubiera gustado tanto darle mi opinión sobre Tiziano (sólo recuerdo este nombre porque su cuadro del emperador me impresionó y porque también pintó enanos). Aunque el mejor de todos los pintores era don Diego Velázquez. No sé qué dirán de él las personas entendidas pero creo que fue el más grande. Pienso que lo mejor que hizo el Rey nuestro señor don Felipe IV fue contratar a Velázquez, ya que él hará que la historia se acuerde de su reinado.

Pocas veces me dirigió la palabra el Rey, pero sí viví varios años en su Alcázar, los suficientes para calificarlo de persona sensible, pacífica y muy amante de la cultura. A mí me gusta decir que inteligente, porque si no, no habría contratado a don Diego Velázquez. En la Corte se decía que el Rey era persona muy influenciable y hablaban no de sus consejeros oficiales sino de una monja llamada sor María de Jesús que vivía en un convento en Ágreda y a la que Felipe IV le consultaba muchas de sus decisiones. Incluso se aseguraba que ella había intervenido en las negociaciones con Francia previas al matrimonio de la infanta María Teresa. Yo admiraba a esa monja porque estaba segura de que era una mujer preparada.

Querida Sol, anhelaba aprender muchas cosas porque pensaba que de esa forma podría llevar mejor mi horrible apariencia...

Sol, nerviosa, dejó las cartas. No quiere ceder a la emoción. Tiene que mostrarse fuerte. ¿Y si ella hubiese nacido con el mismo problema en sus huesos? Incapaz de contener las lágrimas, deja que broten en total libertad. ¿Con qué derecho se queja de su vida? Sol es consciente en esos momentos, después de leer estos párrafos, de lo afortunada que ha sido. A ella le esperaba la misma existencia que a su madre. ¿Y su padre, por qué no se ocupó de ella y de Maribárbola? Sol se siente incapaz de llamar madre a la enana, algo en su interior no se lo permite.

–Señorita Sol, estoy preparada para lavarle el cabello cuando quiera.

–Ahora voy, Encarna. Luego le dices a mi madre que almorzaré con ella, si no tiene inconveniente.

Encarna no podía disimular su alegría, la señorita estaba volviendo a la normalidad.

Cuando Adela conoció la decisión de su hija de almorzar con ella se sintió reconfortada, por fin accedía a verla. Está deseando abrazarla, pedirle perdón. Pero ¿cómo reaccionaría Sol? Adela teme el cambio que se haya podido producir en ella. Aun sin verla, sabe que su hija ya no será la misma. El dolor hace madurar más que los años, se dice Adela, y su pobre niña había sufrido, estaba sufriendo mucho.

También ella lo estaba pasando muy mal. Sabe que jamás superará la ausencia de Luis, ni la boda de Andrés. Confía que con Sol sea distinto y las dos puedan rectificar. Sol es lo único que le queda. Y ella, lo único que de verdad tiene Sol. Adela piensa fugazmente en Alfonso, el intendente. ¿Qué haría sin él? No quiere reconocerlo porque es un criado, pero sabe que sin Alfonso la vida sería mucho más dura para ella. Las experiencias vividas con él no han influido en su comportamiento. Alfonso, como buen sirviente, sigue siendo la discreción personificada, estos días se lo ha demostrado. ¿Sabrá algo Alfonso sobre el origen de Sol? Nunca hasta entonces se le había ocurrido pensar en ello. Sin embargo, tiene una lejana idea de que Alfonso estaba con ellos en la casa de El Escorial cuando Maribárbola les entregó a la pequeña. Algún día se lo preguntaré, se dijo.

Adela piensa que sería bonito hacerle un regalo a Sol para demostrarle lo mucho que la quiere y lo feliz que se siente de que haya decidido que se vieran. Le dará algo suyo para demostrarle su inmenso cariño y elegirá algo de lo que le cueste mucho desprenderse. Así su valor será mayor. Y además, es una forma de castigarse por los sentimientos experimentados hacia su hija cuando le desveló su verdadera procedencia.

Sol había ensayado mil veces lo que quería plantearle a su madre adoptiva, pero al verla tan demacrada y con un aspecto tan triste se abrazó a ella llorando. Adela, emocionada, la apretó contra sí.

–Mi querida Sol, no sabes cómo he deseado que llegara este momento. Te pido perdón por todo lo que te he dicho de forma tan precipitada y poco conveniente. Estaba muy afectada por la marcha de Luis y lo pagué contigo.

–No se preocupe, ma... ¿la puedo seguir llamando madre?

–No digas tonterías, nada ha cambiado entre nosotras. Sólo te he comunicado algo que debías saber. Eres libre para comportarte, una vez conocido tu origen, como quieras. Yo siempre aceptaré la decisión que tomes.

–Gracias, madre. La verdad es que no sé qué hacer, debo meditarlo mucho, pero antes existen infinidad de preguntas que me gustaría hacerle. Hay una que me interesa de forma especial, ¿quién fue mi padre?

–No lo sé.

–Pero ¿no se lo dijo ella?

–Sol, ¿has leído sus cartas?

–No, todas no. Me puse nerviosa y las hojeé buscando un nombre de hombre. No encontré nada. Pero madre, usted la ayudó a escribirlas, tiene que saber si dice en ellas quién fue mi padre.

–No te angusties, Sol. Yo no soy nadie para revelarte lo que tu madre te dice en sus cartas. Unas cartas que deberás releer muchas veces. Si supieras el trabajo que le costó escribirlas, las guardarías como el más preciado de los tesoros. Por cierto, quiero hacerte un regalo para que sepas que siempre, pase lo que pase, seguiré siendo tu madre.

Adela se levantó para coger un estuche rojo que estaba encima de la mesita cercana a la ventana y se lo dio a Sol.

–Espero que te guste.

–Pero madre, no puedo aceptarlo. Este collar se lo regaló Luis a usted...

–Estoy segura de que él estará encantado de que sea tuyo.

Sol miraba entusiasmada el collar de amatistas. Sabía el valor sentimental que tenía para su madre, por ello se lo agradeció muy especialmente.

–¿Qué sabe de Luis, madre?

–Nada. Le he escrito, pero aún no he recibido respuesta. Espero que en estos días lleguen noticias suyas.

–¿Sabe que no soy su hermana?, ¿se lo ha dicho?

–No, no sabe nada. Pero ¿cómo estás tú, hija mía?

–Mejor. Aunque es posible que no pueda aceptar nunca que mi madre fue una enana. Y mucho menos decírselo a Miguel, qué vergüenza.

Era la primera vez que Sol decía en voz alta que su madre había sido una enana. Se puso roja y a punto estuvo de salir corriendo. La condesa lo impidió agarrándola por un brazo.

–Tranquilízate. Antes te decía que eres libre para decirlo o no. Además, si Miguel te quiere sabrá guardar el secreto.

–Madre, mi novio odia y desprecia a los enanos. ¿No recuerda cómo reaccionó el día de la fiesta al saber que yo quería contratar a una enana?

–Claro que me acuerdo, y eso fue una de las causas que me hizo actuar. No quería que supieras que yo no era tu madre. Mi postura egoísta era ésa, no decírtelo. Pero me sentí obligada. Es lo que tu madre hubiese querido y a lo que tenía derecho. Piensa, Sol, que por mucho que yo te quiera, que te quiero, ella, Maribárbola, te quería más. No has tenido hijos y no te imaginas lo que significa para una madre renunciar al pequeño ser que ha sido parte de ella durante nueve meses. Pues tu madre, Sol, lo hizo. Lo hizo por ti, para que tu futuro fuese distinto al suyo... A veces, cuando venía a verte, se iba llorando. Recuerdo que me decía: «Muchas gracias, doña Adela, cuídela mucho». Y siempre se daba la vuelta antes de marcharse para añadir «jamás podré pagarle lo que hace por mi pequeña. Cuando me acuerdo de ella por las noches –decía esbozando una sonrisa–, me consuelo pensando en que algún día será una señora, y todo gracias a usted, doña Adela».

Al escuchar a su madre, Sol siente una gran ternura pero la disimula.

–¿Venía muchas veces a verme?

–Sí. Cuando eras pequeña acudía una o dos veces al mes. Todo el servicio creía que venía a hacer algún trabajo para mí. La recibía en mi habitación y allí estabas tú. Después, cuando fuiste creciendo, las cosas se complicaron más. Ella no quería que tú la vieras. La pobre no quería observar un posible gesto tuyo de burla o desprecio. Y entonces te contemplaba desde un lugar en el que no pudieras descubrirla.

–Leí en una de las cartas –dijo Sol– que la última vez que vino a verme fue unos días antes de cumplir trece años.

–Lo recuerdo perfectamente. Aquella tarde me habló de su preocupación ante la posibilidad de que alguno de tus hijos, si algún día los tenías, heredara su enfermedad y me pidió que la ayudara a escribir las cartas. Después se despidió diciéndome que ya no volvería, se iba de Madrid.

–Madre, ¿por qué aceptó usted hacerse cargo de mí?, ¿qué relación tenía con Maribárbola?

–La verdad es que ninguna. Un día una amiga mía, prima de María Agustina Sarmiento, me dijo que ésta deseaba hablar conmigo por un tema de unos sirvientes a los que quería buscarles trabajo. Vino a verme y me contó que una de las enanas de la Corte, Maribárbola, que era buena y de fiar, se había quedado embarazada y que podía darse el caso de que el recién nacido, niña o niño, naciese normal. Si esto sucedía la enana estaba dispuesta a darlo en adopción, pero tenía que ser una buena familia, ya que quería las mejores garantías para su hijo y que ella se adaptaría a lo que esa familia dispusiera. En principio no rechacé la posibilidad de aceptar, pero le dije a María Agustina que lo hablaría con mi marido y quedamos de acuerdo en que volviera a verme. Juan Luis, tu padre, estaba deseando que tuviéramos una hija, pero el médico me daba pocas esperanzas de volver a quedarme embarazada. Los dos decidimos, y así se lo dijimos a María Agustina, que si era niña de acuerdo, no habría ningún problema.

–¿Cuántas personas lo saben además de María Agustina Sarmiento?

–Ella es la única que conoce toda la verdad. El médico, don Agustín, que ya ha muerto, sabía que eras adoptada, pero no tenía ni idea de quiénes eran tus padres. No debes preocuparte de si dos, tres o cuatro personas saben que eres adoptada. Legalmente, eres nuestra hija. Lo demás no importa.

–¿Pero y si se enterasen de que soy hija de una enana?

–No tienen por qué. Y si se enteran tampoco es tan grave. Tu padre y yo te hemos querido sabiéndolo.

–Pero es distinto. Imagínese qué hombre querrá arriesgarse a tener un hijo enano.

–Nunca se tiene seguridad de cómo nacerán nuestros hijos.

–Sí, pero yo tengo más posibilidades.

–Sol, ¿no crees que hay riesgos que merecen la pena? Si no fuese por una enana tú no habrías existido nunca.

En aquellos momentos Sol sentía la necesidad de volver a ver aquel cuadro en el que estaba pintada Maribárbola. Quería ver su cara, fijarse en todos los detalles...

–Madre, ¿podrá conseguir que nos dejen ver en el Alcázar el cuadro en el que está pintada Maribárbola?

–Lo intentaré. Ahora vamos a almorzar.

Cogió a su hija de un brazo y juntas se fueron al comedor. La larga conversación con su madre la había tranquilizado. Sol iba asimilando casi sin darse cuenta su nueva realidad. Indudablemente, lo que más le preocupaba era qué decisión tomar respecto a Miguel. Estaba muy enamorada, quería casarse con él, pero temía su reacción si le contaba la verdad. Su madre le había dicho que nunca se tiene la seguridad de cómo van a ser los hijos y en qué condiciones nacerán. Ésa, pensó Sol, es una buena razón para que no le cuente nada. Pero ¿podré vivir tranquila siempre a solas con mi secreto?

Sol se sentó cerca de la ventana y comenzó a leer.

> Recuerdo que cuando murió don Diego, el gran pintor, tú no habías nacido aún. Pero ya existías dentro de mí. Él murió en agosto y tú llegaste al mundo en diciembre de 1660. Fueron días muy tristes en la Corte. Su pobre mujer, doña Juana, no pudo soportar mucho tiempo su ausencia y murió a los pocos meses.
>
> Yo sabía que le echaría mucho de menos. El Alcázar sin él ya no sería lo mismo. Los últimos cuadros en los que trabajó fueron los retratos de la reina doña Mariana y el de la infanta María Teresa, que ese mismo año se había convertido en reina

de Francia al casarse con su primo Luis XIV. También la marcha de la infanta me dejó muy triste porque mi relación con ella había sido mucho más intensa que con cualquier otro miembro de la Familia Real. Hasta el extremo de que muchas veces la reina doña Mariana no veía con buenos ojos mi dedicación a su hijastra. En algunos comentarios manifestó que mi entrega a María Teresa resultaba sospechosa. La verdad es que yo sentía por ella un gran cariño, llegando incluso –cuando en el Alcázar se gastaba demasiado– a comprarle dulces, a los que era muy aficionada. Siempre tuve la sensación de que la reina no se llevaba muy bien con la hija, nacida en el primer matrimonio del Rey. La reina doña Mariana, que era sobrina y veintinueve años más joven que Felipe IV, sentía celos de él. Y tal vez, pensaba yo, la presencia de la infanta María Teresa le recordaba a la primera esposa del Rey, Isabel de Borbón, de la que se decía en la Corte que había sido el verdadero amor de Felipe IV. Pero la reina doña Mariana tenía que saber que aquel amor no había impedido que el Rey tuviera relaciones con muchas mujeres y más de quince hijos naturales y ello, pienso, tenía que consolarla.

Te cuento todo esto porque siempre me ha extrañado y nunca he conseguido averiguar por qué la infanta María Teresa no está en el cuadro de toda la familia pintado por Velázquez. Decían que su ausencia estaba motivada por el desacuerdo con el matrimonio que proyectaba su padre para ella, aunque la mayoría comentaban que había sido una decisión personal de la infanta María Teresa, que no deseaba aparecer en ese cuadro con su familia.

En algunos aspectos, se dijo Sol, Maribárbola había tenido una situación de privilegio por su cercanía a los miembros de la Familia Real. ¿Cuántas personas estarían dispuestas, incluso pagando, a ocupar cargos similares? A ella misma le gustaría moverse en aquellos ambientes, aunque hubiera de pagar un precio por ello. Tenía que ser apasionante ver cómo eran en la intimidad aquellas personas.

Muchas veces, hija mía, me he preguntado por qué a la Familia Real le gustaba contar con tantos enanos a su servicio. A veces, por sus actitudes para con nosotros, llegué a pensar que nos tenían a su lado para divertirse con total libertad. A sus enanos podían hacerles cualquier cosa que jamás se permitirían con otros seres humanos. No les importaba que viéramos alguna de sus «miserias». Además, nosotros aceptábamos todas sus «gracias» e incluso acrecentábamos más sus carcajadas forzando situaciones ya de por sí lastimosas. Otras veces creo que nuestra presencia les servía –no a todos– para reflexionar sobre lo que tal vez ellos pudieron ser: unos seres deformes como nosotros. Los enanos les recordábamos lo dura que puede resultar la vida para algunos.

Pero a pesar de todo esto que te he dicho, Sol, me considero afortunada de haber vivido en el Alcázar. Fuera, en la calle, hubiese sido horrible, algo de ello sé, pero no quiero entristecerte con mi experiencia.

En la Corte, los que eran más listos mejoraban su situación. Muchos trabajaron como confidentes y espías. Nuestra condición nos facilitaba este tipo de trabajo, ya que podíamos estar presentes en muchas reuniones divirtiéndoles y nadie se percataba de que escuchábamos las conversaciones. Nicolás Pertusato, el enano que está conmigo en el cuadro, llegó a ser ayuda de cámara. Algunos se hicieron acreedores del don por el trabajo que desarrollaron. Creo que uno de los más importantes fue don Sebastián de Morra, que era el favorito del príncipe Baltasar Carlos, que en gloria esté. Don Sebastián tenía una gran aceptación y decían que poseía un gran atractivo para las mujeres. Hasta el punto de atribuirle una aventura sexual con la mujer de Marco Encenillas, que trabajaba en el Alcázar.

A Sol le cuesta imaginarse que a ella pudiera gustarle un enano. ¿Cómo sería aquella señora para encapricharse con un ser deforme? No puede evitar el pensar en el hombre que la engendró acostándose con Maribárbola, ¿qué le habría atraído de ella?, ¿cómo sería su relación? Le gustaría conocer todo de él porque aquel hombre era su padre. ¿Habría tenido Maribárbola muchas más relaciones sexuales que las mantenidas con su padre? Se avergonzó de pensar en ello, por impropio y discriminatorio. Jamás se plantearía semejantes preguntas si no se tratara de una enana.

Sol dejó las cartas sobre el sillón en el que se encontraba sentada y se acercó a la ventana. Se había hecho de noche. ¿Viviría su padre? De repente Sol escuchó de nuevo aquella voz interior, que en esta ocasión le decía: «¿Por qué te interesas tanto por tu padre?, ¿se debe a que crees que era una persona normal? Te preguntas si tu padre vivirá, ¿te has interesado por saber cuándo murió tu madre o si sigue viva? En cuanto a tu preocupación por conocer si tu madre mantuvo muchas o pocas relaciones sexuales, ¿por qué no manifiestas esa misma curiosidad con las relaciones del hombre que te engendró?».

Sol se siente contrariada por aquella voz que no la deja en paz, ¿será su conciencia?, se pregunta. Antes nunca le decía nada o tal vez ella no la escuchaba, no le prestaba ninguna atención. Tendré que educarla, se dijo, para que no siga molestándome. Bebió un poco de agua y siguió leyendo.

> No sabes el miedo que tenía a que nacieras con problemas, no hereditarios sino de salud. Muchos niños morían al nacer y otros sobrevivían poco tiempo.
>
> Lo que le estaba sucediendo a la reina doña Mariana me asustaba. Después de haber tenido a la infanta doña Margarita en 1651 tuvo cuatro partos: doña María, que no alcanzó el mes de vida, otra niña que nació muerta, don Felipe Próspero, que falleció antes de cumplir los cuatro años, y don Fernando, que no llegó a uno. Tenía tanto miedo de que me sucediera lo mismo.
>
> Sin embargo, cuando te vi tan hermosa y fuerte supe que superarías todas las dificultades. Antes de cumplirse el año de tu nacimiento la reina tuvo un nuevo hijo que sí sobrevivió, aunque bastante débil y enfermizo, nuestro rey Carlos II.
>
> La infanta doña Margarita, la preciosa niña que aparece en el cuadro y a la que yo tanto envidiaba por su belleza y gracia, aquella niña traviesa que desesperaba al pintor porque era incapaz de estarse quieta cinco minutos, aquella niña a la que casaron antes de cumplir los dieciséis años con el emperador

de Austria Leopoldo I, que era su tío y primo, ha muerto hace unos días, después de siete embarazos. Tenía veintidós años.

Querida hija, yo, que renegué de Dios por haberme dado este cuerpo, le he dado las gracias por permitir que tú crecieras fuerte y hermosa. Tú eras lo que me hubiera gustado ser a mí. La imagen que veía cuando no me miraba en un espejo. No sabes qué orgullosa me sentía al contemplarte. Yo te había traído al mundo. Di gracias por vivir todos estos años para poder ver cómo crecías y te convertías en una preciosa mujer. Y sobre todo, mi agradecimiento eterno a doña Adela porque sin su ayuda no sé qué habría sido de nosotras. Digo nosotras porque yo, Sol, dentro de mi falta de categoría, si no hubiera encontrado una buena familia para ti, jamás te habría dado en adopción. Estaba dispuesta a hacer lo que fuera para que pudieras crecer sin problemas. De ahí mi deuda de eterna gratitud para mi querida María Agustina Sarmiento, que me puso en contacto con los condes de Saelices, y en especial a doña Adela, que es una auténtica madre para ti. Nadie podría creer jamás que una insignificante enana como yo haya conseguido que unos nobles adopten a su hija recién nacida. Sí, querida niña, mi deformidad y el horror que muchas veces ha sido mi vida se ha compensado con tu hermosa realidad.

Las lágrimas le impedían seguir leyendo. En aquellos momentos, Sol se habría abrazado a la enana. Besaría su fea cara e intentaría compensarla de tantos sufrimientos. Con las cartas pegadas a su pecho, Sol siguió llorando. Tenía que enterarse de dónde se encontraba su madre. Hacía más de cuatro años que

Maribárbola había escrito aquellas cartas, que eran su testimonio, su mensaje de cariño para ella. ¿Por qué se habría marchado y adónde?, ¿estaría viva? Sol dirigió su mirada hacia la imagen de la Virgen a la que siempre acudía cuando quería conseguir algo y emocionada, le pidió por su madre, por la enana Maribárbola.

> A pesar de mi fealdad, querida Sol, me gustaban mucho los trajes y las joyas. Te contaré algo para que me conozcas un poco. Si don Diego me hubiese dado libertad para decidir si quería figurar en el cuadro con la familia del Rey, ya sabes que le habría dicho que no. Aunque soy consciente de que algunos pintores al inmortalizarnos en sus creaciones nos convertían en personajes importantes. Además, creo que no nos han pintado para ridiculizarnos sino todo lo contrario. Pero le habría dicho que no, ¿sabes por qué? Es muy sencillo: prefería que nadie supiera de mi existencia antes de que pudiesen ver mi horrible aspecto, y además tampoco me gustaba el traje que llevaba. Pobre ingenua, me dirás, ¿qué importancia puede tener el traje si tenías que vestir un cuerpo como el tuyo? Y es verdad, pero aquel vestido azul con franjas blancas no me favorecía y ya me habían pintado en otro cuadro con él. Don Diego pudo haberle cambiado el color. El rojo me favorecía más.
>
> Querida Sol, después de que hayas leído estas líneas, si alguna vez tienes la oportunidad de ver el cuadro, sé que te fijarás en el vestido. Hazlo y no me mires mucho a mí. Me hubiese gustado tener en aquellos momentos, cuando don Diego nos pintó, un precioso amuleto que unos años más tarde me rega-

ló el hombre que fue tu padre. Quería que lo vieras, ya que no puedo regalártelo, como era mi intención, porque hace unos años uno de los enanos que vivían en el Alcázar me lo robó. Sé que fue él porque a otras enanas como Ana Selterín y Virgilia del Salvador también les faltaron algunas cosas en aquellos días y el enano del que sospechábamos desapareció misteriosamente.

Hoy siento muchísimo no haberle dado el camafeo a doña Adela para que lo guardara y te lo entregara cuando fueses mayor, pero la verdad es que me gustaba tenerlo cerca de mí. El amuleto fortaleció mi corazón en momentos difíciles.

El hombre que te engendró me lo regaló. Me dijo que el camafeo no soportaba la falta de generosidad de sus dueños, que deberían regalárselo a quien lo precisase más que ellos. Si no lo hacían así, el camafeo se encargaba de hacerles pagar su egoísmo.

Recuerdo que muy tímidamente le pregunté: «¿No es extraño que un objeto tenga semejantes poderes?, ¿de dónde le viene la fuerza?».

Y me contó una extraña historia:

–Cuentan que hace miles de años, cuando los dioses vivían en el Olimpo, el dios Zeus, muy dado a mantener amores con diosas y también con mortales, se encaprichó de una muchacha a la que le regaló este camafeo. La cara que apenas se distingue es la de la joven en quien se había fijado el dios. El camafeo era el testimonio de su amor y no debía deshacerse de él. Ésa era la prueba que Zeus le ponía para llevársela con él al Olimpo. La joven guardó el regalo para que nadie se apoderase de tan preciado objeto que le suponía la inmortalidad junto a los dioses en el monte sagrado. Pasaron los días y Olivia, que así se llamaba la muchacha, esperaba impaciente el regreso de Zeus. Pero sucedió que una mañana, cuando paseaba por el jardín de su casa, vio a una humilde mujer con dos niños muy pequeños que se acercaban a ella. Olivia, al ver el estado en que se encontraban, les llevó a casa y les dio de comer. La mujer le contó que vivían en un pueblo cercano, que su marido estaba enfermo y que si no conseguía ayuda moriría. Iba a ver a unos parientes lejanos, pero temía que no le diese tiempo a llegar porque su marido se encontraba grave. Olivia, enternecida por la presencia de los dos niños y ante el dolor de la mujer, decidió darle lo único de valor que poseía, el camafeo.

»Cuando a los pocos días se presentó Zeus para comprobar si había cumplido la prueba, Olivia le contó la verdad. Dicen que Zeus lloró amargamente, pues se había enamorado de la joven, pero cumplió lo establecido. Renunció a la muchacha y dispuso que a partir de entonces el camafeo sería benéfico para las personas buenas y solidarias como Olivia, que había preferido ayudar a los demás antes que conseguir la gloria, y negativo para las personas egoístas que lo poseyeran, aquellas a las que el dolor ajeno las dejara indiferentes.

Yo estaba emocionada escuchando el relato y recuerdo que le pregunté qué le había pasado después a la muchacha.

–No se sabe, la leyenda termina ahí. Quiero creer que habrá encontrado la felicidad. Pero piensa, Maribárbola, que pueden existir otros relatos sobre el pasado de este camafeo, aunque todos encaminados a premiar los buenos sentimientos hacia los demás.

Mi amigo forastero se quitó el camafeo que llevaba colgado al cuello y me lo dio diciéndome:

–Ahora que ya conoces su origen debes cumplir sus reglas.

Al tomarlo en mis manos me di cuenta de que su color se volvía más intenso. Ante mi expresión de sorpresa, me dijo:

–Ésa es la prueba de que tú lo necesitas más que yo.

Creo, querida hija, que gracias a ese camafeo de coral pude hacer frente a todo lo que me iba a suceder a partir de entonces. No sabes cómo lamento no poder dejártelo, era lo único que tenía de tu padre. Aunque también es cierto que podía haberme encontrado con alguien que lo necesitase más que yo y entonces debería dárselo privándote a ti de él. Quién sabe, Sol, si el habérmelo robado puede significar que un día llegará a ti. ¿Sabes por qué lo creo?, porque el camafeo me dio fuerzas para traerte a este mundo y sé que querrá seguir ayudándote.

Si has leído todo hasta aquí, seguro que estarás impaciente por conocer el nombre de tu padre. Siento desilusionarte porque no te lo diré. Y no lo haré porque él nunca supo que tú existías ni que yo me había quedado embarazada. Fue la relación de una sola noche.

Ya te he dicho, Sol, que siempre odié mi cuerpo deforme, que habría entregado mi alma al diablo si a cambio me hubiese convertido en una joven esbelta y bonita, pero nunca como aquella noche lo deseé tanto. Jamás me hubiera atrevido a soñar lo que después pasó. Aquel forastero me gustaba muchísimo y no pude impedir que ciertos sentimientos se adueñaran de mí. Llevaba varios días en el Alcázar y aquella noche me dijo que le acompañara... Lo hice y fueron los momentos más felices de mi vida. Después quise preguntarle por qué lo había hecho pero no me atreví. Es posible que el vino que había tomado nublara su mente o que hubiese adivinado mi adoración y quisiera ser bueno conmigo. Lo que no quiero pensar es que lo hiciera movido por la curiosidad de descubrir esa especie de misterio que envolvía el comportamiento sexual de los enanos. No lo creo o no quiero creerlo, da igual.

Seguro, hija, que te sentirás molesta y enfadada porque no te descubro la identidad del hombre que te engendró, pero espero que entiendas las razones que me mueven a no darle importancia a su nombre. Tú, Sol, no eres el fruto del amor entre dos personas o la hija buscada de un matrimonio que, aunque no se quiera, deseara tener descendencia, no. Eres, hija mía, el fruto de mi amor. Del amor desesperado de una enana que por una noche se sintió un ser normal y le fue dado el privilegio de concebirte. ¿Cómo crees que hubiese reaccionado el forastero si se hubiera enterado de que estaba embarazada? Sólo caben dos posibilidades: una, que no me hiciera caso y entonces habría buscado mi ruina y la del ser que crecía dentro de mí, porque todos en el Alcázar se habrían enterado de lo que me sucedía y tomarían medidas represoras contra mí. La segunda es que el forastero decidiese hacerse cargo de ti. ¿Sabes el futuro que te esperaría? No tienes más que ver dónde discurre la vida de las hijas naturales de personajes importantes.

Sol se sentía abrumada. Le gustaba y al mismo tiempo le dolía la profunda sinceridad de su madre natural. Seguro que eran acertados sus razonamientos, pero ¿no tenía ella derecho a saber quién había sido su padre?, ¿no estimulaba Maribárbola su curiosidad al ocultarle el nombre de aquel forastero? Tal vez, pensó Sol, algún día me entere. Pero ¿de verdad me importa? Mi verdadero padre fue el conde de Saelices y está muerto. Mi verdadera madre es una enana, Maribárbola, porque me dio el ser y existo gracias a su voluntad, pero mi auténtica madre, la que me ha criado y cuidado, la que tiene todo mi cariño es la condesa de Saelices. En sus reflexiones, Sol llegó a la conclusión de que eso que frecuentemente se dice de que la sangre tira no era verdad. Lo que ciertamente une es la convivencia, el trato, el amor. Es posible, se dijo, que el vínculo de la sangre sea un invento de algún hijo natural o bastardo, de grandes señores que quieren reclamar sus derechos. ¿Qué haría yo si supiera que mi padre natural había sido el rey Felipe IV?, ¿se lo diría a todo el que quisiera escucharme? No, si me encontrara en la misma situación en la que estoy no lo haría, aunque es posible que si estuviera en la calle pasándolo mal sí lo contara.

Aquél había sido un día muy importante y decisivo para Sol. Le parecía que era una persona distinta, como si hubiesen pasado muchos años. Las cartas de su madre eran verdaderamente importantes. Después de leerlas ya no le aterraba tanto pensar de quién era hija. A través de aquellos escritos, su madre, la enana Maribárbola, le había dado varias lecciones. Tendría que asimilar muchas de sus reflexiones. ¡Qué pena, pensó Sol, no tener el camafeo!, aunque, según su madre, algún día llegaría a sus manos.

Se sentía bastante tranquila y con ánimos de volver a su vida normal. Necesitaba desahogarse, comentar lo que le estaba sucediendo, pero no tenía más confidente que su madre. Lamentó que su hermano Luis no estuviera con ellas. Él no sabía nada de su verdadero origen pero no le importaría contárselo. Luis era bueno y comprensivo y sabría aconsejarla. Le escribiría y se sinceraría con él. Mientras tanto iría poco a poco recuperando la normalidad, con dos objetivos prioritarios: saber qué había sido de su madre, Maribárbola, y solucionar la cuestión con su novio, Miguel López de las Navas.

7
AÑO DE 1679

Aquél, sin duda, sería el año del casamiento del rey Carlos II. En enero se habían reunido el condestable, don Pedro de Aragón, el conde de Chinchón, los duques de Alba, Medinaceli y San Germán, y los marqueses de Astorga y de Cerralbo para decidir sobre el matrimonio del monarca. Después de muchas discusiones y deliberaciones los nobles se resolvieron a dar a conocer su decisión unánime: la futura reina de España debería ser, según su opinión, la princesa María Luisa de Orleans.

La condesa de Saelices, doña Adela, conocía muy bien al diplomático don Pablo de Spínola Doria, marqués de los Balbases, que había sido la persona elegida para negociar las condiciones de la boda de Carlos II con la princesa francesa. Por ello, en la reunión todos le preguntaban por él.

–¿Tú crees, Adela, que es la persona idónea?

–Experiencia no le falta. Ha sido embajador en Viena, gobernador en Milán y también consejero de Estado. Y la verdad es que lo considero muy adecuado y competente para desempeñar el cargo de embajador de España ante el rey de Francia. Lo que va a suceder es que la negociación será muy difícil.

–¿Es verdad –preguntó la condesa de Prendes– que le han pedido que se persone inmediatamente en París acompañado de su esposa para establecer contactos con la reina de Francia?

–Eso sería lo lógico –dijo el conde de Prendes–. La reina puede facilitar las negociaciones, no debemos olvidar que María Teresa es hermanastra de Carlos II.

–Pero, según mi modesta opinión –dijo Adela–, la reina no está en su mejor momento para ejercer influencia sobre su marido, Luis XIV. No creo que ni Spínola ni nadie consigan mejorar por medio de esta boda ninguna de las condiciones de lo acordado en Nimega.

–Aclaradme una cosa –dijo una de las vizcondesas de Santianes–, ¿qué parentesco une al nuevo embajador en Francia con el Spínola conquistador de Breda?

–Creo que es nieto. Y por parte materna –aclaró Adela– desciende de la conocida familia genovesa de los Doria.

Era el primer acto social al que asistía la condesa de Saelices después de la «enfermedad» de su hija Sol. Los condes de Prendes celebraban un almuerzo en su casa y Adela consideró que ya era el momento oportuno para dejarse ver. La anfitriona, Marisa Soto, condesa de Prendes, le dijo en un aparte a Adela:

–No sabes, querida Adela, cómo te agradezco que hayas venido. Estábamos deseando verte. Te encuentro estupenda y me han dicho que Sol ya se ha recuperado totalmente.

–Sí, gracias a Dios, está muy bien. Le hubiese gustado acompañarme, pero tenía un compromiso ineludible. El almuerzo ha sido estupendo, Marisa. Muchas gracias por tu invitación. Tus reuniones siempre resultan interesantes.

–Tan amable como siempre, Adela. Por cierto, ¿es verdad que Sol ha roto con el hijo de los marqueses de Peñarredonda?

Habían pasado más de dos meses desde que Sol decidiera dejar a Miguel. Le había dicho que sentía cierto miedo ante la responsabilidad que se le aproximaba y que no estaba preparada para enfrentarse al matrimonio. De nada sirvió que Miguel insistiera diciéndole que retrasarían el compromiso hasta el año siguiente o hasta cuando ella quisiera. Sol se mantuvo firme en su postura y no quiso volver a verlo. Hasta tal punto era firme su decisión que la mayoría de las veces no salía por temor a encontrárselo.

Adela estaba acostumbrada, a pesar de que últimamente no participaba en la vida social madrileña, a que le preguntasen por la ruptura de Sol con su novio. Siempre respondía lo mismo:

–Creo que lo han dejado de mutuo acuerdo.

–¡Qué pena!, con la buena pareja que hacían –dijo Marisa, y siguió insistiendo–. ¿No tienes la esperanza de que reinicien su relación?

–Quién sabe, puede que vuelvan a encontrarse o no. La verdad es que estoy de acuerdo con lo que decida Sol.

Adela había mantenido largas conversaciones con su hija y estaba totalmente de acuerdo con ella. Por mucho que Sol quisiera a Miguel, si sabía que éste jamás aceptaría el hecho de que fuera hija de una enana no tenía ningún sentido contárselo. En cuanto a seguir la relación sin decirle nada, Adela tampoco era partidaria, y trató de que su hija reflexionara sobre lo triste que podría ser establecer un matrimonio, firmar un acuerdo para toda la vida, sin la sinceridad, siempre deseable en la vida de una pareja. Después de unos días, Sol le dijo que estaba decidida y que no permitiría que Miguel pidiera su mano. Adela se había alegrado de aquella decisión, aunque lamentaba el sufrimiento de su hija, que seguía sin salir de casa.

Las Navidades fueron muy tristes. Las pasaron las dos solas. Madre e hija disimulaban su pena en un intento de no aumentar el dolor de la otra. Pero ambas eran conscientes de su fingimiento. Dos días antes de la Navidad Sol le dijo:

–Madre, ¿qué le parecería si fuéramos a visitar a Andrés?

–Tal vez algún día lo haga, pero de momento no tengo fuerzas. Aún no estoy preparada para ver a mi doncella convertida en mi nuera. Además, si la visito tendría que decirle lo que pienso de ella. Porque Isabel se casó con tu hermano por medio de engaños. Jamás estuvo embarazada...

–Pero madre –interrumpió Sol–, fue un accidente, se cayó por la escalera.

–Qué ingenua eres. Fue un truco para simular un aborto. Isabel no es buena y hará de Andrés un pobre desgraciado. Pero él lo ha querido.

–¿Y no tendríamos que intentar ayudarle?

–¿Tú crees que lo permitirá?

–No lo sé –respondió Sol–, pero Luis me ha pedido que no nos olvidemos de Andrés.

Al recordar esta conversación, Adela vuelve a emocionarse, qué bueno era su hijo mayor, siempre pensando en los demás. Dentro de la tristeza que supone vivir lejos de él, tiene el consuelo de que Luis parece haber encontrado en Roma la paz que buscaba. Sus cartas suponen para ella un estímulo para seguir viviendo. También Sol ha encontrado un gran apoyo en su hermano ausente.

–Madre, Luis vuelve a ser el mismo de siempre –decía Sol después de leer sus cartas–, me sigue queriendo mucho y dice que creará para mí la más preciosa pulsera que jamás haya visto.

Adela no sabe si Sol se habrá desahogado con su hermano contándoselo todo. Lo sospecha al observar algunas reacciones de su hija, que cada día está más interesada en localizar el paradero de la enana Maribárbola.

Adela no ha querido decírselo, pero está casi convencida de que Maribárbola ha muerto o está muy enferma. No tenía sentido que se fuera de Madrid, a no ser por un motivo especial. Recuerda que el último día que se vieron, cuando la ayudó a escribir las cartas, la encontró cansada, pero entonces lo achacó al difícil trance por el que estaba pasando. En realidad, Maribárbola se estaba despidiendo de ella y de su hija para siempre. Pese a ello, Adela le ha prometido a Sol hacer algunas gestiones muy discretas para intentar saber algo de la enana.

Después de darle muchas vueltas el padre Velasco se decidió aquella mañana a visitar a la condesa de Saelices. Lo hacía de tarde en tarde, no le gustaba ser pesado, pero le había sorprendido no verla el día del Corpus y aunque se imaginaba que no habría sucedido nada especial, quería comprobarlo por sí mismo. Antes de llegar a la casa se encontró por el camino con Alfonso, el intendente, que, muy ceremonioso, le saludó.

–Buenos días, padre Velasco.

–Hola, Alfonso, buenos días. ¿Qué tal sigue todo?

–Muy bien, señor. Doña Adela ya hace vida normal y la señorita sigue con sus clases de pintura y está empezando a reunirse con algunos de sus amigos.

–Es un poco temprano para hacer visitas, pero si no vengo ahora, más tarde se me complica la mañana y ya no tengo tiempo...

–No se preocupe, señor –dijo Alfonso–. La señora condesa se ha levantado muy temprano. Yo he salido pronto para comprar unas cosas que necesitaba Encarna, pues esta tarde la señora convidará a un grupo de amigos después de la corrida de toros.

Ya habían traspasado la puerta del jardín y caminaban hacia la casa. El padre Velasco miró los tejos y recordó la conversación mantenida con Luis sobre ellos. Si la memoria no le fallaba, algo le dijo Luis acerca de las creencias de Alfonso sobre las ocultas propiedades de estos árboles.

–¿No se ha decidido la señora condesa –preguntó el padre Velasco– a mandar plantar otro tejo?

–No parece que sea el momento oportuno –dijo Alfonso muy serio–. Si se fija usted bien, padre, los dos tejos que quedan están enfermos.

–Razón más que suficiente para sustituirlos por otros jóvenes y sanos.

–No, no –se apresuró a contestar Alfonso–, está usted equivocado. Unos tejos nuevos plantados en este jardín no durarían ni una semana.

–Pero ¿por qué? –preguntó intrigado el padre Velasco.

–Las fuerzas del mal están intentando llegar a la casa y nadie mejor que los tejos para impedirlo. Y si éstos, profundamente arraigados, con raíces penetrantes, están sufriendo para evitar su paso, ¡imagínese lo que pasaría con unos tejos jovencitos sin consolidar! Creo –dijo Alfonso– que no durarían nada.

–Alfonso, ¿me habla en serio?

–Completamente.

–Entonces –dijo el padre Velasco–, según su versión, el tejo que apareció hace unos meses partido, como si lo hubiera atravesado un rayo, ¿murió en su lucha contra las fuerzas del mal?

–Usted lo ha dicho, padre. Fue vencido.

Estaban entrando en la casa. Alfonso le había cedido el paso y acompañándolo a una sala, le dijo:

–Si es tan amable de esperar un momento, ahora mismo aviso a la señora condesa.

Qué personaje tan curioso este Alfonso, pensó el sacerdote, o sea, que Luis había decidido marcharse al extranjero porque el tejo no pudo vencer aquellas corrientes internas. Pero ¡qué barbaridad!, ¿cómo puedo pensar estas idioteces?

–Padre Velasco, qué sorpresa, ¿cómo está? Hace mucho que no nos veíamos.

–Muy bien, doña Adela, ¿y ustedes, qué tal?

–Muy bien, gracias a Dios.

Doña Adela sabe que el sacerdote la visita de vez en cuando porque se lo ha prometido a Luis. Por eso ella lo trata con mucha deferencia. A veces el padre Velasco le hace discretas insinuaciones sobre si necesita ayuda espiritual, pero hace un tiempo que doña Adela ha dejado de pensar en ello. Últimamente existen algunos aspectos en la vida de la condesa poco compatibles con la espiritualidad católica. Doña Adela no tiene ni idea de lo que Luis le habrá contado al sacerdote, pero está segura de que no le ha revelado que la enana Maribárbola es la madre de Sol.

–He venido –dijo el sacerdote– porque la he echado de menos en la procesión del Corpus...

–No pudimos asistir. Sol no se encontraba bien y quise quedarme para acompañarla. Pero no fue más que una ligera indisposición sin mayores complicaciones. Lo sentimos muchísimo porque es un día, el del Corpus, de importante significado para nosotros los católicos. Además, padre, creo que este año la procesión fue especialmente brillante con la presencia de Su Majestad el Rey.

–La verdad es que no entiendo mucho, pero el Rey iba vestido con gran gala y ofrecía un realce inusitado...

Algunas amigas de Adela le habían comentado que Carlos II llevaba en la procesión un traje de tafetán negro, brillante, bordado con seda azul y blanca. Las mangas eran de seda blanca. No estaban tan seguras, sin embargo, a la hora de informarle sobre las joyas que portaba. La mayoría pensaban que eran diamantes. Diamantes u otras piedras distribuidas entre la cadena, las hebillas de los zapatos y el cintillo del sombrero. La condesa de Prendes, que era una de las informadoras, aseguraba que Carlos II llevaba la famosa perla conocida como la Peregrina, que se decía había sido pescada a comienzos del siglo XVI en el mar del Sur, que pesaba cincuenta y dos quilates y tres gramos y cuyo valor alcanzaba los 222.605 reales de plata.

–Padre, ¿se fijó usted si Su Majestad lucía ese día la Peregrina?

–Yo no estuve muy cerca del Rey y aunque dicen que el tamaño de la perla es grande, no llegué a verla. Pero seguro que la llevaba porque escuché muchos comentarios sobre la famosa joya. Por cierto, doña Adela, abusando de su confianza, me gustaría que me explicara a qué se refieren y qué significa exactamente la palabra «oriente» cuando se dice que la Peregrina es la perla más hermosa de Europa tanto en tamaño como en oriente.

–Oriente se refiere al color y brillo peculiar de la perla.

–Muchas gracias, doña Adela, cómo se nota que es usted la madre de un prestigioso orfebre. Por cierto, ¿qué sabe de él? A mí me debe carta desde hace más de dos meses.

–Pues estará a punto de recibirla porque ayer me ha llegado a mí correo. Está muy bien. Creo que Luis ha elegido el lugar perfecto para reiniciar su vida.

–¿Sigue tan ilusionado con sus labores humanitarias?

–Precisamente, fueron esas ocupaciones las causantes de su retraso en escribirnos. Padre, si le apetece puede acompañarnos esta tarde. A las siete, después de la corrida de toros, nos reuniremos aquí en casa un grupo de amigos. Está usted convidado.

–Se lo agradezco muchísimo, pero ya sabe doña Adela que soy poco amigo de los actos sociales.

La visita ya se podía dar por terminada. El padre Velasco se disponía a levantarse, pero Adela quiso preguntarle algo antes de que se fuera.

–Padre, ¿qué se dice en los ambientes que usted frecuenta sobre la boda del Rey?

–Todo el mundo está a la espera de que Luis XIV de Francia dé su consentimiento para que María Luisa de Orleans se convierta en reina de España. Si le soy sincero, doña Adela, debo decirle que a muchos nos habría gustado más la candidata austriaca, aunque fuera necesario, debido a su corta edad, esperar dos años para el matrimonio. Ahora ya llevamos casi uno de conversaciones...

La verdad es que sólo habían pasado cinco meses desde que oficialmente se decidieran por la princesa francesa, aunque las negociaciones no daban el resultado apetecido. El gobierno español no conseguiría la revisión de la entrega de algunas plazas establecida en los acuerdos de Nimega. Lo que doña Adela auguraba sobre lo difícil que iba a resultar y la poca influencia que sobre el monarca francés ejercía su esposa, la infanta española María Teresa, se había cumplido. El embajador español en Francia, don Pablo de Spínola Doria, marqués de los Balbases, enviaba un despacho a Madrid en el que daba cuenta de sus negociaciones: «Llamando a la marquesa, mi mujer, para que le fuera a ver en el monasterio, la reina me envió a decir que el Rey no tenía ningún reparo en que se celebrase el casamiento, pero manifestando que había de ser mediante el concierto de la dote correspondiente, sin pensar en cosa ninguna de plazas ni terrenos porque ni aun de un jardín se despropiaría el Rey por el casamiento de su sobrina, importándole poco que se casase o no en España».

Después del fracaso de estas negociaciones, el gobierno español ordenó a su embajador en Francia que presentase un oficio en nombre del rey Carlos II comunicando sus deseos de casarse con María Luisa de Orleans.

Así estaban las cosas y aunque oficialmente nada se sabía sobre la celebración del matrimonio del Rey, todo el mundo lo daba por hecho, respirándose aquel verano madrileño un aire especial de fiesta. Aquella tarde se celebraba corrida de toros en la Plaza Mayor. Adela no era una gran aficionada pero solía asistir. Vendrían a buscarla los condes de Prendes, con los que últimamente se veía con mucha frecuencia, y también les acompañaría Joaquín Álvarez, marqués de Vallehermoso. Adela sabía que la presencia del marqués iba a originarle un conflicto emocional con su intendente, Alfonso. Pese a que éste había aceptado las reglas del juego, por las que seguiría queriéndola en silencio, le había dicho:

–Señora, lo que sí le ruego es que no provoque mis celos. Puedo soportarlo todo menos eso. El marqués de Vallehermoso, por ejemplo, me pone enfermo. No soy nadie para decirle a la señora condesa con quién tiene que alternar, pero si en algo le importa lo que los dos sabemos que existe entre nosotros no me haga sufrir.

–Sabes que lo procuraré, Alfonso, pero, por favor, no seas inflexible. A veces existen compromisos muy difíciles de eludir.

Adela estaba segura de que lo de aquella tarde no le iba a gustar a su intendente, pero lo cierto es que no había sabido cómo impedirlo. Además, el marqués de Vallehermoso sería uno de los invitados en casa al finalizar la corrida, que sería rejoneada por don Juan de la Hoz.

Las sospechas de la condesa se confirmaron. Alfonso, desde un lugar en el que nadie podía verlo, observaba como el marqués de Vallehermoso ofrecía su brazo a doña Adela cuando se iban a la Plaza Mayor. No tiene importancia, se dijo, no van solos. Pero Alfonso se siente dominado por los celos. Sabe que no tiene ningún derecho sobre la mujer a la que quiere más que a su propia vida. Él es un criado. Claro que sabe que es un criado, por ello ha aceptado mantener totalmente en secreto su amor y seguir haciendo la misma vida de siempre, pero si ella le quiere no puede seguir comportándose así, no porque haga algo que sea censurable sino porque sabe que le hiere a él. Alfonso decidió reaccionar ante el comportamiento de la condesa.

Cuando la reunión estaba en su momento más interesante –no hacía ni una hora que habían llegado–, Adela vio a su intendente, que muy serio se acercaba y en un aparte le decía que no se encontraba bien y que si la señora le autorizaba le gustaría retirarse a descansar.

–No se alargará mucho la velada y me gustaría –dijo Adela– comentar contigo algunos temas cuando los invitados se hayan marchado.

–Lo siento, señora. La verdad es que me encuentro bastante mal.

–De acuerdo, que descanses, Alfonso.

Desde entonces Alfonso se las arreglaba para no encontrarse a solas con ella. Llevaban así más de quince días y Adela le echaba de menos. Necesitaba encontrarse con él al final del día y sentirse querida. Pero él la rehuía. No quería ni pensar que Alfonso pudiese plantearle, en cualquier momento, abandonar su trabajo en la casa.

–Madre, ya estoy arreglada, cuando quiera nos vamos.

Se le había olvidado que aquella noche saldría con Sol para ver las luminarias que desde hacía tres días tenían lugar en Madrid para festejar el compromiso oficial del matrimonio del Rey con la princesa francesa. El propio Rey había acudido a dar gracias a Nuestra Señora de Atocha.

A Sol le gustaba muchísimo contemplar la ciudad iluminada. Lo cierto es que era un símbolo muy elocuente de la alegría de todos los madrileños, que colocaban una luz en sus ventanas, balcones y torres. También en algunos puentes y calles se instalaban antorchas.

–Madre, ¿no le parece mucho más bonito Madrid así de noche y tan iluminado?

–Está precioso, aunque creo que no deberíamos haber venido solas. Fíjate cuánta gente hay en las calles y qué hombres tan raros.

–Pero si el cochero esta ahí en esa esquina –dijo Sol riendo.

–Eso lo sabemos tú y yo. Cualquiera que nos observe, al ver que estamos solas, puede querer darnos un susto. Mejor será que nos vayamos. Mañana es el último día de luminarias –dijo la condesa–, podemos pedirle a Alfonso que nos acompañe. La presencia de un hombre a nuestro lado evitará ciertas tentaciones.

–De acuerdo, madre, como quiera.

Ya en el coche, Sol le comentó:

–¡Qué pena que don Juan José de Austria se encuentre enfermo y no pueda participar de la alegría de estos días! ¿Sabe usted si es importante su enfermedad?

–Parece que no es nada grave. Según los médicos se encuentra aquejado de terciana sencilla.

Adela no quiso decirle a Sol que sí era grave la enfermedad del hermanastro del Rey y que, pese a los informes médicos que pretendían restarle importancia, incluso se temía por su vida.

–Madre, ¿le ha escrito a Luis contándole que don Juan José está enfermo?

–No. Es posible que esta noche lo haga.

–¿Por qué muchos nobles no quieren al hermanastro del Rey? –preguntó Sol.

–Unos dicen que no ha respondido a lo que se esperaba de él. Otros le acusan de haber ocupado los cargos importantes del gobierno con personas afines y dóciles, sin tener en cuenta su capacidad.

–Yo creo que es normal que se rodee de gente en la que confíe. Me imagino que todos los gobernantes harán más o menos lo mismo.

–Es probable que tengas razón, Sol. Lo que sucede es que la crítica y el desacuerdo, en el fondo, dependen más de las cualidades y defectos que formen la personalidad de los cargos y asesores elegidos que de su amistad con el presidente del gobierno. No cabe duda de que si son competentes y sus actuaciones, acertadas, la gente se olvida de que son fieles al primer ministro. De ahí la importancia de que un gobernante sepa rodearse de los colaboradores adecuados.

–¿Todos los de don Juan José son malos?

–No. Lo que ocurre es que, además de lo que antes te he argumentado, existen otros muchos factores para criticar las acciones de gobierno. Claro que ha tenido y tiene excelentes colaboradores que han tomado medidas acertadas pero que el pueblo olvida. Por ejemplo, se le ha reprochado a Juan José de Austria que nombrara Corregidor de Madrid a don Francisco de Herrera Enríquez porque era uno de sus adeptos. Sin embargo, fue Herrera quien decidió paliar la oscuridad de las calles de Madrid estableciendo la obligatoriedad de colocar faroles desde el anochecer hasta el amanecer, repartiendo entre cada cinco vecinos un farol de vidrio. Con esta medida ha disminuido el número de emboscadas y altercados nocturnos y nadie recuerda que fue Su Alteza don Juan José de Austria quien lo aprobó a través de uno de sus «nefastos» colaboradores.

–Madre, cuando don Juan José se recupere tiene que intentar de una forma discreta que nos ayude a conseguir información sobre dónde se puede encontrar Maribárbola.

–Ya había pensado en ello. De todas formas, he hablado con un amigo que tiene familiares en Ratisbona para ver si nos consiguen algún tipo de información. No estoy segura, Sol, pero creo que tu madre nació en Alemania, aunque no tengo ni idea de en qué ciudad.

–Gracias, madre. Que pase una buena noche. –Después de darle un beso, Sol se fue a su habitación.

–Buenas noches, hija –respondió Adela mientras la miraba alejarse.

Cada día está más guapa. Sol se ha convertido, piensa Adela, en una de las mujeres más hermosas de Madrid. El dolor la ha hecho madurar, no sólo interiormente, también en su aspecto externo se nota el cambio. En su cara y en sus preciosos ojos azules ya no se vislumbraba ningún atisbo de ingenuidad. Su expresión era la de alguien que había vivido mucho. Y desde que había roto con su novio se reflejaba en ella una paz sorprendente para su juventud. Adela confiaba en que su hija recuperara totalmente la normalidad porque aunque ella aseguraba estar muy bien, sabía que no era así. Sol apenas sale de casa. Nunca le apetece ver a sus amigas y se pasa el día pintando y leyendo. La condesa miró a su alrededor. No se ha quedado nadie a esperar nuestro regreso de ver las luminarias, se dijo. Un ruido la hace volverse, nota que el pulso se le acelera, ¿será Alfonso?

–Perdón, señora, no les oí entrar.

Encarna, medio adormilada, se acercaba por el pasillo.

–¿Pero por qué no se ha acostado? Ya le dije que volveríamos tarde.

–Sabe la señora que no me gusta retirarme si no han regresado de la calle. Además, Alfonso me pidió que las esperara. Últimamente no se encuentra muy bien.

–Gracias, Encarna. Buenas noches.

Adela no pudo evitar un gesto de contrariedad. Le urgía poner fin a aquella situación. Era absurdo tener la dicha al otro lado de la puerta y renunciar a ella. Pero no sabía cómo hacerlo.

Al entrar en su habitación, Sol se relaja respirando profundamente. Menos mal que no se han encontrado con nadie en su salida nocturna. No puede soportar que le pregunten por Miguel. Todos quieren saber por qué lo han dejado y creen que le hacen un favor manifestándole su seguridad de que volverán a hacer las paces. Ella sabe que eso no sucederá jamás. Sigue queriendo a Miguel, aunque está segura de que un día lo superará. Él, con su comportamiento, la está ayudando. Cuando le dijo que era mejor que se diesen un tiempo, pues a ella le asustaba el compromiso y necesitaba estar muy segura de lo que iba a hacer, Miguel creyó que hablaba en broma. Al darse cuenta de que era en serio se enfadó y le dijo cosas que mejor se habría callado, aunque lo disculpó porque ante aquella situación inesperada, pensó Sol, no supo reaccionar. Pero lo que verdaderamente había decepcionado a Sol era que desde entonces, más de cinco meses habían pasado, no se hubiera preocupado de preguntar por ella. No la había felicitado ni en Navidad. Este comportamiento de Miguel la hacía dudar de la autenticidad de los sentimientos de su hasta entonces novio.

Ahora, en la soledad de su habitación y después del tiempo transcurrido, Sol sabe que hizo lo correcto. Hubiese sido un error contarle a Miguel la verdad de su origen. La habría dejado y diría a todos por qué. ¿Mantener silencio y casarse con él? Ésa fue una posibilidad en la que pensó durante un tiempo, ya que la consideraba la más interesante. Pero al final la rechazó, no sabría decir muy bien la razón. Tal vez la idea maravillosa que ella tenía de lo que debía ser un matrimonio se ensombrecía con aquel secreto que nunca podría compartir con su marido.

A pesar de lo avanzado de la hora, Sol no tiene sueño y piensa que es un momento ideal para escribirle a su hermano Luis y contarle toda la verdad. Ya le había escrito dos cartas, pero en ninguna le habló de Maribárbola. Esta noche se encuentra con fuerzas.

Querido Luis:

Hace unos minutos que mamá y yo hemos regresado de ver las luminarias que se han organizado para festejar el compromiso matrimonial del Rey. Si vieras lo precioso que está Madrid. No sé si mamá te escribirá esta misma noche para contarte que Su Alteza, don Juan José de Austria, se encuentra enfermo. Todos dicen que no tiene importancia, pero a mí me parece que no cuentan la verdad. Sé que lo aprecias y que tenías bastante relación con él, por eso quiero comunicártelo, para que te intereses por su salud.

Me imagino que tu vida social en esa ciudad apasionante será muy intensa. Me tienes que contar más cosas de la condesa húngara María. ¿Sigue Marco igual de enamorado? Pero ¿sabes de quién estoy deseando que me hables?, ¿ya te ha convidado a alguna fiesta en su palacio?, ¿a que ya has adivinado a quién me refiero? No sabes lo que daría por conocer a la reina Cristina de Suecia. He releído mil veces lo que me contabas de ella y creo que existe algún secreto en su vida que debe permanecer oculto y por eso su comportamiento resulta un poco extraño. Probablemente, a mí me suceda lo mismo. Pienso vivir, a partir de ahora, bastante aislada de los demás. No creo que nunca llegue a casarme. Y tal vez me convierta en una buena pintora. Y es que yo también tengo un secreto, Luis. Un secreto que guardo sólo para mí, pero a ti quiero contártelo. Hasta hoy no me he encontrado con fuerzas para hacerlo. No sabes lo duro que ha sido descubrir que soy la hija de una enana. Sí, una enana. Tú me conoces bien y sabes lo orgullosa que me sentía de pertenecer a la que creía era mi familia. Ser la hija de los condes de Saelices me gustaba y enorgullecía y de repente me entero de que mi vida es mentira, de que formo parte de esa familia por caridad. Mi lugar estaba entre los enanos y bufones del Alcázar o en los mercados de las plazas de los pueblos. No tienes ni idea de cómo os odié a todos los que formabais parte de mi mundo. Un mundo falso que no me pertenecía. Quería morir. Todo se derrumbaba a mi alrededor. Mi primera reacción fue huir, escapar. No quería volver a ver a ninguno de mis amigos ni conocidos. Me horrorizaba que alguien pudiese saber quién era mi verdadera madre. ¿Te imaginas, Luis, cómo se habrían comportado nuestros amigos si se enterasen de la verdad?

Mil veces he escuchado, en las conversaciones de los mayores, la tópica frase de que «el tiempo todo lo cura», y lo cierto es que efectivamente sucede así. Un día, sin darme cuenta, reaccioné ante lo que sucedía a mi alrededor e intenté seguir viviendo.

He preferido dar por terminada mi relación con Miguel antes que contarle nada. Creo que he hecho lo que debía y aunque todavía le quiero, estoy contenta de no seguir con él. Seguro que a ti no te sorprenderá que Miguel me haya defraudado. No sabes cómo te echo de menos, Luis. Siempre serás mi queridísimo hermano...

Si ella supiera cómo la quería. Luis dejó la carta de su hermana y pensó, esbozando una sonrisa, que con él la tópica frase de la que le hablaba Sol sería un fracaso. Porque, aunque pasase el tiempo, él nunca conseguiría dejar de amarla pese a que ahora, en su nueva vida, el sufrimiento es más llevadero.

Sol no le ha decepcionado. Ha reaccionado bien. Luis piensa cuál sería su actitud si fuera a él a quien su madre le dijera un día que no era hijo suyo sino de una enana. Verdaderamente, era un golpe difícil de encajar. Aún puede ver la cara de susto de su amigo Marco cuando le reveló la verdadera identidad de la madre de Sol.

–No es posible. ¿Tu hermana, la preciosísima Sol, hija de la enana de Velázquez? ¿Cómo es posible?

–Tengo entendido que los enanos pueden tener hijos normales y si los conciben con alguien que no sea enano las posibilidades aumentan.

–¡Hija de Maribárbola!... ¿Te acuerdas, Luis, de nuestras discusiones mirando el cuadro?

–Cómo iba a olvidarme, si además la enana siempre fue uno de tus personajes preferidos del cuadro.

–Lo cierto –dijo Marco– es que Maribárbola me parece magnífica en su fealdad. Tiene fuerza y personalidad. Siempre me llamó la atención que mirase al mismo punto que Velázquez. Puede que otros dos personajes dirijan sus ojos hacia el mismo lugar, el caballero de nombre desconocido que está al lado de doña Marcela de Ulloa, que era una de las guardadamas, y José Nieto Velázquez, que aparece en la escalera, aunque a ninguno de los dos se les distinguen bien los ojos.

–Sí, ya conozco tu teoría. Maribárbola mira a los reyes, igual que Velázquez, que los está pintando. Y la escena del cuadro, según tu versión, es la misma que están viendo los reyes.

–Lo has explicado perfectamente, Luis, sólo has omitido que a los reyes los vemos en el espejo, por eso sabemos que son ellos a quienes está pintando Velázquez. Por cierto, ¿vive Maribárbola? Recuerdo que cuando estuvimos en el Alcázar viendo el cuadro pregunté por ella, pero me dijeron que hacía unos años que se había marchado.

–No, nadie sabe nada. Creo que se despidió de mi madre hace cuatro años. Supongo que Sol querrá dar con ella.

–Pobre Sol, tiene que estar pasándolo muy mal.

–Vive una situación terrible pero yo, Marco, confío en ella y sé que saldrá adelante.

Luis reconoce satisfecho, con la carta de su hermana en la mano, que había acertado y que Sol superaría los malos momentos. También cree que llegará un día en que encuentre un hombre que la quiera de verdad y en el que ella confíe para abrirle su corazón. Si él pudiera, se casaría con Sol inmediatamente y tendría con ella los hijos que Dios quisiera. Pero no debe volver a pensar en este tema. Además, Sol nunca podrá ver en él más que a un hermano. La prueba la tiene en aquella carta que le ha escrito: sólo a él le ha contado su secreto y él la querrá siempre, eso es algo que nadie podrá evitar. A Luis le hace gracia que Sol piense que un día se puede parecer, en su comportamiento, a María Cristina de Suecia. Sin duda, lo que le ha contado de la reina en el exilio le ha gustado y en su fantasía sueña con ser como ella. No pensaría lo mismo, se dijo Luis, si la conociera. Cuando él la vio por primera vez se sorprendió de su aspecto. Era distinta a todas las mujeres que había visto hasta entonces. Después de examinarla detenidamente, Luis se dio cuenta de que tal vez el descuido de la reina en el vestir no fuera fruto de la improvisación, sino algo muy meditado con la intención de disimular ciertos rasgos un tanto masculinos de su figura.

No fue su aparente extravagancia lo que más sorprendió a Luis de Cristina de Suecia, sino el perfecto español en el que se expresaba. La conversación se desarrollaba en italiano y cuando le presentaron a la reina diciéndole que era español, ésta se olvidó del italiano para decirle:

–Estoy encantada de conocerle, no sabe cómo admiro el arte de su tierra. He tenido un buen amigo, compatriota suyo, que me ha hablado mucho de España.

La reina se refería al embajador extraordinario de Felipe IV, Antonio Pimentel del Prado, fallecido hacía unos años y del que se había rumoreado que estaba enamorada. Los amores de la reina nunca dejaron de ser tema de conversación. Muchos afirmaban que le gustaban tanto los hombres como las mujeres e incluso se daban nombres de algunas señoras, como Ebba Sparre, que despertó en la soberana, según decían, una irrefrenable pasión. Para otros, mucho más benévolos en sus apreciaciones, lo que le sucedía a la reina sueca es que adoraba la belleza tanto en el arte como en la naturaleza. Aunque había quienes aseguraban que en más de una ocasión la oyeron hablar de lo necio que era divertirse con un hombre y lo repugnante que era tener hijos. Según decían, la reina comentaba abiertamente que toda mujer debía gobernarse a sí misma y guardarse de depender de un hombre.

Luis conocía todos estos comentarios difundidos en la sociedad romana y muchas veces había hablado de ellos con Marco, quien le había asegurado que las mujeres no le resultaban indiferentes a la soberana.

Aquella noche, y después de la breve conversación que había mantenido con la reina Cristina, Luis no se atrevería a corroborar ninguno de los comentarios que sobre ella se hacían. Le había parecido una mujer inteligente y culta. Pocas de las personas reunidas en la velada sabrían quién era Calderón de la Barca y Luis, sorprendido, comprobó cómo la soberana sueca no sólo sabía quién era sino que se interesaba por alguna de sus obras.

–Me han hablado muy bien de la obra de don Pedro, especialmente de una de sus comedias filosóficas, *El gran teatro del mundo*. Creo que se llama así. ¿La conoce usted?

–Sí, he visto la representación y pienso que es una de sus obras más logradas. Bien es verdad, Majestad –añadió Luis–, que la temática desarrollada no me dejaba indiferente porque todo lo referido a la fugacidad de la vida me interesaba de forma muy especial.

–Usted, querido conde de Saelices, es de los míos. Siempre he dicho que los seres humanos hemos sido creados para algo grande, y el mundo no tiene nada que pueda satisfacernos. Pero dígame más cosas de Calderón.

–Es sacerdote y uno de nuestros mejores y más prolíficos dramaturgos. Escribe comedias, autos sacramentales, entremeses y zarzuelas. No soy un gran entendido, pero le considero innovador en muchos aspectos. Calderón reviste la figura del protagonista de sus obras de una importancia hasta ahora desconocida y también se preocupa de la escenografía, creando ambientes muy adecuados a la acción que se desarrolla en el escenario. También la música adquiere relevancia en su trabajo.

–Qué interesante. Cómo me gustaría conocer alguna de sus creaciones. Por cierto, me han dicho que existe una ópera con argumento suyo, *Celos aún del aire matan*, ¿la conoce usted?

–La verdad, señora, es que no la he visto. Pero sí puedo asegurarle que a mi madre le ha entusiasmado.

–¿Es usted soltero?

–Sí, y creo así seguiré toda mi vida.

–Medida inteligente. No olvide usted, querido amigo, que «la soledad es el elemento en que se mueve el hombre extraordinario».

–Tal vez por ello Vuestra Majestad permanezca soltera.

–No le quepa la menor duda. Además, sigo pensando lo mismo que afirmé hace años en el Parlamento al comunicar mi decisión de abdicar. No estaba dispuesta entonces, ni lo estoy ahora, a sufrir las dependencias que conlleva el matrimonio. Pero hablemos de otras cosas. Dentro de unos días voy a celebrar un pequeña fiesta en casa y espero que no me defraude y acuda. Quiero que me cuente cómo es la vida en Madrid. Hace un tiempo que le estoy dando vueltas a la posibilidad de trasladar mi residencia a España.

–¿Y abandonar Roma? –preguntó Luis sorprendido.

–Sí. Mi relación con Su Santidad Inocencio XI no es buena.

Luis recordó entonces que Marco le había hablado de la amistad que el difunto papa Clemente IX siempre demostró a la soberana sueca, visitándola, incluso, en su casa, y asignándole una pensión anual de doce mil escudos. En aquel tiempo Cristina se comportaba como si fuese la reina de Roma. Todos aplaudían el esplendor de sus fiestas. Los gustos festivos de la reina sueca, según Marco, se identificaban con las celebraciones un tanto exageradas de la época. A los romanos les agradaba tanto los desfiles de penitentes y flagelantes como las carreras de cojos.

Pero todo empezaría a cambiar a partir de 1676, año en que fue elegido papa Inocencio XI, que quiso imponer severidad a las costumbres romanas. Prohibió las representaciones públicas y Cristina tuvo que limitarse a organizar fiestas privadas en su Palazzo Riario.

–¿Sabe? –continuó la soberana–. Para mí, como para los jesuitas, vivir en esta ciudad ya no resulta muy grato.

Claro que Luis conocía la rivalidad del Papa con la orden de San Ignacio de Loyola.

–¿Vendrá entonces a mi casa? –preguntó la reina sueca, añadiendo–: Me gustaría enseñarle alguna de mis nuevas adquisiciones.

–Señora, es para mí un honor. Asistiré encantado.

De repente, Luis observó cierto nerviosismo en la soberana y pudo percibir un ligero murmullo. Giró su cabeza y vio al cardenal Decio Azzolino, del que se decía era uno de los grandes amores de la reina. Gozaba de fama de conquistador y se conocían muchas de sus aventuras amorosas pero a pesar de que no se dudaba de la intensa relación entre Azzolino y la reina sueca, nadie se atrevía a afirmar que ésta fuese carnal, calificándola la mayoría de platónica.

Sin duda, Cristina de Suecia, pensó Luis, tenía una gran aceptación entre la curia romana. Se hablaba también de otro cardenal, Francesco Colonia, que, ante la atracción que sentía por la reina sueca, se dedicaba a cantarle bajo las ventanas de su palacio apasionadas serenatas. Sus románticos recitales no obtuvieron el éxito esperado y la reina se lo tomó a broma.

–Perdón, señor. Discúlpeme, pero como no me contestaba me he atrevido a entrar –le decía desde la puerta Luigi, el mayordomo.

–No le había oído, pero pase.

–Sólo quería recordarle al señor que dentro de quince minutos deberán salir para Frascati.

Se le había olvidado. Esta noche acompañaría a Marco a cenar a casa de su prometida, María Kovacs. Luis se había encariñado con aquella dulce mujer que tanto le recordaba a Sol. Cuando Marco se la presentó hubo de pestañear varias veces, ¡era igual que su hermana!

–Perdona, pero es que te pareces tanto a mi hermana que creí que estaba sufriendo alucinaciones.

–Cuántas ganas tenía de conocerte. Marco –dijo María– me ha hablado tanto de ti que estaba deseando verte.

–¿Tú crees que se parece tanto a Sol? A mí no me la ha recordado –dijo Marco–, claro que yo hace mucho que no la veo.

–Sólo has estado con mi hermana tres o cuatro veces. Y en este último año ha cambiado muchísimo. Ha madurado bastante y me imagino que ahora mucho más. María y Sol se parecen mucho en sus rasgos externos aunque sus personalidades son distintas. Y eso se refleja en su apariencia. María es más espiritual y profunda. Sol, en cambio, es soñadora y risueña. También la edad –siguió diciendo Luis– es un factor importante y María tiene unos cuantos años más que Sol.

–El próximo otoño creo que cumple veintisiete años –dijo Marco–. Sólo le llevo tres años. Tenemos la edad perfecta para unir nuestras vidas.

A Luis no le sorprendía que Marco estuviera tan enamorado. María era una mujer guapísima. Con una belleza etérea no exenta de cierto aire melancólico. Una melancolía que sabía transmitir a las notas arrancadas al violín, en cuyo arte era una experta. Un arte del que sólo podían disfrutar los pocos privilegiados que eran invitados a sus fiestas privadas. María no interpretaba música en público y era una pena, pensó Luis, porque jamás había escuchado sollozos tan tristes como los emitidos por el violín en manos de María. Ésta se asemejaba a una rosa otoñal mecida por la melancolía propia de aquella estación. A Luis le parecía que poseía la fragilidad de un hermoso sueño. Marco debería cuidarla. Aún no habían fijado la fecha de la boda, pero era casi seguro que se casarían en la próxima primavera.

Al ponerse la camisa, Luis acarició el camafeo, ¿qué será de Rita? Estuvo dudando bastante antes de decidirse a escribirle porque desconfiaba de quién pudiese ser el traductor que se la leyese. Pero al final se decidió. Guardaba un recuerdo muy especial de aquella mujer que le ayudó a conocerse mejor y que le introdujo en el mundo del placer sexual. Un mundo del que él se olvidó, apenas sin darse cuenta, al poco de llegar a Roma.

Luis se encontraba muy bien en aquella ciudad con la que se había identificado en el mismo instante de entrar en ella. Una ciudad en la que deseaba vivir para siempre. Además, en Roma se sentía más auténtico. Su personalidad se manifestaba sin ningún tipo de prejuicios absurdos. En Luis se convertía en realidad aquella idea de su contemporáneo Jean de la Bruyère cuando decía: «Hay lugares que nos despiertan la admiración, otros nos conmueven y desearíamos vivir en ellos. Tengo por sospecha que el espíritu, el carácter, la pasión, el gusto y los sentimientos dependen en gran modo del lugar».

8

LA PRIMAVERA SIGUIENTE

La campiña romana florecía aquella primavera de 1680 con una exuberancia inusual. Al menos, así se lo parecía a Marco Spontini, conde de Squinzano, que dentro de unas horas se casaría en la iglesia de Santa María, en Frascati, con María Kovacs.

Marco se encontraba muy nervioso y le había pedido a su amigo Luis que le acompañara a dar un paseo para tratar de aligerar la espera.

–De verdad, Luis, que no me explico mi excitación. Yo, un hombre de mundo acostumbrado a todo tipo de aventuras, ponerme así porque voy a casarme, siendo eso lo que más deseo en el mundo, no es muy razonable.

–Por eso, precisamente –dijo Luis sonriendo–, porque es lo que más deseas en el mundo temes que algo no salga bien y quieres que pase cuanto antes.

–¿María estará igual de nerviosa? –preguntó Marco.

–Puede que sí, aunque ella es muy tranquila. Además, tiene que arreglarse para la ceremonia y eso ocupa un tiempo haciendo la espera mucho más corta que la tuya.

–Ayer, en la cena, ¿no la encontraste un poco triste?

–La verdad es que no. Pero Marco, ¿hasta ese extremo llegan tus nervios?

–No, no tiene nada que ver. Estoy seguro de que algo le preocupaba.

–¿Por qué no se lo preguntaste?

–Lo hice, pero me aseguró que estaba bien.

–¿Entonces?

–La quiero tanto, Luis, que estoy pendiente de todos sus gestos y siempre tengo miedo de que le suceda algo.

–No debes obsesionarte, no es propio de ti, Marco.

Caminaban despacio. Al pasar cerca de la villa Aldobrandini Luis, se quedó extasiado mirando el jardín, la fuente monumental y la casa que supuso fantástica pero que la lejanía no le permitía observar.

–¿Y esta maravilla?

–Es verdad que siempre que has venido a Frascati nos hemos ido a casa de María y no conoces nada de este precioso lugar. Aquí, no sé si te lo he dicho, tienen residencias de verano las familias más importantes de la aristocracia romana. Desde que en el siglo pasado, en el XVI, se puso de moda, acude a Frascati lo más selecto de la sociedad. Esa preciosa villa es, sin duda, la mejor y fue la pionera. Es la villa Aldobrandini, que fue construida para el cardenal Pietro Aldobrandini por Giacomo della Porta, entre 1598 y 1604.

–No sé por qué me suena tanto Aldobrandini –dijo Luis pensativo.

–Tal vez por el papa Clemente VIII, que era un Aldobrandini.

–¿Clemente VIII?, no, pero..., sí, ya sé –dijo satisfecho Luis–, me suena por los frescos romanos descubiertos en el Esquilino y que se conocen como las Bodas Aldobrandinas.

–Claro –asintió Marco–, se descubrieron durante el pontificado del papa Clemente VIII y de ahí el nombre dado a los frescos que reflejan una escena nupcial.

–Se cree que es la boda de Alejandro Magno y Roxana.

–Estás muy enterado.

–Siempre me ha interesado ese tema. Me gustaría tanto poder contemplar ese fresco que se calcula fue pintado en el siglo I a.C.

–Y si te digo que es posible que todavía se encuentre aquí en la villa.

–¿De verdad? –preguntó Luis emocionado.

–Sé que su primer destino fue éste. La villa, como te dije, pertenecía al cardenal Pietro Aldobrandini, que era sobrino del papa Clemente VIII.

–Sería maravilloso que estuviera aquí y que pudiera visitarlo, Marco.

–Nos enteraremos. Ya se lo diré a los tíos de María para que te acompañen.

–Luis, ¿cuándo piensas viajar a Florencia?

–Lo he aplazado hasta septiembre. Ya sé que los meses de verano en Roma son insoportables por el calor, pero es mucho el bien que puedo hacer aquí.

A los pocos días de la llegada de su amigo a Roma, Marco le había presentado, como tenía previsto, al padre Iturrioz, un jesuita español que llevaba en Italia varios años dedicándose a un apostolado muy directo en la calle, con las gentes más necesitadas. Y sucedió lo previsto. Marco conocía muy bien las inquietudes y la forma de ser de su amigo y estaba seguro de que congeniaría muy bien con el sacerdote. Al poco tiempo de conocerse, Luis empezó a colaborar con los jesuitas. Diariamente, después de pasarse varias horas trabajando en el taller de orfebrería de Marco, Luis encontraba tiempo para cumplir alguna misión que le encomendaban. Sacrificaba su tiempo libre para dedicarse a los demás.

–Luis, ya te he dicho que a finales de julio María y yo iremos a casa de unos primos en la Toscana, ¿no te apetece acompañarnos?

–Claro que sí, pero no debo. Esos meses en Roma es cuando más gente necesita ayuda.

–Sin duda, Luis –dijo Marco–, tienes que ser feliz haciendo este trabajo.

–La verdad es que sí. Me siento útil y al pensar en los demás me olvido de mí. No tienes ni idea de lo estimulante que puede llegar a ser la mirada de quien has intentado ayudar.

–O sea, que tú eres –añadió Marco riendo– de los que creen que el único exceso que siempre sienta bien es el de la gratitud.

–No intentes confundirme. Yo no hago nada para que me lo agradezcan. Quiero ayudar a quienes lo necesitan porque ello me hace feliz. Y aunque pueda sonar demagógico, es así. Colaborar en alguna medida para conseguir el bienestar y la felicidad de los demás me ayuda a mí. Ahora, si lo que has querido recordarme es mi deuda de gratitud para contigo, puedes sentirte contento porque será eterna. Gracias a ti y a tu amistad y cariño he podido reanudar mi vida. Me has abierto las puertas de tu casa, de tu negocio y de tu corazón. Puedes estar seguro de que jamás perderé la oportunidad de demostrarte mi enorme gratitud.

–Qué barbaridad. Si llego a saber que me ibas a soltar este discurso, te juro que no te digo nada. Pero ¿cómo no me has avisado de la hora que es?, ¿te imaginas que la novia llegue antes que yo a la iglesia?

Los dos jóvenes aligeraron el paso, aún les faltaba un buen trecho hasta la casa de los tíos de María. Marco había querido quedarse en la villa de unos amigos, pero la familia de María insistió en que se fueran con ellos, asegurando, entre bromas, que no existía ningún riesgo de que el novio pudiera ver a la novia antes de la ceremonia.

A Luis le sorprendió que María quisiera hablarle en aquellos momentos. Intrigado, acompañó a la doncella que había venido a buscarle. Cuando se abrió la puerta de la habitación y Luis vio a María, no pudo evitar un gesto de admiración. Podría haber novias hermosas –se decía que ninguna estaba fea el día de su boda– pero más guapa que María, imposible. Si los ángeles existen, pensó Luis, tienen que ser como ella. La única que podría igualarla sería Sol. Al pensar en su hermana siente como una ráfaga de melancolía le invade. No, él jamás la verá vestida de novia, si es que algún día se casa.

–Luis, pasa, por favor. Clara, ¿nos dejas un momento?

María estaba de pie al lado de la ventana. La luz del sol hacía que su rubio cabello brillase de una forma especial. Miró a Luis con una expresión de cariño que nunca hasta entonces le había dedicado.

–He estado a punto de no llamarte y posponer mi conversación contigo para después de la ceremonia, pero luego pensé que ahora sería mejor. Sé lo mucho que os queréis Marco y tú, lo unidos que estáis, por ello quiero pedirte que si algún día sucede algo le apoyes. Estoy segura de que lo harás, pero prométeme que cuidarás de Marco.

–Pero ¿qué va a suceder? No me asustes.

–No lo sé. Lo único que quiero es tener tu palabra de que estarás a su lado.

–La tienes. Puedes estar totalmente segura. Pero dime, ¿qué te preocupa?

–Nada importante, de verdad. Lo que sí te ruego, Luis, es que no le comentes nuestro encuentro a Marco. Se preocuparía sin necesidad.

Indudablemente, él no la conocía lo suficiente, pero María no era una irresponsable. Cabe la posibilidad, pensó Luis, de que su actitud de esta mañana esté relacionada con la cara de preocupación que Marco había observado en su prometida durante la cena del día anterior o que fuera simplemente una reacción ante la responsabilidad del matrimonio. De todas formas, no le contaría nada a Marco. Era increíble cómo el amor había cambiado las costumbres de su amigo, convirtiéndole en un ser sensible y detallista para el que ya no existían más mujeres en el mundo que María.

–Todas mis aventuras amorosas pertenecen al pasado –decía Marco–. Soy otro hombre. ¿Sabes?, me gustaría llevar a María a Salamanca.

–¿Para enseñarle San Esteban?

–Sí, y la Casa de las Conchas. Quisiera que esa casa que fue creada para albergar el amor conociera el nuestro.

Verdaderamente, Marco era un sentimental. Sólo hacía algo más de dos años que los dos viajaron a Salamanca, pero a Luis le parece que fue hace siglos. Cuántas cosas habían pasado desde entonces. Es imposible recordar Salamanca, pensó, y no hacerlo de Rita. ¿Habrá recibido su carta?

Al pasar al lado de la Casa de las Conchas, Rita vio a unos estudiantes que miraban entusiasmados el edificio. Entonces se dio cuenta de que ella, que había nacido y vivido en Salamanca, nunca le prestó la menor atención. Le pareció bonita. Lo cierto es que se fijó en ella al intentar observar a uno de los jóvenes que llamó su atención. Siempre había sentido debilidad por los jovencitos, pero después de haber conocido a Luis su interés era mayor. Aunque no había encontrado a nadie que le provocase un placer tan especial como aquel inexperto muchacho. Tenía el encanto de lo prohibido y eso la excitaba. Además, sentía verdadero cariño por Luis. Si hubiera más personas como él, el mundo sería mejor. Rita volvió a mirar la Casa de las Conchas, seguro que Luis sabría quién la había hecho y mil cosas más que, sin duda, la harían más atractiva. Desde que ha recibido su carta no hace más que darle vueltas a lo mismo y lamentarse de no saber leer ni escribir. Cuánto daría por poder disfrutar en la intimidad lo que Luis le contaba y poder responderle ella todo lo que le apeteciera. Por primera vez en su vida, Rita sintió pena de sí misma, del poco provecho que le había sacado a la vida. Ya no tenía tiempo de descubrir ese mundo desconocido de la cultura.

Al llegar a la puerta de la casa del notario Velasco, se detuvo y meditó durante unos minutos si llamar o no. Rufino Velasco era familiar suyo. Un primo en segundo grado con el que de pequeña había tenido bastante relación, aunque él perteneciera a una rama más acomodada de la familia. No confiaba en nadie para que le leyera la carta de Luis y aunque le daba apuro recurrir a su pariente, nadie mejor que él.

El notario estaba sorprendido y confuso, no podía entender que un caballero se molestara en enviarle noticias a su prima, que era una prostituta, acomodada y con prestigio dentro de la profesión, eso sí, pero en definitiva una marginada de la sociedad. Tal vez, pensó, el supuesto caballero no es tal y es un depravado que disfruta enviando mensajes de amor a su antigua amante.

El asombro de Rufino Velasco iba en aumento a medida que avanzaba en la lectura. El amigo de Rita, a tenor de las personas con las que se relacionaba en Roma, no era un don nadie. ¿Cómo un caballero, se preguntaba, le escribía a una mujer pública? Era la carta de un amigo que contaba cómo era la ciudad en que vivía y cómo se iba adaptando a ella. Le sorprendió que hablara de un amuleto y lo cierto es que no entendía nada de por qué habría de regalarlo. En la carta decía que a pesar de que trabajaba con prostitutas que lo pasaban muy mal, el camafeo no había vibrado en su pecho. Tiene que estar loco, pensó, se dedica a la caridad y habla de un extraño camafeo. Al decirle a Rita que su amigo le enviaba recuerdos del conde de Squinzano, el notario miró a su prima y le preguntó:

–Pero ¿tú conoces a un conde italiano? Este amigo tuyo ¿no será también noble?

–No, no lo creo. Sé que es de Madrid, que su padre ha muerto y que tiene un hermano y una hermana. Cuando le conocí estaba con él un italiano que no recuerdo ni cómo se llamaba.

–Tu amigo ¿no será el conde de Saelices? Te lo digo porque yo conozco a su hermano, que es abogado, y sé que el conde se fue a vivir a Roma. Y también tienen una hermana.

–Pues no tengo ni idea –dijo Rita disimulando–. Querido primo, ¿tú te imaginas a un noble escribiéndome a mí?

–La verdad es que no, aunque tampoco hubiese imaginado que nadie te escribiera una carta como ésta. De todas formas, locos y extravagantes se dan en todas partes. Y estos Saelices no deben de ser muy normales.

–¿Por qué lo dices?

–El conde se va de Madrid, donde tiene un negocio floreciente. El abogado que yo conozco se casa con una criada convirtiéndose en el hazmerreír de todo el mundo, y la hermana pequeña rompe su compromiso con el hijo de los marqueses de Peñarredonda, sin motivos aparentes. El comportamiento de esta familia no es muy normal, así que no me sorprendería que fuera el conde quien te escribiese.

–Eso es imposible. Seguro que no es quien dices porque recuerdo que la persona que me escribe –mintió Rita– me habló una vez de sus sobrinos, hijos de su hermana. Así que no puede ser el conde de Saelices.

Aquella tarde Rita se pasó un buen rato llorando de impotencia al no haber podido contarle a Luis todo lo que deseaba. ¿Cómo se lo iba a transmitir a través de su primo? Se había limitado a comunicarle que se encontraba bien y que le agradecía que se hubiese acordado de ella. Rita miraba el pergamino, las letras que no distinguía, y se sentía muy desgraciada.

No se encontraba mejor Andrés, que en la carta escrita a Luis tampoco se sinceraba con él, aunque por distintos motivos que los de Rita. Andrés no quería preocupar a su hermano con sus problemas. Su relación con Isabel no funcionaba como había esperado. A veces dudaba del cariño de su mujer. Tenía la sensación de que sólo la movía el interés. En sus relaciones íntimas ya no era aquella muchacha apasionada que le volvió loco. Andrés sigue estando muy enamorado de ella, pero se ha dado cuenta de que lo único que le une a su mujer es el sexo. Cuando no están en la cama son como dos extraños que no tienen nada que decirse. Isabel le considera responsable del vacío que les hacen. Nadie les invita ni se acuerda de ellos. Sólo algunos compañeros de Andrés se ocupan de convidarlos alguna vez y sabe que lo hacen por pena. Andrés le ha pedido a su mujer paciencia y le ha rogado que sea dócil y se deje instruir. Le ha explicado mil veces lo importante que son nuestras maneras de comportarnos, nuestros gestos.

–Lo que sucede –le decía Isabel– es que quieres convertirme en otra persona, y no estoy dispuesta si a cambio no consigues que todos me consideren una verdadera señora.

–Te he dicho que todo necesita su tiempo y lo que tienes que hacer es aprender. Cuando vean que te comportas como una dama, su opinión irá cambiando. Debes aprender a andar como una señora, a mover el abanico, a sentarte...

Pero Isabel no le prestaba la menor atención. Hace tiempo que Andrés ha desistido en su intento de educarla. Al principio le había enseñado cómo comportarse en la mesa y cada día le hablaba de un tema distinto para que ella, en un momento dado, tuviese algunos conocimientos y no hiciese el ridículo en una conversación. Pero a Isabel lo único que le interesaba era mandar y que los demás la tratasen con deferencia. Ninguno de los criados eran capaces de soportarla durante mucho tiempo. Andrés intentaba solucionar este problema, pero no lo conseguía porque era ella quien, como señora de la casa, disponía todo y se encargaba de la servidumbre. Isabel se había casado con él, pensó Andrés, para dejar de ser una doncella. Él renunció a todo, incluso a su familia, para poder estar con Isabel y ella era incapaz de proporcionarle la más mínima satisfacción. No debe lamentarse de su mala suerte, todos le habían avisado, aunque no tenían por qué haber acertado. Isabel podría haber sido una chica estupenda. No todas las criadas eran vulgares y egoístas. Si al menos tuviesen un hijo. Lo deseaba tanto que no puede evitar la sospecha y el temor de que Isabel no tenga el mismo interés.

Sin embargo, qué equivocado estaba Andrés. Isabel deseaba un hijo más que nada en el mundo porque estaba segura de que un niño, descendiente de los Saelices, haría que muchos olvidaran la condición social de la madre y que la orgullosa condesa intentara un acercamiento para poder ver a su nieto. Ése era el momento que ella esperaba para hacer pagar a su suegra lo mal que la había tratado.

Pero todos los bebedizos, recomendaciones y consejos no daban resultado y no conseguía quedarse embarazada. Su amiga Carmen le recomendaba que visitara a un médico.

–Sería conveniente, y además siempre podrías utilizar el tema del aborto, que tú y yo sabemos que nunca existió, como coartada para explicar por qué no te quedas embarazada ahora.

–No, ni hablar. Eso supone asumir que soy yo la que tiene problemas y piensa que es muy posible que sea Andrés el estéril.

–¿Y cómo justificarías, entonces, tu anterior embarazo? –preguntó Carmen.

–Por ello lo mejor es esperar.

Isabel nunca se lo diría a nadie, pero está dispuesta a buscar soluciones. Si ella tenía problemas de fertilidad nada se podría hacer, pero si era Andrés, entonces, una medida segura sería que ella mantuviera relaciones con otro hombre. Un hombre desconocido que nunca se acordara de lo sucedido entre ellos. Tiene que parecer una aventura fugaz e irresponsable. Y si luego se queda embarazada todo será perfecto, sólo ella sabrá por qué. Lo importante es traer un niño a este mundo y que Andrés tenga un hijo. Ya pensará quién puede ser el elegido. Es posible que no fuera mala idea irse unos días al pueblo e intentarlo allí con cualquiera de los mozos, aunque corría el riesgo de que éste, orgulloso de acostarse con ella, comentara a todos los vecinos su experiencia. Tal vez lo mejor fuera ceder a los galanteos de alguno de los amigos de su marido, que cuando la veían sola la piropeaban como si fuera una prostituta. Con estos señoritos sinvergüenzas seguro que no correría ningún riesgo, porque ellos serían los primeros interesados en ocultar cualquier tipo de relación, sobre todo, porque estaban casados.

Después de casarse, Andrés tenía pocos amigos. Se encontraba muy solo y a menudo, después de trabajar, solía deambular por las calles. Muchas veces estuvo tentado de acercarse a casa de su madre para pedirle ayuda. Ya no le guardaba rencor por haberse negado a asistir a su boda, aunque no quería ser él quien diera el primer paso en la posible reconciliación. Andrés se da cuenta de que el odio hacia su familia ha desaparecido, pero no el dolor. Siente una inmensa pena al pensar que la situación podría ser muy distinta si su madre les hubiese permitido vivir en casa. Seguro que el comportamiento de Isabel no sería el mismo.

Desde antes de su boda –casi dos años– no había vuelto a ver ni a su madre ni a su hermana. Era como si vivieran en ciudades diferentes. Sabía de ellas por las noticias que Luis le daba en sus cartas. Si su hermano no se hubiera ido la situación sería muy diferente. Qué absurdo puede llegar a ser el comportamiento humano. ¿Cómo explicarse que durante tanto tiempo no haya visitado a las personas que más quiere? ¿Sentiría el mismo deseo de verlas si su vida al lado de Isabel fuera maravillosa? Posiblemente no, se dijo. ¿Qué tendría que haber hecho para conseguir la aprobación de su madre?, ¿por qué ella no trató, con más fuerza, de hacerle cambiar de idea? En un intento de analizar su situación, Andrés llega a la conclusión de que siempre se debería conseguir una especie de acuerdo en situaciones similares. ¿Cómo personas que se quieren, que han vivido juntas, que son inteligentes no encuentran mecanismos para poder seguir queriéndose? Recordó que su hermano Luis siempre le decía que el cariño era lo más importante de la vida y que resultaba aconsejable olvidarse de algunos de los fallos que se pudieran observar en las personas queridas.

–Mira, Andrés, el ser humano nunca logrará disponer libremente de su cariño, es decir, yo puedo tomar la decisión de comportarme como si quisiera a determinada persona, mas no puedo experimentar cariño hacia ella por simple voluntad mía. Siempre me ha parecido un misterio por qué unos seres despiertan nuestra amistad y otros no. Y es tan importante este sentimiento que merece la pena luchar por conservarlo aunque a veces sea necesario perdonar aspectos que no nos gustan del amigo o del pariente.

–¿En el caso de mamá?

–Ella es la agraviada. Tú has tomado una decisión que jamás entenderá. Además, es tu madre y se considera con autoridad para asesorarte en lo que te conviene. Dale una oportunidad, demuéstrale que la quieres, insiste, ya verás como reacciona.

–¿Y por qué no toma ella la iniciativa?

Andrés se sentía incapaz de encontrar fuerzas en su interior para seguir el comportamiento que su hermano le aconsejaba. Aquella tarde se encontraba solo en casa. Isabel había salido a la modista. Unos aldabonazos le hicieron pensar que se habría olvidado algo.

–Señor, su hermana, doña Sol, ha venido a verle.

No podía dar crédito a lo que la criada le estaba diciendo. Emocionado, salió, casi corriendo, a encontrarse con ella.

–Déjame que te vea, estás preciosa, qué alegría volver a abrazarte, hermana.

–Pues lo tenías al alcance de la mano. No tardas más de quince minutos en llegar a casa.

–Sí, y muchas veces estuve tentado de hacerlo, pero al final no me he decidido, tal vez por orgullo. Aunque lo cierto es que fue nuestra madre quien me echó de su lado.

–Ya lo sé y lo entiendo. Intenta ponerte en su lugar. Quería lo mejor para ti. Yo hubiera hecho lo mismo, Andrés.

–¿Entonces qué haces aquí?

–Hace tiempo que me lo ha pedido Luis y también porque te quiero y me consta que no lo estás pasando bien. Por eso he venido.

–¿Qué sabes de mi vida?

–Más bien poco. Lo que me cuenta mi amiga Esperanza. Ya sabes que yo, últimamente, apenas hago vida social.

–Sí, alguien me comentó que habías dejado a Miguel y la verdad es que me sorprendió. Estabas muy enamorada.

–Eso es verdad, pero cuando crees que no vas a encontrar la respuesta deseada es mejor dejarlo.

–¿Cómo está mamá? –preguntó Andrés.

–Bastante bien. Ha vuelto a pintar y yo también me he aficionado. Toma, os he traído uno de mis primeros cuadros. ¿No está en casa Isabel?

Sol miraba a su hermano Andrés mientras éste desenvolvía el paquete. Había adelgazado pero estaba guapo, tal vez un poco triste, los rasgos de su cara aparecían más marcados y tenía unas profundas arrugas en la comisura del labio inferior.

–Está muy bien, ¿es nuestra casa de El Escorial?, ¿de verdad lo has pintado tú?

–Claro que lo he pintado yo. Últimamente mamá y yo pasamos largas temporadas en El Escorial y aprovecho para copiar muchos de los paisajes.

–Perdona, Sol –dijo Andrés–, me preguntabas por Isabel, estará a punto de llegar, ha ido a la modista. No piensa nada más que en hacerse trajes. No sé para qué –añadió Andrés con cierta amargura–, nadie nos convida. Es como si no existiéramos.

–Pero ¿qué esperabas? –le preguntó Sol.

–Claro que sabía a lo que me exponía casándome con una doncella, pero ella no. Ahí radica nuestro problema, yo podría soportarlo, pero Isabel cada día sufre más.

–¿Puedo hacer algo por vosotros?

–No sabría qué decirte. Bueno, sí lo sé, lo que sucede es que no me atrevo a pedírtelo.

–Por favor, Andrés, eres mi hermano. Dime qué quieres y déjame decidir a mí si lo hago o no.

Sol seguía siendo la misma. En los primeros momentos Andrés estaba convencido de que su hermana había madurado tanto en su aspecto como en su comportamiento. Sin embargo, aquella respuesta, y sobre todo el tono de su voz, le recordó a la niña prepotente que siempre había sido. Pese a ello, Andrés le dijo:

–Me gustaría que intentaras hacerte amiga de Isabel y la enseñases cómo comportarse. Tú la conoces y sabes que no es mala chica.

No se habían percatado del ruido de la puerta, la voz de Isabel les sorprendió.

–¿Con quién hablas que me conoce y necesitas decirle que soy buena chica?

Isabel entró en la habitación como un torbellino. Sol entendió por qué su hermano le pedía ayuda...

–¡Pero mira quién está aquí! ¿A qué se debe este honor?, ¿no estará enferma la condesa?, años tiene...

–Por favor, Isabel, compórtate –dijo Andrés avergonzado.

–¿Cómo estás, Isabel? –preguntó Sol, mientras se levantaba para besar a su cuñada.

–Ya ves.

–Muy guapa –dijo Sol–. Llevas un vestido muy bonito.

–¿De verdad te gusta o lo dices porque eres una señorita bien educada?

–Me gusta y te sienta muy bien. Querida Isabel, si no lo creyera así, no te diría nada.

–Andrés me reprende porque siempre digo lo que se me ocurre sin detenerme a pensar si es o no conveniente. Lo que sucede, querida cuñada, es que no soy hipócrita como la mayoría de vosotros.

–Me he cansado de explicarte –dijo Andrés– lo terrible que sería que todos conociéramos la verdad de lo que los demás piensan de nosotros.

–Ya lo sé, y puede que tengas razón, pero yo sobrevivo. Y no me negaréis que conmigo las personas educadas no se molestan en ocultar lo que piensan de mí. Sí –continuó Isabel–, ya sé que me diréis que nada dicen de mí, pero con su vacío lo están evidenciando.

–Yo creo –intervino Sol– que no podías esperar otra cosa. En la sociedad en la que vivimos está prohibido lo que vosotros os habéis atrevido a hacer.

–¿Y tú crees que está bien?

–No lo sé, pero son las reglas del juego.

–Tiene razón Sol –dijo Andrés, añadiendo–: Hemos transgredido las costumbres y debemos pagar por ello. Ya sabes, Isabel, que a mí no me importa. Además, el tiempo lo soluciona todo.

–Estoy harta de escuchar siempre lo mismo. No quiero pedir perdón ni hacer méritos para que me aceptéis. Soy bastante mejor que la mayoría de vosotros.

Sol hacía verdaderos esfuerzos para no abandonar la sala. Isabel se había vuelto insoportable. ¿Qué hacía ella allí con una criada maleducada? Le daba pena de su hermano, no se merecía aquello. Hizo ademán de levantarse.

–¿Ya te vas?, ¿tanto te aburres conmigo? –preguntó Isabel.

–¿Por qué te inclinas siempre hacia los aspectos negativos?, ¿no es más fácil pensar que pueda tener una cita con alguien o que deba hacer algún encargo? De verdad, Isabel, creo que deberías superar tu complejo.

–Muchas gracias por tus consejos, pero ¿quién te puede esperar, querida cuñada? Me han dicho que desde que te dejó el marquesito de Peñarredonda nadie quiere saber nada de ti.

–Isabel, no digas barbaridades, pídele perdón a mi hermana –dijo Andrés muy enfadado.

–No, Andrés, déjalo, no te preocupes, por favor. Volveré a veros dentro de unos días.

Antes de marcharse, Sol miró a Isabel directamente a los ojos y le dijo:

–Querida Isabel, lo que acabas de señalar referido a mí, ¿es un gesto de autenticidad al expresar lo que de verdad piensas y sabes o has querido ofenderme para hacerme reaccionar como lo harías tú?

Sol abandonó la habitación sin darle oportunidad a Isabel para que le respondiera.

Cuando llegó a casa todavía estaba enfadada. No le contaría nada a su madre del enfrentamiento dialéctico mantenido con Isabel porque debía intentar convencerla para propiciar un acercamiento entre ellos, ya que pensaba que ésa era la mejor forma de ayudar a Andrés.

Agosto discurría tranquilo. La condesa de Saelices había cerrado su casa de Madrid y se había trasladado con todo el servicio a El Escorial. Allí, el calor menos agobiante hacía el verano mucho más agradable. El jardín estaba precioso, se notaba que alguien se había ocupado de él a lo largo del año. La jardinería no era una de sus pasiones, pero Adela comprobó que el dedicar unas horas a cuidar de los distintos parterres y de los rosales le venía muy bien. Aquella actividad le proporcionaba una paz que le hacía olvidarse de los problemas y contratiempos. El jardín también se lo agradecía. Las plantas, como las personas, acusan la atención y el cariño que se les presta.

Adela está satisfecha de cómo ha venido evolucionando Sol. La verdad es que ahora la siente mucho más cercana, pasan bastante tiempo juntas y además comparten la afición por la pintura. Jamás hubiera imaginado que a Sol le pudiera interesar este arte y lo cierto es que estaba bastante bien dotada para ello. Era como si de repente hubiese aflorado en su hija una necesidad imperiosa de crear. Sol quería demostrar que ella podía ser importante por su trabajo, por sí misma. Había sufrido mucho, seguía sufriendo. A veces la oye llorar. Todavía esta mañana la sorprendió sollozando y al intentar irse sin que la viera, oyó que la llamaba.

–No se vaya, madre.

–Cariño, no llores.

–Es que me acuerdo de ella. A veces siento tanta pena que tengo que desahogarme. ¿Sabe, madre? Siento no haber conocido antes la existencia de Maribárbola. Me hubiera gustado abrazarla. Sí, lo habría hecho con todas mis fuerzas.

–Pero ella, Sol, tenía miedo de que tú te avergonzaras al verla.

–No, no lo haría, jamás me avergonzaría de ella.

–Lo dices ahora y no sabes cómo me alegra observar tu cambio. Pero sé sincera y recuerda cómo reaccionaste al enterarte.

–Es verdad, madre. Fue muy duro para mí. ¿Usted cree que habrá muerto Maribárbola?, ¿dónde estará?

–Pienso que pronto lo sabremos. Por fin han podido localizar a Blanca Cusín.

Todas las gestiones realizadas durante más de un año resultaron infructuosas. Nadie sabía nada de Maribárbola. Cuando ya desesperaban ante la imposibilidad de dar con el paradero de Blanca Cusín, que era la enana más amiga de Maribárbola, la persona encargada de buscarla les había hecho saber que vivía en Sevilla.

–Pero Blanca –dijo Sol– será una persona muy mayor.

–Supongo, porque ella se fue del Alcázar unos años antes que tu madre. Y se fue porque su edad ya era, entonces, avanzada.

–¿Y si ha perdido la memoria?

–No pienses en ello.

–Madre, si conseguimos localizar a Maribárbola todo será gracias a la gestión de don Juan José de Austria, que en gloria esté.

–Sí, es verdad, y además la persona que la está buscando es uno de los hombres fieles al primer ministro.

–¿Por qué le han dicho que queremos localizarla?

–Don Juan José de Austria le comentó que nos interesaba dar con ella por una deuda que no le habíamos satisfecho. Cada vez que pienso que don Juan se ha muerto no me hago a la idea.

–Sí, es duro pensar que ha desaparecido, pero ya murió en el otoño pasado.

–Figúrate, Sol, que a veces tengo la sensación de que sigue vivo.

–¿Cuántos años tenía?

–Más o menos como yo –dijo Adela con pena–, cincuenta.

–¿Se acuerda de la fiesta que celebró en su honor?

–Claro que me acuerdo. Cuántas cosas han pasado desde entonces.

–¿Por qué no se anima a organizar una fiesta este año?

–¿Te gustaría?

–No estoy segura. Pero sé que a usted le vendría bien.

–Es probable, pero tengo un problema.

–¿Cuál?

–Si celebramos una fiesta, ¿cómo no convidar a tu hermano y a su mujer? Y si los invito, ¿te imaginas el escándalo?

–¿Entonces?

–La verdad es que tu hermano nos ha colocado en una situación muy delicada. No quiero hacerles un feo, pero tampoco estoy dispuesta a convertirme en el centro de todas las conversaciones. Así que lo mejor será no organizar nada.

–Madre, ¿no cree que Andrés debería conocer su postura?

–¿Para qué?

–Pues para que se entere de que por no hacerle un feo prefiere sacrificarse y no organizar la fiesta de final del verano como siempre hizo.

–¿Y tú crees que esto le va a satisfacer? Porque yo tengo la impresión de que su reacción será negativa, lamentándose de que su madre no tenga el valor suficiente para apoyar su matrimonio delante de todos. De cualquier forma, querida, tú puedes comentárselo, ya sé que últimamente los visitas con cierta frecuencia, de lo cual me alegro.

–Siento pena por Andrés, Isabel no le ayuda.

–No quiero ser injusta –dijo Adela–, pero siempre he dudado del cariño de Isabel por tu hermano. Dios quiera que me equivoque. ¿A ti qué te parece, Sol?

–Pienso que sí le quiere, pero son muy distintos y ella no hace nada por complacerle. Tal vez deberíamos intentar ayudarles. Isabel no deja de ser una muchacha sin ningún tipo de formación.

–Eso ya lo sabía tu hermano antes de casarse. No dirá que no le avisamos de lo que le sucedería si se casaba con una criada. Los sirvientes no están para que los señores se casen con ellos.

Al decir esto, Adela enrojeció levemente. Qué hipócrita soy, pensó, lo que debía haberle dicho a Sol es que con los criados se puede uno acostar pero con discreción y manteniendo siempre las distancias. Eso es lo que estaba haciendo ella con su intendente. Aunque en honor de la verdad tenía que reconocer que Alfonso era una excepción, no porque ella estuviera enamorada de él, sino porque su formación superaba a la de algunos encumbrados caballeros. En cuestión de protocolo, su intendente lo sabía absolutamente todo. Sus modales refinados, su voz sorprendentemente modulada y su saber estar hacían de él un auténtico caballero. Sabía leer y escribir y después de dedicar muchas horas de su vida a la lectura poseía unos amplios conocimientos literarios. Adela comprobó sorprendida como Alfonso no sólo leía los libros de la biblioteca de la casa, sino que poseía varios ejemplares que ellos no tenían. Un día, hablando con él sobre la situación de su hijo Andrés, que, después de su matrimonio estaba sufriendo el vacío y muchas veces el desprecio de sus conocidos, la sorprendió con una frase de Quevedo que, más o menos, venía a decir que «si despreciar el mundo, no sólo es bueno, sino santo, ¿cómo podrá ser malo ser despreciado del mundo?».

Adela nunca había leído nada de Quevedo. A su marido no le interesaba mucho, posiblemente porque Juan Luis era muy amigo del conde-duque de Olivares y nunca quiso saber nada de Francisco de Quevedo, que tanto había incordiado a Olivares, quien, para evitar que lo siguiera haciendo, no dudó en encarcelarlo. Sin embargo, Alfonso era un admirador del escritor madrileño y a ella le fastidió no poder opinar, ante su sirviente, sobre la obra de un autor contemporáneo.

Quién me iba a decir a mí, pensó Adela, que me pasaría horas y horas hablando con un criado de cualquier tema. Aquella relación de la que ella no quería ser consciente se consolidaba cada día más. Adela había descubierto que la voluntad de Alfonso era mucho más fuerte que la suya, tal vez porque él estaba más acostumbrado a sufrir, y sobre todo a esperar. Ella, la condesa viuda de Saelices, había tenido que doblegarse ante él por temor a que se fuera de la casa y le prometió no volver a salir con el marqués de Vallehermoso. ¿Estaría dispuesta a renunciar a otras cosas si él se lo pidiera?

Luigi, el mayordomo, apenas si le dejó apearse del coche.

–Señor conde, me ha dicho don Marco que le espera en Frascati.

Luis regresaba de Florencia, donde había pasado diez días en casa de unos amigos. Se encontraba muy cansado del viaje y le sorprendió que a aquellas horas, casi las nueve de la noche, Marco le esperase en Frascati, pero lo que más le llamó la atención fue el tono de voz del mayordomo. Luigi hablaba, normalmente, muy despacio y en un tono más bien bajo. Esta noche, por el contrario, se expresaba a gritos y vertiginosamente.

–¿Sucede algo grave, Luigi?

–Desgraciadamente sí, señor.

–¿Qué pasa? –preguntó Luis mientras volvía a subir al coche.

–La señora condesa se encuentra gravemente enferma, se teme por su vida.

No quiso escuchar nada más. A un gesto suyo, el cochero, que había comprendido su inquietud, espoleaba a los caballos.

En el camino a Frascati, Luis, con el mayor recogimiento, pidió a Dios por la salud de María. Le rogó que no se la llevara. Tanto ella como Marco merecían ser felices un poco más, aún no habían cumplido los cinco meses de casados. Tal vez, pensó Luis, me estoy alarmando demasiado y lo que tiene María es una simple indisposición y como Marco la protege y teme tanto por ella, ha exagerado las cosas. Dios quiera que sea así, se dijo.

La cara de la sirvienta que le abrió la puerta no hacía concebir muchas esperanzas. Antes de que le diera tiempo a preguntar por el señor, Luis vio a Marco, que le miraba desde lo alto de la escalera... Subió corriendo y los dos amigos se fundieron en un emocionado y prolongado abrazo. Marco lloraba... Cuando consiguió calmarse un poco, le dijo:

–Se muere, Luis, se muere y yo no puedo hacer nada por ella.

–Pero ¿qué ha sucedido?

–Es el corazón. Su madre murió por un problema parecido. María siempre sospechó que ella podía haber heredado la misma dolencia, pero nunca se preocupó de consultar a un doctor. Pero unos días antes de la boda, unas ligeras molestias le hicieron recordar el problema y fue entonces cuando decidió visitar al médico. ¿Te acuerdas, Luis, que te pregunté si te habías fijado en la expresión de preocupación que observé en María el día anterior a la ceremonia de nuestro matrimonio? Pobrecilla, cómo no iba a estar preocupada. El doctor me ha contado que aquel día le dijo a María que su corazón era débil y que en cualquier momento podía presentarse una crisis.

–¿Por qué no tomaron medidas? –preguntó Luis.

–No existen medicinas ni remedios para solucionar la enfermedad de María. Lo recomendable era llevar una vida muy tranquila, sin ningún tipo de sobresaltos, y cuando el doctor le dijo que si no estaba casada era mejor que no pensara en el matrimonio porque su dolencia se podía agravar, María le rogó al médico que guardara el secreto de su enfermedad, ya que pensaba casarse al día siguiente. Yo quiero morirme con ella –dijo Marco llorando.

–Ten confianza, Marco, María puede superar la crisis.

–No, es el final. El mío también.

Luis no sabía qué hacer para ayudar a su amigo. En realidad, en situaciones como aquélla nada se podía hacer, sólo estar a su lado y quererlo.

–No es justo, Luis –dijo Marco–, no es justo que se muera tan joven, no ha cumplido los veintiocho años. ¿Te das cuenta de la generosidad de María? Aun con riesgo de su vida, ha preferido no renunciar a nuestro amor. Dime ¿cómo podré vivir sin ella?

Luis se quedó callado. No era el momento para decirle que debería superarlo, como él había hecho. Sol, gracias a Dios, seguía viva, pero Luis presentía que no volvería a verla, aunque indudablemente era distinto, porque siempre existía la posibilidad de correr a su lado. Y Marco no podría hacerlo.

Nada se pudo hacer, a los dos días fallecía María Kovacs, condesa de Squinzano. Moría mecida por el triste y melancólico viento del otoño, la misma estación en la que había nacido. Marco rechazó la petición de la familia de su esposa, que quería que ésta reposara en el panteón familiar, y la llevó a Roma, al mausoleo de los Squinzano, en el cementerio de Campo Verano.

Los familiares y amigos ya se habían ido. Marco y Luis se habían quedado solos. Se miraban en silencio y hacían esfuerzos por no llorar.

–Ahora –dijo Marco–, a tu lado, queridísimo amigo, y sin palabras que oculten mi dolor, déjame desahogarme libremente.

–Yo también la quería mucho –dijo Luis.

En aquel momento Luis percibió como una especie de palpitaciones. Al acercar su mano al pecho, se dio cuenta de que era el camafeo lo que vibraba. Se lo quitó y tendiendo su mano a Marco, le dijo:

–Es tuyo. Lo necesitas más que yo.

Marco observó sorprendido como el color del camafeo se hacía más intenso.

–¿De verdad crees que funcionan estas cosas?

–Estoy seguro –dijo Luis–, es más, creo que este camafeo sigue un camino determinado. He estado con personas necesitadas pero ha permanecido impasible y esto, seguramente, ha sido así porque eras tú quien tenía que ser el destinatario, el siguiente eslabón. El camafeo te dirá a quién tienes que entregárselo.

9

¿EL DESTINO?

Lleva varios días dando los últimos retoques al cuadro. Y la verdad es que se siente complacida. Gracias a su amistad con la enana Ana Blasco y su hermano Juan, que le permitieron la entrada al Despacho de Verano, en el llamado cuarto bajo del Alcázar, Sol pudo copiar la imagen que Velázquez había plasmado de Maribárbola en el cuadro *Retrato a la Señora Emperatriz con sus damas y enana*. Sólo la ha reproducido a ella, situándola en un jardín lleno de flores y con una preciosa fuente. Le ha cambiado el color del vestido, Maribárbola lleva, en su cuadro, un traje rojo. Sol sonríe mirándola y piensa que su madre tenía razón, el rojo le sentaba mucho mejor que el azul. Está contenta de haberla pintado, así tendrá siempre un recuerdo de la mujer que le dio la vida.

Cuando Sol supo que Maribárbola había muerto, una sensación de vacío se apoderó de ella, al tener la certeza de que nunca podría darle las gracias por todo su cariño. Sol no había querido estar presente en la conversación con la persona que aquella tarde llegaba a Madrid para contarles lo que había averiguado, después de haberse entrevistado en Sevilla con Blanca Cusín, la enana amiga de Maribárbola. Le daba miedo no saber reaccionar y temía que su postura, al conocer el resultado –positivo o negativo– de las investigaciones, resultara un tanto sospechosa. Siempre se espera lo peor, pero en su corazón existía la esperanza de poder encontrarse algún día con su verdadera madre. Sin embargo, al ver entrar a su madre adoptiva en la habitación supo, antes de que le contara nada, que Maribárbola ya no existía.

–Querida Sol, ha sucedido lo que nos temíamos. Cuando tu madre me pidió que la ayudara a escribir las cartas y se despidió, sabía que era para siempre, pues estaba muy enferma y presentía que el final se acercaba. Su amiga, Blanca Cusín, recuerda que Maribárbola dejó España para regresar al pueblecito alemán en el que había nacido. Deseaba morir allí y también quería reconciliarse con los lugares de su niñez.

–¿Cómo reconciliarse? –preguntó Sol con un hilo de voz.

–Sí. Tu madre, víctima de su deformidad, sufrió muchísimo y hasta que abandonó el pueblo fue objeto de bromas y burlas de sus vecinos y de los niños que se reían de ella. Odiaba la plaza, la torre de la iglesia, las calles que cruzaba todos los días, aquellos lugares que habían sido testigos de su desgracia, de su fealdad. Pero también formaban parte de su esencia y estaban unidos a sus primeras vivencias. Creo, Sol, que deseaba volver para recuperar la mirada primera de su corazón. Según su amiga Blanca, Maribárbola le dijo que quería que todos supieran que se había reconciliado con la vida, porque había conocido la felicidad. Blanca –prosiguió Adela– contaba sorprendida que no entendía a qué felicidad se podía referir su amiga, a no ser que fuera el haber conseguido servir en el Alcázar. Pero tú y yo, hija, sabemos muy bien cuál era su secreto.

–Madre –dijo Sol con lágrimas en los ojos–, ¿cómo se llama el pueblo alemán donde nació Maribárbola? Quiero ir allí.

–Puede que ella me lo haya dicho en algún momento, pero ya te he comentado en otra ocasión que, si fue así, se me ha olvidado. Y nuestro comunicante me ha dicho que se lo preguntó a Blanca Cusín, pero que ésta había sido incapaz de recordarlo.

–Nunca sabré entonces dónde está enterrada...

–Seguramente no. Pero la tienes inmortalizada por Velázquez. Tú misma la has pintado. Qué feliz sería Maribárbola si pudiera ver este precioso cuadro que le has hecho.

–¿Usted cree que le gustaría? –dijo Sol dejando de llorar.

–Le entusiasmaría. Pide a Dios por Maribárbola, Sol, y compórtate siempre de forma que tanto ella como yo –matizó Adela– podamos sentirnos orgullosas de ti.

–Tampoco conoceré nunca el nombre de mi padre.

–Dirás del hombre que te engendró.

–Si usted quiere referirse a él así, pues sí.

–No es un capricho, Sol. No se obtiene la categoría de padre sólo por procrear hijos. Quien te engendró a ti no sabe ni que existes.

–Pero no ha sido culpa de él.

–Recuerdo que tu madre, en sus cartas, te explicaba convenientemente este tema analizando el porqué de la decisión de ocultarte su nombre y creo que deberías respetar su postura.

–Lo hago, aunque a veces me asalta la curiosidad, ¿usted lo entiende, verdad?

–Claro que lo entiendo. Pero debes convencerte de que eres hija de los condes de Saelices. Tu padre ha muerto y yo estoy aquí para cuidarte.

Adela daba gracias a Dios por haberle dado aquella hija. Sol era una muchacha estupenda. Cada día estaba más centrada y además se había convertido en una buena pintora. A la condesa sólo le preocupaba que a su hija parecía habérsele olvidado que un día debería casarse. No frecuentaba fiestas y era bastante difícil que así pudiera encontrar novio. Pero ya cambiaría. Ella, Adela Sanchidrián, era un buen ejemplo del cambio que pueden experimentar la personas. Su comportamiento podría haber inspirado a Séneca –de ser contemporáneo suyo– cuando afirmó que era muy difícil ser constantemente la misma persona. ¿Quién podría sospechar la doble vida que ella llevaba? Hacía varios días que no miraba directamente el cuadro de su marido. Tendría que sentarse delante de él y pedirle consejo. No quiere decirle nada a su antiguo confesor ni tampoco a su hijo Luis, pero los remordimientos la inquietan de vez en cuando. Adela está a punto de cumplir cincuenta y tres años y ya no tiene edad para comportarse de esta forma, pero ¿qué puede hacer? No duda de su amor por Alfonso y necesita continuar a su lado. Él está dispuesto a seguir desempeñando su trabajo con la misma eficacia de siempre y después, en la intimidad, convertirse en el amante maravilloso que toda mujer desearía encontrar alguna vez en la vida. Adela sabe que Alfonso se conforma con quererla en la sombra y puede estar segura de su discreción. El problema se le plantea a ella, porque sus profundas convicciones religiosas le impiden estar tranquila. Vive en pecado y si no era muy consciente de ello en los primeros tiempos, ahora sí lo es. No puede casarse con un criado, el escándalo sería terrible, además, ¿cómo se iba a comportar ella de la misma forma inconsciente e irresponsable que lo había hecho su hijo Andrés? No le queda más que una salida, terminar su relación con Alfonso. Sólo de pensarlo siente escalofríos.

La muerte del escultor Gianlorenzo Bernini, sin duda uno de los más importantes escultores del Barroco romano, había puesto de actualidad su obra. Luis, que conocía muy bien muchas de sus creaciones, no se cansaba nunca de contemplar la Fontana dei Fiumi, en la Piazza Navona. Le gustaba esta zona de Roma y solía deambular por ella a última hora de la tarde. Le hubiese encantado presenciar alguno de los torneos que allí se desarrollaron. Y aunque aquello ya no era posible, sí tuvo la oportunidad de asistir a muchas de las solemnes procesiones que elegían como escenario este simbólico lugar de la ciudad. Curiosamente, Luis no había estado nunca en la iglesia de Santa Maria della Vittoria, en la capilla Cornaro, donde Bernini había realizado una de sus obras escultóricas más impactantes y que para Luis tenía un especial significado por tratarse de una santa española.

Mientras caminaba hacia casa, Luis pensó que no sería mala idea proponerle a Marco que le acompañara a ver el grupo escultórico dedicado a santa Teresa.

Hacía más de dos años que había muerto María y Marco seguía sin asimilar su ausencia. Le parecía imposible que la vida pudiera seguir igual que cuando ella estaba. En determinados momentos la melancolía le atenazaba de tal forma que le impedía respirar. No podía soportar que los atardeceres romanos fuesen igual de maravillosos, que las glicinas siguiesen floreciendo, ni que la nieve volviese a besar los campos... La vida no tenía ningún interés para él. Se dejaba llevar por sus amigos. Cuánto le estaban ayudando, sobre todo, Luis. Tal vez él debería buscar el mismo camino elegido por su amigo español, pero eran muy distintos. Él no podía querer tanto a Dios y a los demás como Luis. Su querido amigo vivía como quien sabe que ha nacido para los otros.

Caminaban despacio. Le había costado convencerle, pero al final Marco accedió a acompañar a Luis.

–Marco, ¿tú conociste a Bernini?

–Sí. Coincidí muchas veces con él en casa de la reina Cristina de Suecia.

–¿Eran muy amigos?

–Creo que sí. El año pasado se publicó, por encargo de la reina, una biografía de Gianlorenzo Bernini escrita por Filippo Baldinucci. Muchos han visto en este gesto de la soberana su agradecimiento al amigo escultor que se acordó de ella en su testamento dejándole un busto del Salvator Mundi. Un busto que ella no había aceptado cuando Bernini quiso regalárselo. Cristina lo rechazó por considerar que era un regalo excesivo. Pero no pudo comprarlo como, tal vez, habría sido su deseo, pues no disponía del dinero suficiente.

–Qué bonita historia –dijo Luis.

Pasaban cerca de la iglesia de Santa Maria Maggiore. Marco se detuvo y le dijo a Luis:

–¿Quieres que visitemos la tumba de Bernini?

–Sí, me parece una buena idea. ¿Sabes que ésta fue una de las iglesias de Roma que primero visité? Tenía verdadero interés en orar en la capilla subterránea, en la que se conservan las reliquias del pesebre de Belén, porque en ella fue donde san Ignacio de Loyola celebró su primera misa.

–¿No has peregrinado por las otras seis iglesias romanas como manda la tradición?

–No, aunque espero completar el recorrido pronto, sólo me quedan dos, San Lorenzo y San Pablo Fuori le Mura.

Dentro de la iglesia, y al pasar cerca del baptisterio, Marco se detuvo enseñándole a su amigo el relieve de la Ascensión, obra del padre de Bernini, Pietro Bernini.

–Él también fue un importante artista aunque no tanto como su hijo. Aquí comenzó Gianlorenzo, al lado de su padre y maestro, sus primeros trabajos con el mármol. Mira, ahí está su tumba.

Una sencilla lápida recordaba que allí se encontraba enterrado Gianlorenzo Bernini.

–Yo creo –dijo Luis– que Bernini ha sido el mejor, el más grande de su época.

–Es probable. Lo que resulta indudable es que su nombre ha quedado grabado para siempre en esta ciudad.

La visión del éxtasis de santa Teresa les impresionó. Especialmente a Luis, más sensible a la influencia del efectismo del arte barroco.

–Fíjate, Marco, en la expresión de la santa. Creo que Bernini ha sabido interpretar perfectamente la descripción que la propia santa Teresa hace de su experiencia mística.

–A mí me parece un poco exagerado, tal vez un tanto teatral.

–Claro, el escultor utiliza todos los recursos que tiene a su alcance para conseguir una mayor efectividad. Pero es normal que tú y yo no estemos de acuerdo en estas cuestiones.

–Ya lo sé –dijo Marco esbozando una media sonrisa–, ¿te acuerdas de nuestras discusiones en Salamanca?

–Claro que me acuerdo y me satisface que tú también lo hagas.

Luis no quería forzar a Marco, pero tenía la sensación de que éste sólo vivía para alimentar su melancolía. Una melancolía cada día más profunda al poblarla de recuerdos de su existencia al lado de María. Por ello, al escuchar que recordaba algo distinto aprovechó para decirle:

–Marco, tienes que intentar reanudar tu vida. No puedes vivir sólo del recuerdo de María. ¿Crees que ella aprobaría tu comportamiento?

–No lo sé, pero su recuerdo es mi único consuelo. ¿Qué puedo hacer?

–De momento, ir conmigo a la fiesta de Cristina de Suecia. Y a finales de octubre nos vamos a Grecia. Nos sentará muy bien el viaje a los dos.

–¿Podrán vivir sin ti las prostitutas romanas durante más de un mes? –preguntó Marco sonriendo.

–Seguro que me echarán mucho de menos, pero tendrán que soportarlo –dijo Luis sonriendo abiertamente, y añadió–: Nos vendría muy bien que tú nos ayudaras un poco. Conozco tu atractivo con las mujeres y estoy seguro de que podrías convencer a muchas de ellas para que abandonasen la prostitución.

–Querido Luis, eso es imposible. Yo no poseo tu fuerza interior. Jamás sería capaz de hacer un trabajo como el tuyo.

Luis, que colaboraba con el padre Iturrioz en labores de evangelización, también ayudaba a los jesuitas en la Casa de Santa Marta, sede de la Compañía de la Gracia, fundación que san Ignacio de Loyola había creado en 1543 para atender a las prostitutas de Roma. Era una fundación muy novedosa porque no exigía el ingreso en religión de quienes quisieran acogerse a ella. Se trataba de encauzar a las prostitutas retirándolas de la calle y ofreciéndoles un lugar de refugio donde pudieran vivir hasta que organizasen su vida. Luis se había identificado inmediatamente con los objetivos de la fundación y personalmente trataba de darla a conocer acudiendo algunas noches a zonas de prostitución para intentar convencer a las mujeres dedicadas a este oficio de que podían encontrar otras salidas a su vida.

Marco y Luis regresaban a casa y al pasar al lado del palacio Barberini, ambos se miraron y se quedaron callados admirando el Tritón...

–Me siento débil –dijo Marco mirando la escultura de la fuente–, ¿te has fijado en la fortaleza de sus brazos?

–Y en sus enormes dedos que sostienen la caracola. Verdaderamente, el talento de Bernini forma parte intrínseca de esta ciudad. Roma no sería la misma sin él.

–Déjenme los señores que les lea la mano. Soy Zita, la húngara, la mejor quiromántica de la ciudad.

Sin que se dieran cuenta, mientras observaban la fuente, una mujer de unos cuarenta años se les había acercado e intentaba hacerse con la mano de Marco, que, muy serio, trataba de alejarse de ella, pero al escuchar que era húngara se quedó quieto y la miró a la cara.

–¿Hace mucho que ha abandonado Hungría? –preguntó Marco mientras le entregaba unas monedas.

–Sí, unos quince años. Desde entonces deambulo por distintos países. Ahora hará un año que llegué a Roma. Pero señor, no se vaya –dijo Zita, que mirando las monedas añadió–: No acepto limosnas, permítame hacer mi trabajo leyendo su mano.

Luis miraba sorprendido a su amigo y a la adivina. Percibió que se había establecido entre ellos una corriente de complicidad de la que él quedaba excluido.

–Señor, antes de dos años contraerá matrimonio. Es una mujer muy hermosa, rubia de ojos azules, más joven que usted.

–No siga –la interrumpió Marco–, eso ya ha sucedido y ella ya se ha muerto.

–No, no, perdone. Que usted es viudo ya lo había visto, pero volverá a casarse y tendrán una niña preciosa, rubia como la madre, pero con unos ojos verdes como los suyos. Es seguro, señor, que usted encontrará la felicidad dentro de poco.

–Me cuesta creerlo –dijo Marco–, de todas formas, muchas gracias por sus buenos deseos.

–Se acordará de mí cuando suceda, ya verá. ¿Me deja usted ver su futuro? –dijo Zita dirigiéndose a Luis.

–Claro –contestó Luis acercando su mano.

El contacto físico con las manos de la adivina le produjo un ligero escalofrío. Luis observaba atentamente la cara de la húngara, en la que percibió como una ráfaga de tristeza de la que inmediatamente se repuso.

–¿Mi amigo no se casa? –preguntó Marco.

–A corto plazo no aparece ningún matrimonio. Sí percibo que está muy centrado en su trabajo.

Luis estaba seguro de que la húngara había visto algo en su futuro que no se atrevía a decir, probablemente, lo mismo que Rita no quiso contarle cuando se despidieron. Por ello buscó en su bolsa y entregándole un poco de dinero, dijo:

–Ya es tarde, Marco, debemos irnos.

Cuando ya doblaban la esquina del palacio Barberini, Zita les dijo:

–No deben pasear solos por las calles a estas horas de la tarde, puede resultar muy peligroso...

–Tiene razón la quiromántica –comentó Marco–, no debemos exponernos a que nos den un susto.

–Puede que tengas razón, pero nunca nadie se ha metido conmigo a pesar de que frecuento zonas menos céntricas que ésta.

–Pues deberías tener cuidado.

–Lo haré –dijo Luis sonriendo.

Aquella mañana, como siempre, Alfonso, nada más salir de su habitación, pasó por el jardín. El intendente de los Saelices tenía la costumbre, desde hacía mucho tiempo, de ver si todo estaba en orden en el exterior para luego pasar a organizar la actividad de la jornada. Era como si necesitase del aire libre para enfrentarse a un nuevo día. Al observar que uno de los tejos está partido por la mitad, como si un rayo lo hubiese atravesado, igual que sucedió cinco años atrás, Alfonso no quiere pensar en lo que eso puede significar y se dice, en un intento de tranquilizarse, que los árboles estaban enfermos y que en cualquier momento se podrían morir. Pero, a pesar de sus intentos por convencerse, no consigue pensar en otra cosa. La vez anterior, la muerte del tejo fue el preludio de la marcha de Luis y de la revelación a Sol de su verdadero origen, porque aunque nadie se lo había dicho, Alfonso estaba al tanto de todo. Él, como los tejos, estaba dispuesto a morir tratando de impedir que nadie hiciese daño a doña Adela y a sus hijos.

Mientras caminaba hacia la casa pensó que algo le había sucedido a Luis. ¿Por qué Luis, se preguntó, y no Andrés, Sol o doña Adela?, ¿le habría ocurrido algo a la mujer, para él, más maravillosa del mundo? La fugaz idea de que la condesa hubiese sufrido algún percance durante la noche le hizo salir corriendo como un loco. Llegó a la cocina sin resuello. Encarna le miró sorprendida.

–Alfonso, ya no estás para darte esas carreritas, ¿te pasa algo?

–No, sólo quise probar si era capaz. Lo he conseguido, pero no tienes ni idea de lo que me ha costado.

–Ya te veo. Siéntate, ¿quieres un poco de agua?

–Gracias, Encarna. ¿Ya se ha levantado la señora?

–No. Hace unos minutos que le he llevado el desayuno a la habitación. No ha pasado muy buena noche y desea descansar un poco más.

–¿Pero se encuentra bien?

–Sí, sí, sólo que no ha dormido bien.

Alfonso respiró aliviado, a doña Adela no le había ocurrido nada. Por suerte, pensó, nadie en la casa creía ni en las fuerzas ocultas ni en la protección de los tejos. Pero él estaba seguro de que algo había sucedido o estaba a punto de suceder.

Adela no se encontraba bien, le dolía la cabeza y se sentía inquieta. Apenas si había dormido, pero ésta no era la causa de su malestar porque de vez en cuando el insomnio se apoderaba de ella, aunque a la mañana siguiente su estado no era tan lamentable como el de hoy. Se tomaría un poco de leche caliente e intentaría dormir un rato, o no, tal vez lo mejor fuera salir a tomar un poco de aire al jardín.

Al terminar de vestirse, Adela se acercó a la chimenea para ver la hora en el reloj, situado en la repisa, y se sobresaltó al comprobar que marcaba la una. No es posible, se dijo, no pueden ser más de las diez de la mañana. Tomó el reloj entre sus manos y acercándolo al oído, comprobó que estaba parado. Qué extraño que Encarna no le hubiera dado cuerda, pero no, no era la cuerda, es que estaba parado y se negaba a andar. Era un reloj muy querido para ella, se lo había regalado su marido al nacer su primer hijo. De repente, Adela sintió un frío intenso y un temblor recorrió todo su cuerpo, ¡Dios mío!, exclamó, algo le ha pasado a Luis. Y con los ojos llenos de lágrimas, se abrazó desesperada al silencioso reloj... Pero ¿qué me está sucediendo?, ¿por qué pienso en estas cosas? Dejó el reloj sobre la repisa y de rodillas rezó, le pidió a Dios por Luis, le rogó que no le pasara nada, que cuidara de él. En su diálogo interior, Adela se comprometió a volver a sus prácticas religiosas si a su hijo no le pasaba nada, aunque ello le supusiera prescindir del amor de su intendente.

Justo en el momento en que cerraba la puerta de su habitación, Adela vio a Sol, que subía la escalera.

–Buenos días, madre. Más tarde la veo. He recibido carta de Luis y quiero leerla.

–¿Cuándo la has recibido?

–Ha llegado esta mañana.

Adela no quiso decirle nada a Sol, pero aquella coincidencia de recibir esa misma mañana noticias de Luis aumentaba sus sospechas de que algo le había sucedido.

Sol leía las cartas de su hermano con verdadero placer. Luis era el mismo de siempre, por fin había vuelto a su auténtico ser después de aquella temporada en que se comportaba de forma tan extraña. La carta que acababa de recibir estaba escrita el siete de septiembre, y seguro que en ella le contaba cómo había sido la fiesta en casa de la reina sueca por la que ella sentía tanta admiración...

> Queridísima Sol:
>
> Acabamos de regresar del palacio Riario, residencia de la reina Cristina. Al final, Marco se animó y fue conmigo. Creo que le hizo bastante bien distraerse unas horas. Le he propuesto que el próximo mes de octubre hagamos un viaje a Grecia. Ya sé que estarás deseando que te cuente cómo es la casa de la soberana sueca y qué cosas me contó, pero antes quiero decirte que me entusiasma el cuadro que me has enviado de la fuente del jardín, te has convertido en una auténtica artista. Sigue pintando. Ya te habrás dado cuenta de lo importante que es desarrollar una actividad creativa, y permíteme un consejo, procura

estar atenta a cualquier afición que pueda surgir en ti porque siempre te puede ayudar en momentos difíciles.

Luis dejó la pluma y se acercó al cuadro, cuánto daría por volver a estar con Sol cerca de aquella fuente donde tantas veces se había reído con ella. Es probable, se dijo, que el vino me haya hecho efecto, porque yo ya no suelo ceder al dulce placer de la melancolía, pero esta noche me siento incapaz de resistirme a ella. La imagen de su hermana le ha perseguido durante toda la fiesta. No sabe por qué se ha agudizado su recuerdo, tal vez el estar con la reina Cristina, a la que tanto admiraba Sol, le hizo pensar en ella. De todas formas, aquella noche sentía la necesidad de comunicarse con Sol.

No te imaginas, querida hermana, los tesoros que alberga la residencia de la reina. El palacio Riario se encuentra situado en la Via della Lungara, al otro lado del Tíber. Nada más entrar, te sientes fascinado por la colección de esculturas clásicas que, arropadas por maravillosos frescos y valiosos tapices, te dan la bienvenida. En la misma planta baja tiene una habitación dedicada a mostrar muchas de las esculturas helenísticas de las musas que antes podías admirar en la Villa Adriana de Tívoli, y que la soberana sueca ha adquirido recientemente para que pasen a formar parte de su colección.

A ti, que ahora te sientes inclinada por la pintura, seguro que te entusiasmaría la *stanza* de los cuadros, donde se cuelgan obras de Tiziano, Veronés, Correggio y Rafael...

Verdaderamente, pensó Luis, Cristina de Suecia era la coleccionista más importante de su tiempo, una coleccionista en el amplio sentido de la palabra. A él le había impresionado de forma especial la biblioteca y la recopilación de manuscritos escritos en varias lenguas. También tenía colecciones de monedas antiguas y medallas. La reina contaba también con un laboratorio para experimentos científicos y un observatorio astronómico. Siempre le había parecido una mujer interesante, y sin duda lo era. La soberana sueca se había mostrado muy contenta al verle en su casa.

–Mi querido conde, cuánto me alegro de que asista a mi fiesta y de que nuestro común amigo, Squinzano, se haya animado a venir. ¿Cómo está?, ¿ha superado la muerte de su mujer?

–Yo creo que no –dijo Luis–, pero poco a poco irá volviendo a la normalidad.

–No queda más remedio que hacerle frente a la adversidad. Nos pasamos la vida venciendo obstáculos. Y si conseguimos alcanzar una edad avanzada, como la mía –dijo la reina–, nos queda la prueba más dura, la de asumir la vejez, ¿no me ve a mí?, en ello ando.

–Pero señora, ¿por qué habláis de vejez?, todavía os quedan muchos años para llegar a ella.

–Sois muy amable, conde, pero no es así. Debo confesaros que me repugna profundamente la vejez y no sé cómo acostumbrarme a ella. Si me dieran a elegir entre la vejez y la muerte elegiría la última sin titubeos, pero como no se nos pregunta, me he acostumbrado a vivir sin olvidar el placer.

Tal vez para la reina Cristina contemplar cada día una nueva adquisición era una forma de mantener vivo el placer suscitado por la belleza del arte. En su intento de hacerle frente a la vejez, la soberana sueca se había decidido a aprender a tocar el violín de la mano de Arcangelo Corelli, que también se encontraba en la fiesta...

Esta noche, Sol, se han dado cita en el palacio Riario personajes muy importantes de la vida romana, cuyos nombres, probablemente, a ti no te digan nada, aunque sí te sonaran los de Scarlatti y Corelli, que son dos afamados compositores. Ambos son amigos de la reina, y le deben mucho porque ella no ha escatimado esfuerzos para ayudarles en la promoción de sus distintas carreras. Además de compositor, Arcangelo Corelli es un excelente violinista. Yo no había tenido la suerte de escucharle hasta esta noche, en la que ante los incesantes ruegos de los asistentes, Corelli accedió a interpretar alguna de las sonatas de su opus 1, que estaba dedicado a la reina Cristina.

A Sol le encantaría estar con Luis en Roma y conocer a toda aquella gente importante, se lo diría a su madre, tal vez las dos pudiesen viajar a Italia para pasar con él unos días. Marco, seguro, las acogería encantado en su casa. Sueña con hacerse amiga de la reina exiliada...

Me ha resultado interesantísima la velada y si la reina me sigue convidando no pienso faltar. Es muy tarde y mañana me

> espera un día bastante complicado, pero deseaba escribirte esta misma noche porque sé que te interesa todo lo relacionado con Cristina de Suecia. Creo que sigue estando muy enamorada del cardenal Azzolino y que él fomenta este amor. Su asistencia a la fiesta constituye una prueba de su buena relación. Además, se sabe que casi todos los días el cardenal visita el palacio Riario. Los más críticos con él dicen que lo único que pretende es mantener a la soberana contenta para que le nombre heredero universal.

Luis pensó que tal vez no debería contarle a su hermana aquellos comentarios, pero optó por dejarlos. Sol ya era toda una mujer y no convenía que viviese ajena a la realidad de la vida, por dura que fuera.

Pobre Cristina, suspiró Sol, y ella que se imaginaba que el cardenal estaba locamente enamorado de la reina. Sería estupendo, se dijo, que ese Azzolino falleciera antes que la soberana para que se quedara con las ganas de poseer los tesoros de la reina sueca.

> No sé si estas suposiciones sobre los sentimientos que mueven al cardenal responderán a la realidad. Debo confesarte, querida Sol, que es un personaje que no me resulta simpático y no deja de ser una pretensión, un tanto optimista, la de esperar ser nombrado heredero, no porque la reina no lo designe a él, que sí lo hará, sino porque tal vez no la sobreviva. Tiene tres años más que ella.

Sol se alegró al enterarse de este dato sobre la edad del cardenal. Tampoco a ella le gustaba Azzolino. Terminó de leer la carta de su hermano y se fue en busca de su madre. Le pareció que no tenía muy buena cara cuando la había visto hacía unos momentos. La encontró sentada en el jardín.

–Madre, muchos besos de Luis. Me manda que le diga que la quiere muchísimo y que le escribirá dentro de unos días.

–¿Cuánto ha tardado en llegar la carta? –preguntó Adela.

–Está escrita, creo, que el siete, sí, el siete, y hoy es dieciocho, hace once días, ¿por qué quiere saberlo?

–Me he levantado con una sensación extraña y tengo miedo de que a Luis le haya sucedido algo. Estoy preocupada porque no suelo tener nunca ningún tipo de presentimiento, pero hoy no puedo evitarlo.

–No se preocupe, madre, tal vez una mala digestión.

Adela no quiso preocupar a su hija y no le contó que el reloj se había parado. Estaba segura de que a Luis le sucedía algo y lo único que podía hacer era rezar.

–Madre, esta misma tarde le voy a contestar y me gustaría poder decirle que usted y yo vamos a viajar a Roma para pasar unos días con él y Marco. ¿No le apetece conocer Italia? Yo creo que allí, al lado de Luis, conseguiría ser muy feliz. Él me quiere como si fuera su hermana de verdad y cuidará de mí.

–Claro que te quiere como a una hermana –dijo Adela–, jamás debes dudar de ello.

Pobre niña, pensó Adela, si supiera que Luis se fue a Roma para alejarse de su lado. Aunque tal vez en aquella ciudad extranjera y siendo desconocidos para todos, Luis y Sol pudiesen, con el tiempo, pensar en un futuro en común. En realidad, nada se lo impedía. Qué barbaridades se me ocurren –se dijo Adela–, claro que existe un obstáculo insalvable; la conciencia de mi hijo. Y Luis ya había tomado una decisión respecto al tema.

–Madre, ¿le puedo decir entonces a Luis que iremos a Roma después de las Navidades?

–Sí, pero antes pregúntale si prefiere que lo dejemos para otro momento.

Adela estaba convencida de que ella nunca iría a Roma y de que no volvería a ver a su hijo Luis. No puede ser, musitaba a punto de llorar, aterrorizada de sus pensamientos.

–¿Decía algo, madre?

–No, nada, ¿qué hora es?

–Las doce y media de la mañana.

Luigi, el mayordomo del conde de Squinzano, miró el reloj, pasaba un minuto de las doce y media, debería avisar a don Marco de la hora que era y de que habían llegado varias personas. Apenas si le dio tiempo a llamar a la puerta cuando Marco apareció.

–No te preocupes, Luigi, ya está todo preparado y ahora mismo voy, gracias.

–Ha venido el padre Iturrioz, la reina de Suecia, dos cardenales y tres amigos del señor y otra clase de gente...

–Está bien, hazles pasar al salón y atiéndeles por si les apetece alguna cosa.

Diez días había durado la pesadilla, aunque la verdad era que él hubiese preferido que continuara, porque el despertar había sido mucho más doloroso.

Al día siguiente de la fiesta en el palacio Riario, Marco se encontraba mucho mejor. Le había sentado bien hablar con amigos que hacía mucho que no veía y estaba dispuesto a reiniciar su vida poco a poco. Todo gracias a Luis, que no dejaba de insistir. Aquella mañana, cuando trabajaban en el taller, había vuelto a preguntarle.

–Marco, ¿organizamos el viaje a Grecia?

–¿De verdad te apetece, Luis, o lo haces por mí?

–Siempre he soñado con conocer las islas griegas, y además, creo que a ti te vendrá muy bien.

–De acuerdo, Luis. Me has convencido. Iremos a Grecia a finales de octubre.

Después de almorzar en casa de un amigo se despidieron. Marco regresaba al taller para terminar una pieza que les urgía y Luis se iba al Trastevere para recoger a unos niños. Luego intentaría localizar a una prostituta aún indecisa a ingresar en la Casa de Santa Marta.

–Espero llegar a casa entre las ocho y media y las nueve –dijo Luis–. Cenaremos juntos y seguiremos hablando de nuestro merecido viaje. Pero si me retraso, Marco, no me esperes para cenar. Es posible que tarde en encontrar a Nina, así que no te preocupes.

A las once de la noche, Marco ya no sabía qué hacer. Esperaría hasta las doce y si Luis no llegaba acudiría a Santa Marta y si allí no sabían de él daría vueltas por Roma hasta encontrarlo.

Las campanas del reloj del salón avisaban de la medianoche. Marco se puso la capa y se dispuso a salir. Cuando abría el portalón de la calle se encontró con el padre Iturrioz, que se bajaba de un coche con dos personas desconocidas. Al verle, Marco temió lo peor.

–¿Qué le ha sucedido a Luis? –preguntó casi gritando.

–Tranquilícese, señor conde, le han apuñalado y aunque la herida es muy grave, existe la posibilidad de que pueda sobrevivir.

–¿Dónde está?

–En Santa Marta. Lo han llevado allí por ser el sitio más cercano y porque era urgente que le atendieran, pues había perdido mucha sangre.

Camino de la casa de recogida, el padre Iturrioz le contó lo que había sucedido.

–Luis, después de recorrer varias zonas de Roma buscando a Nina, y cuando ya desistía de encontrarla, decidió, antes de abandonar la búsqueda, pasar por las callejuelas adyacentes a la Piazza della Rotonda. En una de ellas creyó ver a la muchacha con un hombre. Se acercó y vio que estaba sola. Intentó convencerla para que le acompañara. La chica le dijo que se fuera, que allí corría peligro, porque si le veía el hombre para el que trabajaba le haría daño. Antes de que Luis pudiera decir nada, alguien le atacó clavándole un cuchillo. Le habían apuñalado por la espalda. Nina, gritando, huyó del lugar por miedo a que a ella le hicieran lo mismo. Luis permaneció en el suelo sin que nadie se ocupara de él.

–¡Dios mío! –exclamó Marco–, ¿y cómo le han localizado?

–La prostituta, al encontrarse más tranquila, acudió a Santa Marta y llorando, contó lo que había sucedido. Inmediatamente, con un médico, acudieron al lugar del suceso y con alegría comprobaron que Luis aún seguía con vida.

Marco no podía respirar, la angustia amenazaba con ahogarle, pero sus ojos permanecían secos. Entró en la humilde habitación en la que habían instalado a Luis. Su amigo estaba inconsciente y tan blanco que parecía de mármol. Acariciando sus frías e inermes manos, Marco apoyó su cara sobre ellas mientras lloraba en silencio.

Habían sido unos días terribles en los que se pasaba de un ligero optimismo a la más cruda de las realidades. Luis no era capaz de superar la infección y la muerte se lo llevaba. Sólo recobró la conciencia en dos ocasiones, una para decirle:

–Me siento tranquilo, Marco, por favor, no sufras. Estoy preparado para irme. Pronto me reuniré con María.

–No te vas a morir, Luis, el médico nos dijo que tienes muchas posibilidades de superar la crisis.

–¿Has escrito a mi familia? Espero que no lo hayas hecho. No quiero que se preocupen. Además, nada pueden hacer por mí. Ya les comunicarás mi fallecimiento y cuando lo hagas, Marco, dile a mi madre y a Sol que las quiero y que siempre velaré por ellas.

No era justo que Dios hubiese permitido que a Luis le apuñalasen. Un hombre tan bueno como él, que vivía sólo para ayudar a los demás, no debía tener ese final.

Marco no se separó ni un solo momento del lado de Luis. Los médicos, al perder todas las esperanzas sobre la recuperación del enfermo, le autorizaron a trasladarlo a casa. Llevaron a Luis a su habitación y al poco tiempo recobró la lucidez, diciendo:

–Gracias por tu amistad, Marco. No sé qué habría sido de mi vida sin tu apoyo. Te ruego, queridísimo amigo, que cuides de mi madre y de Sol. Sé que lo harás como si fueras yo mismo.

Marco quería disimular, pero la emoción le impedía hablar. Por ello, llorando, exclamó:

–Luis, ¿qué voy a hacer sin tu amistad, sin tu apoyo? No te puedes ir, no puedes dejarme solo, tienes que seguir viviendo.

–No llores, Marco, ya verás como se arregla todo. Y no te compliques la vida tratando de llevar mi cuerpo a España. Entiérrame en esta ciudad en la que me he encontrado a mí mismo...

Luis Méndez Sanchidrián, conde de Saelices, murió en las primeras horas del día 18 de septiembre de 1683. Tenía treinta y dos años.

Marco miró, por última vez, el rostro de su amigo y cerró el féretro. No debía hacer esperar por más tiempo a quienes habían venido para participar en el funeral, que oficiaría el padre Iturrioz en la capilla.

10

CATORCE DÍAS DESPUÉS

Nadie habia conseguido que el reloj volviese a andar. Adela estaba convencida de que a Luis le sucedía algo y cada día esperaba las noticias que le confirmasen esta sospecha. Por ello, cuando aquella mañana Encarna le anunció la visita de un señor extranjero, el conde de Squinzano, Adela supo que su hijo había muerto, y ante el asombro de la sirvienta, perdió el conocimiento y cayó sobre el sofá...

Después de enterrar a Luis en el panteón familiar, Marco dispuso todo para el viaje a España. Se desplazaba a Madrid porque era su obligación y también porque el inmenso dolor por la pérdida del amigo le hacía sentirse unido a las personas que habían querido a Luis; necesitaba abrazarlas, desahogarse con ellas, compartir aquel dolor insoportable.

Marco tenía la sensación de que nunca se recuperaría de aquellas dos muertes. Con María y con Luis se fueron momentos de su vida, él se había muerto un poco con ellos. Todos –pensó Marco– vamos enterrando a lo largo de la vida momentos irrepetibles de nuestra existencia.

Cuando llegó a Madrid sintió la aguda e implacable punzada de los recuerdos. La ausencia del amigo se hizo más patente y Marco notó como su dolor se hacía más profundo al recordar sus vivencias junto a Luis.

Al cruzar la puerta del jardín, se encontraba relativamente tranquilo, y así debería mantenerse, eso es lo que Luis le hubiera pedido. No recordaba muy bien el jardín, pero sí se dio cuenta de que sólo había un tejo y de que antes eran tres. Estaba seguro porque siempre le llamó la atención aquel tipo de árboles.

La sirvienta le había pasado a una sala. A Marco le pareció que tardaban mucho en recibirle, probablemente, se dijo, no es tanta la espera, lo que sucede es que no estoy tan tranquilo como pensaba...

Cuando la puerta se abrió, Marco se quedó atónito, no podía ser, la muchacha que le miraba era igual que su difunta esposa. Entonces, recordó lo que le había sucedido a Luis al conocer a María. Lo mismo que él, Marco pestañeó varias veces para convencerse de que no estaba viendo visiones.

–Soy Sol, la hermana de Luis, ¿no te acuerdas de mí?, perdona que te hayamos hecho esperar, pero mamá se ha desmayado. Desde hace unos días está convencida de que a mi hermano le ha sucedido algo y al saber que habías llegado solo, no pudo más. ¿Luis está bien? –preguntó Sol con un hilo de voz.

Qué duro resultaba comunicar una noticia como la que él debía transmitir. Hubiese sido mucho más cómodo enviar una carta, pero su deber era visitar a la familia de su amigo. Se acercó a Sol.

–Claro que me acuerdo de ti, pero en estos años te has convertido en una mujer preciosa, siempre me lo decía Luis, aunque yo creía que exageraba por su cariño de hermano. Ahora compruebo que estaba equivocado. Permíteme que te dé un beso. Verás –titubeó Marco–, desgraciadamente, tu hermano fue víctima de un atentado y...

–¿Ha muerto Luis?, por favor, dime que no es verdad, dime que se ha quedado en Roma reponiéndose. No puedo creer que nunca volveré a verle. ¿No recibiré más cartas suyas?, ¿nunca leerá la que le he enviado?, por favor, Marco, asegúrame que Luis sigue vivo...

Sol, nerviosa, zarandeaba a Marco, que lloraba sin ningún tipo de recato.

–Qué más quisiera yo que poder decirte que el apuñalamiento no pasó de un susto y que Luis lo ha superado, pero desgraciadamente no ha sido así. Y Luis nos ha dejado cuando más lo necesitábamos.

–No me lo creo. Tiene que ser mentira –dijo Sol con los ojos arrasados en lágrimas–. Luis no puede haberse muerto...

Los dos se abrazaron llorando. Sol y Marco intentaban mantener vivo, uno en el otro, el cariño que sabían les tenía Luis.

Cuando Adela recuperó el conocimiento no necesitó preguntar por Luis, era plenamente consciente de la muerte de su hijo. Sí quiso saber cómo había sucedido. Mientras Marco, emocionado, les contaba lo que había pasado, Sol lloraba silenciosamente, pero Adela no derramaba ni una sola lágrima, aunque la expresión de su rostro reflejaba tal sufrimiento que impresionaba mirarla.

–Doña Adela –dijo Marco–, él estaba convencido de que se moría y por ello no quiso que les avisáramos, no les hubiera dado tiempo a llegar. Hubo un momento en que yo creí que lo superaría y pensaba escribirles, pero, desgraciadamente, la mejoría duró poco.

–¿No quiso que trasladaran su cuerpo a Madrid?

–Señora, Luis fue muy feliz en Roma. Siempre decía que aquélla era su ciudad, que en ella se sentía comprendido y querido. Me pidió que lo enterráramos allí. Su cuerpo descansa en el panteón de mi familia –dijo Marco–, pensé que a él le habría gustado.

Adela permaneció silenciosa, a punto estuvo de decir que ella quería que el cuerpo de su hijo estuviera en el panteón de los Saelices, en el cementerio de Madrid, pues Luis había sido el séptimo titular del condado, pero, prudentemente, se calló. Luis siempre meditaba muy bien todas sus decisiones, y si quiso ser enterrado en Roma sus motivos tendría y yo, se dijo Adela, debo respetarlo.

Lo estaba pasando fatal, las lágrimas no acudían en su ayuda y tenía miedo de volver a desmayarse. A pesar de la angustia que la embargaba, pensó que su hijo Andrés y su mujer, Isabel, la doncella, se convertirían en los octavos condes de Saelices, y como tales podrían pedirle a ella que se fuera de la casa familiar que ahora les pertenecía.

–Habría que avisar a Andrés del fallecimiento de su hermano –dijo Adela.

–Me gustaría, si no tiene inconveniente, decírselo yo.

–Como tú quieras, Marco, ¿te quedarás una temporada en España?

–Sí, tengo la intención de permanecer en Madrid unos meses. También quiero irme unos días a Salamanca.

–Vivirás aquí con nosotros, Marco. Estaremos encantados de atenderte –dijo Adela, y añadió–: Si no os importa os dejo.

–Muchas gracias, doña Adela, no sabe cómo agradezco su hospitalidad.

–Sol, acompáñalo a la habitación de invitados.

–Ahora mismo, madre. No se preocupe de nada más, yo avisaré para que le suban el equipaje.

Aquella misma tarde, Marco acudió a casa de Andrés para comunicarle la triste noticia. Después de acompañar a la puerta al conde de Squinzano, Andrés regresó al salón donde se había quedado Isabel. Andrés estaba destrozado, no podía creer que su hermano estuviese muerto.

–Andrés, tú serás ahora el conde de Saelices.

–Sí.

–Y yo, condesa –dijo Isabel sonriendo–, eso significa, además, que deberemos hacernos cargo de la casa y que tu madre y Sol ya no tienen nada que hacer allí. Debes decírselo inmediatamente para que se vayan a vivir a El Escorial o que busquen una nueva residencia. ¿No pensarás consentir que sigan en la casa, verdad? Querido Andrés, ha llegado el momento de hacerle pagar a tu madre todo el mal que nos ha hecho.

–Pero ¿qué dices?, jamás consentiré semejante barbaridad. Tienes que estar loca, Isabel. Lo que voy a hacer ahora mismo es ir a ver a mi madre. Si quieres, puedes acompañarme.

–No, muchas gracias. No deseo enturbiar vuestra intimidad, y que conste que siento muchísimo la muerte de Luis. Lo siento porque era el mejor de toda la familia.

–Pues no sé por qué no intentaste casarte con él.

–¿Y tú qué sabes si lo intenté o no?

Andrés se fue sin decir nada, pero iba pensando en lo idiota que era, ¿cómo después de los años transcurridos al lado de Isabel podía seguir sintiendo celos de ella? Lo cierto, aunque le costara reconocerlo, es que la quería. Mientras se dirigía a ver a su madre, decidió que jamás accedería a las pretensiones de Isabel. Ellos seguirían en la misma casa y su madre no se movería de donde había vivido siempre. Lo mejor que puedo hacer, se dijo Andrés, es solicitar audiencia con S. M. el Rey y solicitarle autorización para renunciar al título en favor de mi hermana. Cuando Isabel se entere, pensó, será capaz de matarme, aunque no me importa, es mi pequeña venganza, de esta forma estaré seguro de que si sigue a mi lado es porque me quiere o porque no tiene otro sitio donde ir. Él nunca la repudiaría, ni la echaría de su lado, porque a pesar de todos sus defectos, la amaba y estaba dispuesto a seguir sufriendo a su lado.

Isabel se quedó en casa dándole vueltas a la noticia. Se iba a convertir en condesa de Saelices, qué pena no haber conseguido tener descendencia. Porque ella no se fiaba demasiado de Andrés y sabía que lo único que podía impedir que cometiera cualquier tontería era un hijo. Un heredero para el título.

Pero Isabel ya había comprobado que era ella quien no podía tener hijos.

Alfonso, después de saludar al conde de Squinzano, se ofreció para todo aquello que pudiera necesitar. Al igual que toda la familia, se encontraba sumido en una gran tristeza por la pérdida de Luis. Durante todo el día no había visto a doña Adela y ya no podía esperar más. Tenía que acudir a su lado. Esperaría a que todos se retiraran a descansar.

Adela llevaba varios días convencida de que Luis había muerto, pero con su corazón abierto a la esperanza, con el deseo de que sus premoniciones fuesen falsas. Sin embargo, ahora ya no existían dudas: su hijo no estaba en este mundo. Desgraciadamente, no se había equivocado, Luis falleció a la misma hora en que el reloj se detuvo. Al quedarse sola en su habitación con la inmensidad de su dolor, Adela lloró hasta agotarse. Nadie que no fuera madre entendería jamás el sentimiento experimentado al perder a un hijo.

Sintió unos golpes en la puerta y se sobresaltó. No había querido ver a nadie en toda la tarde. Tenía que ser Alfonso, qué mal lo debería de estar pasando para que se atreviera a llamar a su habitación a aquellas horas de la noche.

–Perdón, ya sé que no debiera pero...

–Pasa, Alfonso.

–Yo siento tanto lo del señorito Luis –dijo emocionado el intendente.

–Ya sé que lo querías mucho. ¿Sabes, Alfonso?, me parece injusto que yo tenga que seguir viviendo y él no. Nunca deberían morir los hijos antes que los padres.

–Adela –musitó Alfonso, y cediendo a un impulso que no quiso o no pudo evitar, la abrazó amorosamente.

Y así permanecieron; ella, protegida, arropada por el hombre a quien quería, volvió a llorar cuando ya creía que no le quedaban lágrimas...

–Mañana tendremos que avisar al padre Velasco. Yo creo que debe ser él quien celebre los funerales.

–Yo iré a primera hora –dijo Alfonso.

–¿Sabes que ha venido Andrés?

–Sí, lo he visto y hemos charlado durante un buen rato. Creo que ha madurado mucho.

–Sí, sin duda. Alguien dijo que cada lágrima nos enseña una nueva verdad de la vida y Andrés ha llorado mucho en estos años. Yo, hace tiempo que le he perdonado, pero no hice nada por acercarme a él, sin embargo, después de su visita de hoy creo que lo convidaré con su mujer a almorzar algún día. Es mi hijo y le quiero. Además, sé que Luis me aplaudirá allá donde esté.

–A mí me ha agradado comprobar su firmeza al afrontar sin miedo su realidad. Estoy seguro –dijo Alfonso– de que Andrés es consciente de que su boda fue un error y en vez de tratar de arreglarlo repudiando a su mujer o buscando otra salida, asume con responsabilidad las consecuencias de su decisión.

Adela y Alfonso habían llegado a un grado de intimidad que se reflejaba en las conversaciones que en ocasiones mantenían, más propias de una pareja o de amigos que de señora y sirviente. Alfonso seguía escrupulosamente las reglas del juego impuestas por Adela, jamás nadie podría sospechar nada sobre su relación en público, pero en la intimidad, a veces sin querer y de forma espontánea, se iban eliminando barreras.

–Adela, ¿quieres que me quede esta noche por si necesitas algo?

–Querido Alfonso, ¿qué haría yo sin ti? Estoy agotada, pero me da miedo dormirme, quédate conmigo hasta que me duerma. He estado pensando y creo que debemos hablar de nuestra situación. No estoy tranquila. Sabes que soy católica y por tanto, estoy viviendo en pecado...

–¿Quieres que dejemos de vernos? –dijo Alfonso muy serio.

–Eso jamás. Tal vez debamos replantearnos nuestra relación, pero dejar de verte, nunca. Alfonso, yo te quiero. ¿Tú crees que una vieja enamorada como yo es una equivocación de la naturaleza?

–No, en absoluto. Yo no me considero ninguna aberración.

–Tu caso es distinto porque te has enamorado siendo joven pero yo, cuando descubrí mis sentimientos hacia ti, ya era mayor.

–Adela, el amor es un sentimiento maravilloso cuando eres joven, mayor o anciano. Es el motor que nos hace sentirnos vivos. Si alguien lo quiere calificar de aberración es su problema.

–Estoy de acuerdo contigo...

Sol llevaba más de media hora sin decidir qué vestido ponerse, ¿qué le está pasando?, ¿por qué tiene tanto interés en estar guapa?, hace bastante tiempo que no se interesa de esa forma por su aspecto físico. Además, últimamente se ha hecho poca ropa, y cómo lo siente ahora..., pero algo encontrará.

Marco se encontraba muy bien en Madrid. Es posible que estuviera encariñándose demasiado con la familia de Luis. Aquella tarde acompañaría a Sol a una representación teatral en la Plaza Mayor. Doña Adela le había dado permiso encantada.

–¿Ha aceptado ella? –preguntó Adela.

–Al principio dijo que no, que no quería ver a nadie. Pero luego se animó.

–No sabes, Marco, cuánto me alegro de que hayas conseguido hacerla reaccionar, lleva casi cinco años sin relacionarse con la gente de su edad. Sale conmigo y de vez en cuando, muy de tarde en tarde, acude a alguna fiesta, aunque siempre con la casi total seguridad de que no se encontrará con Miguel López de las Navas, su antiguo novio.

–¿Qué ha sido de él?

–Pues se ha casado con una de las amigas de Sol y no la han convidado a la boda. Le ha dolido, no que se hayan casado, sino que no la hayan invitado, porque ella seguía considerándose amiga de los dos.

Marco, aunque no quisiera reconocerlo, sabía que lo que le hacía sentirse bien en Madrid era la presencia de Sol. Al principio, le gustaba observarla, se parecía tanto a María... Después empezó a notar que cuando ella no estaba la echaba de menos. Gracias a Sol, Marco estaba recuperando la ilusión de vivir.

Cuando la vio aparecer por la escalera, Marco se quedó impresionado de su belleza. Sol era como una visión celestial. Llevaba un precioso y original vestido, la falda con rayas azules y blancas y el cuerpo blanco, con una especie de corpiño azul a juego con el de las rayas de la falda. El cabello rubio, recogido en una trenza, le daba un aspecto entre pícaro y soñador.

Sol y Marco veían como los días discurrían rápidos y los dos lamentaban, aunque nada se decían, la cercana separación, porque él debía regresar a Roma.

–Antes de viajar a Italia me haría ilusión –dijo Marco– irme unos días a Salamanca.

–¿Tienes amigos allí? –le preguntó Sol.

–No, simplemente conocidos, pero me gusta tanto esa ciudad que no quiero marcharme de España sin volver a verla.

Marco no quiso decir nada más, pero necesitaba realizar aquel viaje. Allí, en Salamanca, Luis y el se habian hecho amigos para siempre. También quería visitar a Rita, a Luis le encantaría que lo hiciera.

Los días que Marco estuvo ausente, Sol tuvo la certeza de algo que ya venía sospechando, se estaba enamorando de él. Muchas de sus reacciones eran similares a las mantenidas en el período en que estuvo enamorada de Miguel, aunque ahora sus sensaciones era más fuertes. Jamás con Miguel había experimentado aquella especie de calambres que la recorrían entera por un simple contacto con el cuerpo de Marco. ¿Pero qué sentiría Marco? Era un hombre de mundo, estaba viudo y tenía doce años más que ella. No, se dice, nunca se fijará en mí. Aunque si es sincera, a veces tiene la sensación de que él también está interesado.

–Madre, me gusta mucho Marco.

–Ya me había dado cuenta, y a él le sucede lo mismo.

–¿Está segura, madre? –dijo Sol con la felicidad reflejada en su cara.

–Sin ninguna duda, y además, estoy convencida de que antes de irse te dirá que te quiere.

Sol se puso muy seria de repente y comenzó a pasear nerviosa. Después de unas cuantas vueltas, se paró y volvió a sentarse.

–Pero madre, yo no puedo casarme.

–¿Cómo que no puedes casarte? Creí que ese tema ya lo tenías asimilado.

–Interiormente, no me avergüenzo de ser la hija de una enana y quiero a Maribárbola, pero que se entere todo el mundo no me apetece.

–No tiene por qué suceder eso. Ya te he dicho que si decides casarte eres libre para contárselo a tu futuro marido o no.

–Es muy complicado, madre, resulta preferible no casarse.

Marco no pudo evitar emocionarse al mirar, después de cinco años, la fachada de San Esteban. Le seguía pareciendo tan hermosa y sugerente como antes. Qué habría sido de aquella ladronzuela que les robó riéndose de ellos. No sabía si podría encontrar la Casa del Puente, donde Luis había pasado una de las noches emocionales más importante de su vida.

Casi no había cambiado nada, las macetas con flores colocadas en la escalera, aunque la persona que le abrió la puerta no tenía nada que ver con la mujer mayor vestida de negro que les había recibido la primera vez.

–Rita no está. No suele venir por aquí.

–¿Y dónde podría encontrarla?

–¿Quién me ha dicho que es usted?

–Marco Spontini, conde de Squinzano. Necesitaba verla para hablarle de un amigo común.

–Yo le haré saber que usted ha venido. Ella se pondrá en contacto con usted. ¿Dónde debe dirigirse?

–Vivo en el colegio Fonseca, pero sólo acudo a dormir.

–Vaya dentro de dos horas –dijo la mujer–, ya tendrá allí recado de lo que decida Rita.

No había avisado al padre Pidatella de su estancia en la ciudad, lo cierto era que no tenía mucho interés en verle, pero mientras hacía tiempo para conocer la respuesta de Rita, se acercó hasta la casa de los jesuitas.

Rita supo que Luis había muerto nada más conocer la visita de Marco. Ella había visto la muerte cercana cuando estuvieron juntos. Siente mucho la desaparición de su amigo, que, sin pretenderlo, ha influido en su vida. Rita no sabe muy bien por qué lo ha hecho, pero ha dejado de regentar el prostíbulo. Se ha quedado sólo con el mesón. Allí, pensó, podría ver a Marco, pero no, se encontrarían delante de la Casa de las Conchas...

El recuerdo de María, a la que quería llevar a aquella casa, se hizo muy vivo. Qué difícil resulta la vida, pensó Marco, sus dos seres más queridos, María y Luis, habían muerto. Marco se sentía bastante desgraciado. Sus padres fallecieron cuando aún no había cumplido los diez años. No tenía hermanos y la tía que se ocupó de él también murió. En realidad, estaba solo en el mundo.

Marco vio a una mujer que se acercaba. Era alta, delgada y andaba de una forma un tanto peculiar, lo que sin duda la hacía distinta. No recordaba muy bien a Rita, pero seguro que ella le reconocía.

–Buenos días, señor, soy Rita. Gracias por venir, ¿cómo ha sucedido?

–Buenos días, Rita, ¿cómo estás?

–Bien, muy bien, pero dígame cómo murió Luis.

–¿Por qué estás tan segura de su fallecimiento?

–Sabía que moriría muy joven.

Después de contarle lo sucedido, Marco le entregó un pequeño envoltorio.

–Te he traído un recuerdo de él. Es una campanilla con la que yo le di la bienvenida a Roma. Sé que a Luis le hubiera encantado que tú la tuvieras.

–Es preciosa, pero no sé si debo...

–Claro que puedes, es tuya.

–Gracias. Marco, ¿es éste tu nombre, verdad?, ¿te puedo tutear?

–Por supuesto.

–Quería decirte antes de que nos despidiéramos que mi vida ha ido cambiando poco a poco desde aquella noche que os encontré en el mesón. Luis ha sido la persona más buena que he conocido. Su forma de ser, su comportamiento conmigo y su ejemplo me han hecho reflexionar. No tenía ni idea de que pudiera darse la amistad desinteresada y Luis me ha demostrado la grandeza de ese sentimiento. Me he dado cuenta de lo desgraciada que soy porque mi existencia no se ha diferenciado mucho de la de los animales; comer, dormir y dejarme llevar por mis instintos. Marco, ¿has pensado alguna vez en la impotencia que puede sentir una persona que desea enterarse de lo que le cuenta un ser querido y que insistentemente mira la carta, le da vueltas, la vuelve a mirar desde distintos ángulos hasta que desiste, desesperada, porque no sabe leer?, ¿sabes por qué he querido que nos viéramos aquí?, porque después de cincuenta años viviendo en Salamanca, jamás me había fijado en esta casa tan preciosa. Un día, cuando iba con la carta de Luis en mis manos, la descubrí por casualidad y pensé lo maravilloso que sería visitarla con alguien entendido. Sabía que Luis nunca me podría hablar de ella, pero quiero que tú lo hagas hoy. Tengo ya muchos años para cambiar ahora –siguió diciendo Rita–, pero he prescindido de muchas cosas hasta hace poco habituales en mi vida y procuro mejorar en todo lo que puedo, que es muy poco.

Marco la escuchaba emocionado. Después de hablarle de la Casa de las Conchas, la llevó a los lugares que más le gustaban a Luis. Antes de despedirse, Marco le dijo que dentro de unos días fuera a ver al padre Pidatella.

–Yo hablaré con él para ver si entre todos conseguimos que puedas aprender a leer, Rita.

–Gracias, ¿me escribirás desde Roma?

–Puedes estar segura.

En el viaje de regreso a Madrid, Marco iba recordando, asimilando las emociones vividas y también pensando en su próximo regreso a Roma. La idea de dejar de ver a Sol le parecía insoportable, ¿se estaba enamorando de ella o ya lo estaba?, ¿se sentiría Sol atraída por él? La verdad es que no le parecía probable y le dolía.

Adela sabía que Marco retrasaba su regreso a Italia porque no se decidía a expresar sus sentimientos a Sol y ésta era muy inexperta para facilitarle el camino, por ello pensó que sería una buena idea dejarlos solos una noche en casa. Ella se iría a cenar con las Santianes, y Sol y Marco tendrían que cenar sin ella. Tal vez en la intimidad de la sobremesa...

–Madre, ¿no quiere que la acompañe?

–No te preocupes. Alfonso me irá a recoger después de la cena, tú atiende a Marco.

Adela le había pedido a Encarna que se esmerara en el menú de la cena y que pusiera flores y unas velas en la mesa.

–Yo no podré estar, pero es probable que mañana el conde de Squinzano se vaya a Italia, y debemos ofrecerle una cena de despedida. Sol le atenderá.

–Está bien, señora. Yo me ocuparé de todo.

Marco estaba nervioso, no encontraba el momento de hablar con Sol. No quería regresar a Roma sin decirle que se había enamorado de ella, pero se sentía un poco ridículo. Cuando aquella noche, al bajar a cenar, le dijeron que sólo estaba la señorita, Marco supo que debía aprovechar el momento.

Sol le había pedido a Encarna que le hiciera un moño bajo, que sabía le sentaba muy bien, y además, la hacía parecer un poco mayor. Se puso un vestido rosa y el collar de amatistas que le había regalado su madre. Se miró al espejo y se sintió segura de su aspecto. Estaba enamorada de Marco, pero debería renunciar a él. Si él le insinuaba algo, ella lo rechazaría, antes de revelarle su origen.

Marco era un conversador excelente y ella, de su mano, también había estado espontánea y divertida. La conversación no había decaído ni un solo momento. Curiosamente, ninguno de los dos se miraron directamente a los ojos durante la cena. Era como si temiesen poner al descubierto sus sentimientos.

–Es precioso el collar que llevas. ¿Es obra de Luis?

–Sí, fue lo primero que hizo. ¿Erais muy amigos, verdad?

–Mucho, lo quería más que si fuera mi hermano.

–Yo lo echo mucho de menos –dijo Sol como en un susurro.

Marco la miró y por fin se encontró con sus hermosos ojos azules, que respondían a su mirada. No eran necesarias las palabras... Sus manos se encontraron, se reconocieron... sus cuerpos se acercaban, sus labios se fundieron en un largo y prolongado beso...

–Perdona, Sol, no he podido evitarlo, eres tan hermosa. Me he enamorado de ti. Hace días que quería decírtelo, pero no reunía fuerzas suficientes para hacerlo. Dime que me darás una oportunidad, déjame demostrarte lo mucho que te quiero...

–Yo también me he enamorado de ti, Marco, pero... –Sol se quedó unos momentos con la mirada perdida pensando en cómo decirle que ella no podía casarse, sin embargo, se expresó así–: Marco, si quieres casarte conmigo debes saber que no soy hija de la condesa de Saelices, sino de una enana y que nuestros hijos pueden heredar su enfermedad.

Marco, mientras la miraba amorosamente, sacó del bolsillo de su chaleco el camafeo que Luis le había dado y acercándoselo a Sol, dijo:

–Es para ti, te pertenece.

–¿Qué es?

–Un camafeo muy especial.

–¿Me lo regalas porque te apetece o porque ha vibrado?

–¿Y tú, cómo sabes que puede vibrar?

–Porque creo que es el camafeo de mi madre, de Maribárbola.

–¿De verdad?

Sol le contó la historia del camafeo y Marco le dijo cómo había llegado a sus manos a través de Luis.

–Cuando me lo dio me avisó de que el camafeo me diría cuándo tenía que entregarlo, y, curiosamente, nada más empezar tú a decirme quién era tu madre el camafeo comenzó a vibrar, así que es tuyo. Pero, Sol, si me quieres y aceptas convertirte en mi mujer, no lo necesitarás porque yo cuidaré siempre de ti.

–¿No te importa el riesgo que pueden correr nuestros hijos?, ¿no te sorprende que sea la hija de una enana?, ¿no te avergüenzas de mi origen?

–Todo lo contrario, creo que eres una mujer estupenda, valiente y sincera, me lo acabas de demostrar. Y quiero decirte que yo ya conocía tu verdadera identidad. Hace tiempo que Luis me lo contó.

–Y aun sabiéndolo, ¿te has permitido enamorarte de mí?

–Te quiero, Sol, y necesito estar contigo, reír contigo y compartir mi vida contigo. Si tú quieres, esta misma noche esperamos a que llegue tu madre y le pedimos su autorización para casarnos.

11

MARIBÁRBOLA

Maribárbola, te he dicho que debes recogerlo todo, dentro de media hora nos vamos de viaje.

–Sí, madre, ahora mismo lo hago. Me estaba despidiendo de los angelitos, son preciosos. Qué pena que no haya podido conocer al tío Luis. ¿Era orfebre, como papá?

–Sí, y también hacía esculturas.

–Él creó estos ángeles para ti, ¿verdad?

–¿Y tú cómo lo sabes?

–Me lo ha dicho papá, y me ha enseñado este que tiene tu cara.

Sol lo miró con ternura, qué razón tenía su hija al lamentarse de no haber podido conocer a Luis. Cuánto habría disfrutado él con aquella preciosa niña.

Todo el servicio de la casa salió al patio para despedir a los condes de Squinzano y a su hija, que viajaban a España.

Mientras el coche se movía por el interior de la ciudad, Maribárbola, divertida, observaba todo y preguntaba sin cesar. Pero al poco tiempo de salir de Roma, la niña se quedó dormida recostada en el regazo de su padre, que también dormitaba. Sol los miró con amor, eran toda su vida. Tenía muchas ganas de ver a su madre y de que ésta conociera a la niña. Aunque en Roma vivía feliz, Sol alguna vez echaba de menos su vida en Madrid, la ciudad italiana no le había conquistado como a su hermano. Roma, sin duda, era única, pero a Sol más que la ciudad le interesaban las personas que allí pudo conocer y los museos que visitaba con expectación. Jamás había pensado que podría ver las increíbles colecciones de la reina Cristina de Suecia. Un día, Marco la sorprendió diciéndole que la soberana sueca les había convidado a almorzar para felicitarles por su matrimonio. Tenía razón Luis, pensó, la reina era una mujer especial. Sólo había tenido otra oportunidad de verla antes de que falleciera. Cristina de Suecia había muerto el año anterior, en 1689, y dejó como heredero al cardenal Azzolino, que falleció tres meses después casi sin poder disfrutar de las maravillosas obras de arte que la generosa y enamorada reina le había dejado. Sol se estaba quedando dormida, pero recordó que ella se había alegrado en cierto modo de la desaparición del cardenal. Sabía que era un sentimiento reprobable, pero no podía evitarlo. Azzolino no merecía aquella herencia porque no se había portado bien con la reina Cristina.

Adela esperaba emocionada la llegada de Sol y Marco. Deseaba más que nada en el mundo poder abrazar a aquella niña que aún no conocía. Aquella niña que para ella siempre sería su nieta, aunque no llevara su misma sangre. La condesa viuda de Saelices, Adela, sospecha que nunca tendrá nietos de su propia sangre, y aunque los tuviera, serán los descendientes de Sol quienes ostenten el título de condes de Saelices, después de que Andrés pidiese autorización al Rey para renunciar al título en favor de su hermana, que se había convertido así en la primera mujer titular del condado de Saelices. Adela no conocía los motivos que habían llevado a su hijo a tomar una decisión tan importante como aquélla, pero no dijo nada. Tiempo después sería el propio Andrés quien le contara el porqué.

–Madre, quiero ser sincero con usted. La verdad es que no sé qué opina sobre mi renuncia al título, pero le voy a contar por qué lo hice. Lo habría llevado con orgullo e intentaría siempre ser digno de él, pero al no tener descendientes tuve miedo de la reacción de Isabel.

–¿De Isabel, tu mujer?, ¿qué podría hacer ella?

–Es muy grave lo que le voy a contar, y más grave aún que pueda seguir queriéndola y viviendo a su lado, si soy capaz de pensar esto de ella. Pero a veces los seres racionales nos comportamos de forma extraña y contradictoria.

–Por favor, Andrés, no me intrigues más.

–Temía que en su afán por tener un hijo, por darme un heredero, se decidiese a mantener relaciones con otros hombres.

–Pero esta sospecha no habrá surgido así, sin más. ¿Tendrás algún fundamento?

–Hace tiempo que sospecho que Isabel podría hacerlo, y había decidido que si teníamos un hijo sería bien recibido sin más. Sin embargo, ahora, un hijo se convertiría en heredero de mi título y no podría vivir con la sospecha de que no llevara mi sangre.

Adela escuchaba a su hijo y pensaba lo extraña que puede llegar a ser la vida. Si Andrés supiera que su hermana tampoco tenía la sangre de los Saelices...

–No te preocupes, Andrés, Sol llevará el título dignamente. Quiero que sepas, hijo, que apruebo y respeto tu decisión.

–Gracias, madre, tal vez ahora Isabel se dé cuenta de que si sigue a mi lado sólo me tendrá a mí.

–¿La quieres mucho?

–Sí, aunque a veces la odio con todas mis fuerzas.

Después de aquella conversación, madre e hijo se veían con bastante frecuencia. Isabel, una vez superado el disgusto, al saber que nunca sería condesa y al comprobar que ya no podría dominar a Andrés, se había vuelto mucho más dócil y acompañaba a su marido a casa de su suegra. Adela, el primer año que se quedó sola, los había invitado a que pasaran las Navidades con ella y así lo venían haciendo desde entonces.

En la vida de Adela se habían producido grandes cambios que sólo afectaban a su más estricta intimidad y que nadie conocía. Después de muchas conversaciones con el padre Velasco, Adela le pidió a Alfonso, su intendente, que se casara con ella. Alfonso, al principio, creyó que se había vuelto loca y no le hizo caso, pero al ver que insistía trató de razonar con ella. Todo fue inútil, al final se casaron, en secreto, para tranquilizar la conciencia de Adela, aunque nadie debería conocer aquella unión inexplicable y prohibida por la sociedad de entonces.

Adela había mandado contratar a una muchacha para que ayudara a Encarna en los trabajos de la casa mientras Sol y Marco estuvieran en Madrid. Alfonso, como siempre, se había encargado de todo. Afortunadamente, ya estaba recuperado después de la horrible afección pulmonar que le había mantenido en cama durante casi un mes.

–Señora, señora, ha llegado la señorita Sol –gritaba Encarna emocionada.

Adela abrazó a su hija y a Marco y descubrió a la pequeña Maribárbola, que la miraba escondida tras las faldas de su madre.

–Maribárbola, ¿no quieres darme un beso?

–Cariño, no te escondas, es tu abuela.

Adela miró a la pequeña. Se parecía a Sol, aunque sus ojos eran verdes como los de Marco. Gracias a Dios, la niña nació sana, sin ninguna anormalidad. Habían sido nueve meses de miedos y pesadillas.

–Madre, tanto Marco como yo estábamos preparados para recibir al hijo que Dios quisiera enviarnos. Hemos decidido que se acabaron los miedos. Queremos seguir teniendo más niños.

–Me parece estupenda vuestra postura. No sabes, Sol, cómo me alegro de tu felicidad porque ésa es la decisión de una pareja enamorada y responsable.

–Sí, madre, no sabe lo maravilloso que es Marco, cada día le quiero más, y Maribárbola es nuestra alegría. Ya sabe que quiero llevarla a ver el cuadro donde está pintada su abuela.

–Me lo comentabas en una de tus cartas y no me he olvidado. Mañana, si quieres, puedes ir al Alcázar. He hablado con uno de los ayudantes del Rey y me ha dicho que simplemente con avisarle de que vas a ir es suficiente.

–Iré mañana. Por cierto, madre, ¿qué tal la nueva reina?

–Bien. Ya veremos si es capaz de dar un heredero a la Corona.

–Sí, en Roma se comentaba que habían elegido a la princesa alemana Mariana de Neoburgo porque pertenecía a una familia cuyas mujeres se caracterizaban precisamente por su fecundidad.

–Seguro que lo han tenido en cuenta, aunque el problema, probablemente, esté en el Rey.

–Madre –dijo Sol– ¿qué le han hecho al tejo para que haya recuperado toda su lozanía?

–No tengo ni idea. Alfonso sabrá. Siempre creí que se moriría igual que los otros dos, pero lo cierto es que se ha recuperado totalmente.

–¿Tú eres la mamá de Luis? –preguntó tímidamente Maribárbola a Adela.

–Sí, mi amor. ¿Qué sabes tú de Luis?

–Era mi tío, y papá y mamá le querían mucho. Siempre me dicen que fue muy bueno. ¿Era ésta su casa?

–Sí, ven conmigo, que te voy a enseñar unas cosas...

Adela había utilizado esta excusa para evitar que vieran sus lágrimas. A pesar del tiempo transcurrido, seguía llorando la pérdida de su queridísimo hijo.

La fisonomía de Madrid había cambiado sensiblemente en los siete años que Sol llevaba viviendo en Roma. Marco y Sol caminaban, con Maribárbola, hacia el Alcázar.

–¿De verdad que no quieres que entre con vosotras a ver el cuadro? –preguntó Marco.

–Mi amor, no voy a desvelar nada que tú no sepas. Conoces mi historia –dijo Sol–, pero prefiero ser yo sola quien le presente a su abuela.

–Como quieras, querida.

Maribárbola, muy agarrada a la mano de su madre, observaba todo con admiración.

–¡Qué grande es esta casa, mamá!

–Aquí vive S. M. el Rey.

–¿Podemos verlo?

–No, cielo, tal vez en otra ocasión.

–¿A quién vamos a visitar?

–Te quiero enseñar un cuadro muy bonito.

–Qué bien, ¿lo pintaste tú?

–No, es obra de uno de los pintores más importantes de este siglo, se llamaba Diego de Velázquez y fue muy bueno con tu abuela.

–Y ¿por qué no viene ella a ver el cuadro?

–No, Maribárbola, Velázquez a quien conoció fue a tu otra abuela...

Habían entrado en el llamado cuarto bajo del Alcázar y allí estaba el *Retrato a la Señora Emperatriz con sus damas y enana*. Sol miró a su madre y recordó lo que le decía en una de sus cartas, «si alguna vez tienes la oportunidad de ver el cuadro sé que te fijarás en el vestido. Hazlo y no me mires mucho a mí», la miró directamente a los ojos y, aunque por un momento pasó por su mente no decirle nada a su hija y marcharse, se giró.

–Mira, Maribárbola, aquella señora pequeñita, la del vestido azul, la que está junto al perro, es tu abuela.

–Es un poco rara, tiene la cabeza muy grande.

–Padecía una enfermedad por la que sus huesos no se desarrollaban, era enana. Pero ella fue la que me dio el ser. Se llamaba como tú.

–¿Vivía aquí?, ¿tú estabas con ella?, ¿la querías mucho?

–Cuánto preguntas, Maribárbola, sólo tienes cinco años...

–Voy a cumplir seis.

–Bueno, pues cuando seas un poco mayor, te contestaré a todas esas preguntas y te contaré muchas cosas de tu abuela. Hoy he querido traerte aquí para que la vieras y para que ella te conociera a ti.

Sol volvió a mirar a su madre y con un gesto casi imperceptible, le mostró el camafeo que siempre llevaba consigo. Después le dijo a su hija:

–Dile adiós a tu abuela.

La niña, dirigiendo sus ojos hacia Maribárbola, agitó su mano diciendo:

–Adiós, abuelita.

Iban cogidas de la mano y ninguna de las dos se giró para volver a mirar el cuadro, de haberlo hecho, se darían cuenta de que unas lágrimas resbalaban por las mejillas de la enana Maribárbola.

EPÍLOGO

Marina, no puedo creer que hayas pasado la noche aquí! Llevas el mismo vestido de la fiesta. ¿Qué has estado haciendo? La chimenea tiene que haberse apagado hace unas cuantas horas, ¿no tienes frío? Mira el jardín, está todo blanco, no ha dejado de nevar en toda la noche. Pero despierta, Marina, ¿te pasa algo?

–Déjame, ¿quién eres?, déjame...

–Despierta, Marina, por favor, soy Marisa y vengo a buscarte, dentro de dos horas tenemos que tomar un avión.

–¿Un avión?, ¿de qué me hablas?

–Eres Marina de la Peña, anticuaria, yo soy tu socia Marisa y hoy es 13 de diciembre de 2003 y nos vamos a Amsterdam, ¿te centras ahora?

–Sí, sí, claro. ¿Hoy es el día de Santa Lucía?

–Qué importancia tiene que sea santa Lucía o santa Rita, no conoces a ninguna Lucía para felicitarla.

–Ya, pero es que he tenido un sueño impresionante.

–Habrás soñado con Velázquez, *Las meninas* o Felipe IV, porque el libro caído en el suelo está abierto por las páginas de ese cuadro...

–Pues sí... he soñado con todos ellos, pero no ha sido sólo un sueño.

–¿No?

–Ha sido real. Nunca me había pasado nada igual. Marisa, suspende el viaje. Antes de irme necesito hacer algunas comprobaciones.

–¿De qué hablas?

–Me iré a la Biblioteca Nacional, necesito saber si existió la condesa de Saelices y si tuvo tres hijos, dos chicos y una chica.

Marisa Sánchez miraba a su amiga asustada. De repente, Marina, casi gritando, le dijo:

–Marisa, por favor, acércame esa caja roja, quiero ver el camafeo que compré ayer.

–¿El que te vendió aquella señora?

–Sí.

–Pero si decías que no tenía mucho valor y que sólo lo comprabas porque la pobre mujer necesitaba ayuda.

–¿Recuerdas si nos quedamos con su nombre y dirección?

–Creo que no.

Cuando Marina abrió la caja y vio el camafeo de coral, supo que éste era una de las claves de su sueño.

Impreso en Litografía Rosés, S. A.
Progrés, 54-60. Polígono La Post
Gavá (Barcelona)